宋心昌 著

歐陽脩詩文選譯

**图书在版编目（CIP）数据**

欧阳修诗文选译／宋心昌著.—上海：上海古籍
出版社，2016.11
ISBN 978-7-5325-8202-0

Ⅰ.①欧… Ⅱ.①宋… Ⅲ.①欧阳修（1007-1072）—
古典诗歌—诗歌欣赏②欧阳修（1007-1072）—古典散文—文
学欣赏 Ⅳ.①I206.2

中国版本图书馆 CIP 数据核字（2016）第 208516 号

**欧阳修诗文选译**

宋心昌 著

上海世纪出版股份有限公司 出版
上 海 古 籍 出 版 社
（上海瑞金二路272号 邮政编码200020）
（1）网址：www.guji.com.cn
（2）E-mail：guji1@guji.com.cn
（3）易文网网址：www.ewen.co
上海世纪出版股份有限公司发行中心发行经销
常熟文化印刷有限公司印刷

开本635×965 1/16 印张14.5 插页2 字数188,000
2016年11月第1版 2016年11月第1次印刷
印数：1—3,100
ISBN 978-7-5325-8202-0
I·3103 定价：42.00元
如有质量问题,请与承印公司联系

# 目　次

# 前　言

　　欧阳修,字永叔,号醉翁,晚年又号六一居士,吉州吉水县沙溪镇(今属江西永丰)人。他是唐宋古文八大家之一,北宋诗文革新运动的杰出领导人。

　　宋真宗景德四年(1007)六月,欧阳修出生于绵州(今四川绵阳)他父亲欧阳观的官舍中。四岁时父亲病故,他随母郑氏迁往随州(今湖北随县),投靠在那里做官的叔父欧阳晔。欧阳修天资聪颖,学习又十分刻苦,很小的时候就开始背诵古代诗文。稍长,更是好学不倦,尤爱韩愈的散文。

　　天圣六年(1028),欧阳修二十二岁,带着诗文到达汉阳,拜见翰林学士胥偃。胥怜其才,遂留置门下。次年,欧阳修在国子监考试和国学解试时,均获第一。天圣八年(1030),欧阳修参加由翰林学士、著名文学家晏殊主持的礼部贡举,又获第一。其后参加殿试,中甲科第十四名进士,被委任为西京(今河南洛阳)留守推官。当时的西京留守是西昆派重要人物钱惟演,他喜文爱才,在其幕府里集中了许多才学之士,如通判谢绛、书记尹洙及在邻县做官的梅尧臣、尹源等。欧阳修到洛阳后,很快成为这一文学集团的重要成员。

　　景祐元年(1034),欧阳修洛阳任满奉调入京,通过学士院考试,升为馆阁校勘,参与《崇文总目》编纂。景祐三年(1036),任吏部员外郎、权知开封府的范仲淹,因反对宰相吕夷简专擅权势,任亲蔽贤,被贬饶州(今江西波阳),同时,朝廷又下诏,百官不得"越职言事"。此时，身为谏官的高若讷非但不替范仲淹辩白，反而私下诋毁范之为人。为此，欧阳修写了著名的《与高司谏书》，斥责高若讷妄随人言，阿附权贵，因此得罪了当权者，被贬为夷陵（今湖北宜昌）县令。

景祐四年（1037）十二月，欧阳修调任乾德（今湖北光化）县令。康定元年（1040）六月，他回到京城，复任馆阁校勘，继续参与编纂《崇文总目》。庆历二年（1042），欧阳修自请外调，出任滑州通判。在乾德、滑州等地任职期间，欧阳修结合自己古文创作的实践，从理论上探讨写作古文的方法。《答吴充秀才书》等文章即较为集中地反映了他的古文创作理论主张。

庆历三年（1043）春，欧阳修被召回京师，以太常丞知谏院。就职后，他写了许多奏议，积极参与朝政改革，还竭力促成范仲淹出任参知政事主持改革。针对朝中一些守旧官僚攻击以范仲淹为首的改革派为朋党的谬论，欧阳修写了著名的《朋党论》，对守旧派攻击新政的理论予以反击。庆历四年（1044）八月，他被任命为河北都转运按察使，剥夺了在朝发言的权利。庆历五年（1045），欧阳修回京不久，即遭到御史台的弹劾，以用孤甥张氏资买田产的罪名落职，降知滁州（今安徽滁县）。在滁州任上，他勤理州务，尽心民事，政事之余，徜徉山水，消忧解闷。在滁城南郊丰山上，欧阳修修筑了丰乐亭，还用自己的号——醉翁，命名琅琊寺旁的亭子曰"醉翁亭"。滁州之贬，欧阳修的仕途虽受挫，但文学创作却硕果累累。《丰乐亭记》、《醉翁亭记》等一批散文的问世，标志着独具风格的欧文已臻成熟。

庆历八年（1048）二月，欧阳修移知扬州。由于政务冗杂，且此时患有眼疾，他于皇祐元年（1049）二月自请移知颍州（今安徽阜阳）。至颍后，他作《采桑子》词赞美西湖风光，还买田建屋，以作归老之计。皇祐二年（1050）七月，欧阳修改知应天府兼南京留守司事，但在颍地的生活直至晚年仍念念不忘。

至和元年（1054）五月，欧阳修调回朝廷。次年，奉命出使辽国。嘉祐二年(1057),欧阳修受命主持礼部贡举。身为文坛盟主的欧阳修,决心借这次主持文试的机会,利用行政手段,彻底改革不良文风。凡为文怪异者,一律予以黜落;而对为文平易自然者,则积极汲引,拔在高第,如苏轼、苏辙、曾巩等,均是嘉祐贡举中被欧阳修发现的人才。他们后来皆以辞章耸动天下,成为北宋诗文革新运动的生力军。

嘉祐五年(1060),欧阳修因修纂《新唐书》有功,被擢拔为枢密副使,次年升为参知政事,进封开国公。由于仁宗庸弱无能,自己多病的身体又不胜繁杂的政事,因此,欧阳修逐渐萌发了归隐之念。就在此时,朝廷里发生了"濮议"之争,朝臣们在对英宗生父的称谓上形成了两种不同的观点,欧阳修成了被攻击的对象。此后不久,又有人诬陷他"帷薄不修",与长媳有私情。在接连遭受打击之后,欧阳修决意急流勇退,离开朝廷。其后几年,他历官亳州(今安徽亳县)、青州(今山东益都)、蔡州(今河南汝南),外任期间很少问津朝政,《六一居士传》即集中地反映了他晚年的生活态度和思想情怀。

熙宁四年(1071)六月,欧阳修以观文殿学士、太子少师衔致仕,归居颍州西湖,次年七月与世长辞,终年六十六岁。身后留下《欧阳文忠公集》一百五十八卷、《诗本义》十六卷及《新唐书》、《新五代史》等著作。

欧阳修的文学成就,以散文为最著。仅《欧阳文忠公集》中的《居士集》、《居士外集》、《奏议集》、《书简》及《表奏书启四六集》,就录其散文达一千四百多篇。如果将《内制集》、《外制集》、《于役志》、《归田录》、《诗话》及《集古录跋尾》等文告汇编和专著、杂著中的文章全部计算在内,数量就更大。这些文章,体裁多样,有序、论、记、赋、奏疏、书简、题跋、随笔、碑志和祭文等,可谓"文备众体","各极其工"(吴充《欧阳公行状》)。其《六一诗话》,开创了我国诗歌评论的新体式。

在欧阳修的散文中,政论、史论、文论为数不少。尽管它们内容各不相同,但都具有鲜明的思想倾向,逻辑严密,说理透辟,艺术感染力强。如政论文《原弊》、《本论》,前者揭露朝政积弊,后者论述治国之本,均论辩剀切,颇具说服力。《五代史伶官传序》为欧阳修的史论名篇,文章总结后唐庄宗由盛而衰的历史教训,阐明"盛衰之理"在于人事,立意高远,理壮气盛。欧阳修的文论,比较完整地体现了他本人革新散文的理论主张,如《答吴充秀才书》,在提出"道胜者文不难而自至"的同时,还强调现实生活对文的作用,反对文士"弃百事不关于心"。在《梅圣俞诗集序》中,欧阳修发展了韩愈的"不平则鸣"说,提出了"穷而后工"的理论。这些观点,同散见于其他随笔、序跋、书简中的文学主张一样,在北宋诗文革新运动中起了积极、重要的作用。

欧阳修记游、传记和碑志墓铭一类以叙事为主的文章,较其政论、史论和文论,更具文学价值。他的记游作品,可分纯粹的山水游记和亭园杂记两类。描写亭园堂院的作品有一个共同的特点,即作者对亭园堂院的修建过程、风月山水等自然形胜,不作重点描写,只是让它为自己抒情、议论服务,这是欧阳修自创的新格,如《丰乐亭记》、《有美堂记》、《岘山亭记》、《醉翁亭记》等,皆具有这一特色。欧阳修所作的碑志墓铭,约有一百一十篇,其中《尹师鲁墓志铭》为作者精心结撰之作,最能体现其关于碑志文字不虚美溢恶的创作主张和简洁精严的写作特点。《泷冈阡表》打破一般墓表的格式,一碑双表,作者同时记叙父母生前的为人行事和道德风貌,且采用代言叙事的手法,恳切缠绵,感人至深。传记文在欧文中数量不多,但像《桑怿传》这样富有传奇色彩的作品,在宋代人物传记中亦堪称上乘之作。

欧阳修的祭文、辞赋及部分赠序、题跋和书简,具有强烈的抒情性,如《祭石曼卿文》,文章每段以"呜呼"发端,且通篇用韵,骈散相间,形成一种凄怆低回的情调,十分哀婉动人。《述梦赋》为悼念亡妻之作。明道二年(1033)三月,胥氏生产后未逾一月就猝然病逝。欧阳修悲不欲生,长歌当哭,写下这篇悼亡赋。全文围绕对梦境的追求、留恋，发抒撕心裂肺、无法排遣的悲恸，读来催人泪下。另如《秋声赋》，作者通过渲染秋声、秋意，抒发饱经忧患后的人生感慨，有言近旨远之妙。其骈散结合、以散为主的表现形式，开创了宋代文赋的新传统。欧阳修的部分赠序、题跋和书简，如《送杨寘序》、《苏氏文集序》、《江邻几文集序》等，亦具有浓郁的抒情气息。

欧阳修的诗歌，据不完全统计，约有八百五十余首，多为议政、述怀和写景之作，如《答杨辟喜雨长句》分析北宋王朝国弱民贫的原因，可与政论《原弊》互相参读。《食糟民》反映民生疾苦，《边户》抨击统治者苟且偷安，均有很强的思想性。《唐崇徽公主手痕》、《菱溪大石》、《鹭鸶》等通过咏史或咏物来抒写情志，意蕴丰富。《黄溪夜泊》、《戏答元珍》描写被贬、谪居的感受，情寓景中，感慨深沉。《丰乐亭游春》三首为欧阳修写景名篇，文笔清丽，美感强烈。就艺术风格而言，欧诗具有两个显著的特点：一，平易自然，质朴率直，如"清风明月本无价，可惜只卖四万钱"（《沧浪亭》）等诗句，在欧集中俯拾皆是。二，以文为诗，好发议论，如《啼鸟》（"提葫芦"）、《飞盖桥玩月》、《水谷夜行寄子美圣俞》等，均具有散文的特点。在这些散文化的诗歌中，不乏情韵优美的佳作。

欧阳修的词，据唐圭璋《全宋词》载，今存二百四十余首。按内容，大致可分为抒情、写景和艳词三类。抒情词主要以伤春、惜别、叹老、悼亡为题材，如《浪淘沙》（把酒祝东风）、《踏莎行》（候馆梅残）等，均写得情真意挚，耐人寻味。写景词以一组咏叹颍州西湖景物风光的《采桑子》为代表。这些作品，一洗晚唐五代的绮丽词风，给人以耳目一新之感，最为脍炙人口。艳词在欧词中约占四分之三，多以男女恋情相思为题材，不少作品描写纯洁健康的爱情生活，如《南歌子》（凤髻金泥带）等，情感热烈，活泼生动。当然，也有一些艳词格调不高。欧阳修将社会生活和个人抱负写入词中，扩大了词的题材；同时，又注意从民间词中汲取营养，丰富了词的表现手法，形成了婉曲深沉、疏隽清丽的艺术风格。

欧阳修的文学成就,在我国文学史上具有很高的地位,对后世产生了深远的影响。其平易自然、"纡徐委备"(苏洵《上欧阳内翰书》)的散文风格,被前人誉为"六一风神",对苏洵、苏轼、苏辙、王安石和曾巩等一大批古文家的散文有直接的影响;其卓著的创作成就,对宋代散文的繁荣和发展,起了十分重要的促进作用。他是继韩愈之后,我国古代散文史上的又一座丰碑。欧诗清新自然,明白流畅,开有宋一代新风。其多样化的艺术风格,开拓了诗歌创作的新途径。其词上承韦(庄)、冯(延巳),下启苏(轼)、秦(观),在宋词发展史上具有继往开来的功绩。作为北宋诗文革新运动的领袖和文坛盟主,欧阳修是当之无愧的。

　　本书选录欧阳修散文二十六篇,基本上按照文体来编排次序;诗三十九首,包括了五七言古诗、绝句、律诗多种体裁;词十五首,兼顾到不同的艺术风格。选文的个别文字,在各种版本中略有出入,今择善而从,没有一一说明。由于笔者学识谫陋,选注工作中疏误之处在所难免,敬希读者不吝批评指教。

宋心昌

## 诗评选粹

欧阳文忠公诗始矫昆体,专于气格为主,故其言多平易疏畅,律诗意所到处,虽语有不伦,亦不复问。

———叶梦得《石林诗话》卷上

欧公文字锋刃利,文字好,议论亦好。

———朱熹《朱子语类》卷139

苏、梅二子稍变以平淡豪俊,而和之者尚寡。至六一、坡公,巍然为大家数,学者宗焉。

———刘克庄《后村先生大全集》卷95

欧阳永叔作诗,少小时颇类李白,中年全学退之,至于暮年,则甚似乐天矣。夫李白、韩愈、白居易之诗,其词句格律各有体,而欧公诗乃具之,但岁时老少差不同,故其文字,亦从而化之耳。

———李冶《敬斋古今黈》卷8

读欧公诗,当以三法观:五言律,初学晚唐,与梅圣俞相出入,其后乃自为散诞;七言律,力变昆体,不肯一毫涉组织,自成一家,高于刘、白多矣;如五、七言古体,则多近昌黎、太白,或有全类昌黎者,其人亦宋之昌黎也。

———方回《瀛奎律髓》卷4

细味欧阳公诗,……其古诗甚似昌黎,以读其文过熟故也;其五言律诗，不浓不淡，自有一种萧散风味；其七言律诗，自然之中有壮浪处，有闲远处，……未尝不立议论，而斧凿之痕泯如也。

——方回《瀛奎律髓》卷27

有宋欧、苏辈出，大变晚习，于物无所不收，于法无所不有，于情无所不畅，于境无所不取，滔滔莽莽，有若江河。

——袁宏道《袁中郎全集》文钞

宋承唐季衰陋之后，至欧阳文忠公始拔流俗，七言长句高处直追昌黎，自王介甫辈皆不及也。

——王士祯《带经堂诗话》卷4

宋初诗文，尚沿唐末、五代之习，柳开、穆修欲变文体，王禹偁欲变诗体，皆力有未逮。欧阳修崛起为雄，力复古格。

——纪昀《四库全书总目》卷153 集部别集类6

宋初犹尚西昆体，自嘉祐后，欧阳文忠尊李，王文公尊杜，一时风气振刷，诗格大变焉。

——胡寿芝《东目馆诗见》卷1

七言古诗，至唐末式微甚矣！欧阳文忠公崛起宋代，直接杜、韩之派而光大之，诗之幸也。

——田雯《古欢堂集》杂著卷2

庆历以后，欧、梅、苏、王数公出，而宋诗一变。

——全祖望《鲒埼亭集》卷26

欧阳文忠诗，则全是有韵古文，当与古文合看可也。

——李调元《雨村诗话》卷下

学欧公作诗,全在用古文章法。

——方东树《昭昧詹言》卷12

观韩、欧、苏三家,章法剪裁,纯以古文之法行之,所以独步千古。

——方东树《昭昧詹言》卷11

欧、王两家,亦尚能开人法律章法。

——方东树《昭昧詹言》卷11

六一学韩,才气不能奔放,而独得其情韵与文法,此亦诗家深趣。

——方东树《昭昧詹言》卷9

欧公情韵幽折,往反咏唱,令人低回欲绝,一唱三叹,而有遗音,如啖橄榄,时有余味。

——方东树《昭昧詹言》卷12

# 自菩提步月归广化寺①

春岩瀑泉响②，　夜久山已寂。
明月净松林，　千峰同一色。

## 【注释】

① 菩提——菩提寺。与广化寺同在今河南洛阳市附近。
② 春岩——春天的山岩。

## 【解读】

本篇为《游龙门分题十五首》中的第七首，于明道元年(1032)在洛阳作，主要描写月夜山行的所闻所见。前两句采用以动写静法，春岩飞瀑的响声，生动地反衬出山间深夜的寂静。后两句描绘山中月景，让月光、山色与泉响、夜静融合一体，成功地创造了清幽、明净的艺术境界。

## 【今译】

春天的山岩，飞瀑发出了轰响；
夜已很深，山中早就沉寂。
皓月流光，松林里分外明净；
所有的山峰，到处一派银色。

# 水谷夜行寄子美圣俞①

寒鸡号荒林②，　山壁月倒挂③。
披衣起视夜，　揽辔念行迈④。
我来夏云初，　素节今已届⑤。

高河泻长空⑥，　　势落九州外⑦。
微风动凉襟，　　晓气清余睡⑧。
缅怀京师友⑨，　　文酒邀高会⑩。
其间苏与梅⑪，　　二子可畏爱⑫。
篇章富纵横⑬，　　声价相摩盖⑭。
子美气尤雄，　　万窍号一噫⑮。
有时肆颠狂⑯，　　醉墨洒滂沛⑰。
譬如千里马，　　已发不可杀⑱。
盈前尽珠玑⑲，　　一一难拣汰⑳。
梅翁事清切㉑，　　石齿漱寒濑㉒。
作诗三十年，　　视我犹后辈㉓。
文词愈清新，　　心意虽老大㉔。
譬如妖韶女㉕，　　老自有余态。
近诗尤古硬㉖，　　咀嚼苦难嘬㉗。
初如食橄榄，　　真味久愈在。
苏豪以气轹㉘，　　举世徒惊骇㉙。
梅穷独我知，　　古货今难卖㉚。
二子双凤凰，　　百鸟之嘉瑞。
云烟一翱翔，　　羽翮一摧铩㉛。
安得相从游，　　纵日鸣哕哕㉜。
问胡苦思之，　　对酒把新蟹㉝。

## 【注释】

　　① 水谷——水谷口，在今河北完县西北。　子美——苏舜钦字。　圣俞——梅尧臣字。

　　② 号(háo 豪)——大声叫。

　　③ 月倒挂——指月落。

　　④ 揽辔(pèi 配)——牵马。辔，马缰绳。　迈——远。这句说：牵着征马，想到行程遥远。

⑤ 素节——秋天。　届——到。欧阳修于庆历四年(1044)四月奉命任河北都转运使,巡行辖区,回程时为七月,故云。

⑥ 高河——银河。这句说:天上的银河,好像从长空直泻而下。

⑦ 九州——传说我国上古行政区划为九州,后泛指中国。

⑧ 以上十句写旅途中黎明前登程的景况和感受。

⑨ 缅怀——追想。

⑩ 文酒——指边饮酒,边写诗作文。　邈——遥远,指从前。一作"邀"。高会——盛会。这句说:京师的友人曾经常相邀聚会,一起饮酒写诗作文。

⑪ 苏与梅——指苏舜钦和梅尧臣。

⑫ 畏爱——敬爱。

⑬ 富纵横——指诗文之多。

⑭ 相摩盖——不相上下,难分高低。以上六句为缅怀京城朋友,总评苏、梅创作。

⑮ 窍——孔穴。　噫(ài 爱)——呼。这句为"一噫万窍号"的倒装。《庄子·齐物论》:"夫大块(大地)噫气,其名为风。是唯无作,作则万窍怒号。"这里形容苏子美的诗气势雄伟,如大地风起,万窍怒号。

⑯ 肆——放纵。　颠狂——狂放不羁。

⑰ 滂沛——大雨。这句说:醉后挥毫,犹如大雨滂沱,酣畅淋漓。

⑱ 杀——收束。

⑲ 盈——充满。　玑——不圆的珠。

⑳ 拣汰——选择、淘汰。以上八句论苏子美的才气。

㉑ 事——从事,此指作诗。　清切——清峻深切。

㉒ 濑(lài 赖)——沙石上的急流。这句形容梅诗的风格如寒流冲荡着岩石。

㉓ 视——比。这句说:比起来,我还是梅的后辈。这是欧阳修的自谦之词。

㉔ 这两句为倒装,是说年纪、心境虽老,然所作文词却愈益清新。

㉕ 妖韶——妖娆,娇艳妩媚。

㉖ 古硬——形容梅诗苍劲有力,有古气。

㉗ 嚄(chuài 踹)——一口吃下去。　以上十二句论梅圣俞的诗风。

㉘ 轹(lì 力)——车轮碾轧。这句说:苏诗气势可压倒一切。

㉙ 徒——徒然。

㉚ 古货——指梅尧臣诗。这句说：梅尧臣的那些具有古意的诗,不为世人所赏识。

㉛ 翮(hé 河)——鸟羽的茎。　铩(shā 杀)——摧残。这两句分别比喻苏、梅二人的处境。苏子美当时官大理评事、集贤校理,仕途得意,如凤凰在云烟中翱翔;梅圣俞则累举进士不第,只任州县小吏,仕途失意,如羽毛伤残的凤凰。

㉜ 哕哕(huì 绘)——本是凤凰的鸣声,这里指歌诗唱和。

㉝ 这两句说：要问为何现在苦思苏、梅,因为饮酒尝新蟹的季节又到了。这里又暗用毕卓持蟹饮酒的典故。《世说新语·任诞》载,晋毕卓嗜酒,说："一手持蟹螯,一手持酒杯,拍浮酒池中,便足了一生。"

**【解读】**

　　本篇为欧阳修于庆历四年(1044)巡视河东路(今山西省内),归途经水谷时所写,可视为论诗之作。诗中提到的苏子美、梅圣俞,都是当时著名的诗人、作者的挚友。苏、梅齐名于一时,但苏诗笔力豪俊,梅诗清瘦闲淡,二人体貌各具。欧阳修以风起后的穴鸣、奔驰的千里马、盈前的珠玑、寒泉漱石、老有余态的美女以及耐人咀嚼的橄榄等,来比喻二人诗风之异,十分形象生动。对苏、梅诗风及创作特点的辨析、品评,可谓精细。诗前的叙事写景,简劲凝练;中间和诗后的议论,形象传神,感情浓郁。

**【点评】**

　　"微风动凉襟,晓气清余睡"。见平旦气象,极工。此诗说苏子美诗雄,梅圣俞诗清。　　——黄震《黄氏日钞》卷61 欧阳文

　　欧阳公《水谷夜行》诗,于子美、圣俞极为推奖：苏则状其超迈横绝,所谓"子美气尤雄,万窍号一噫"、"譬如千里马,已发不可杀";梅则形其深远闲淡,所谓"梅翁事清切,石齿漱寒濑"、"譬如妖韶女,老自有余态"。　　——宋长白《柳亭诗话》卷28

**【今译】**

　　寒鸡在荒林中大声地啼,弯月已落到了山壁间。

披上衣服,出门看夜色;牵着马儿,想到行程远。

外出巡行于夏初,现在回京已秋天。

银河斜垂,犹如从天而泻;气势雄浑,飘到九州外面。

秋风轻拂,撩起了我的衣襟;清晨凉气,吹醒了蒙眬的睡眼。

怀念昔日京师友,饮酒赋诗常相会。

其间舜钦和尧臣,诗文令人最钦佩。

创作都获大丰收,名望相当有声威。

苏诗才气更横溢,就像大地起狂风,万穴响巨雷。

时而文思如潮涌,醉后挥毫,好像大雨滂沱势雄伟。

又如奔腾的千里马,一往无前不可摧。

诗文既多又都好,难选庸作来责备。

梅诗清峻又深切,宛若寒流冲洗沙石堆。

诗歌写了三十年,与他相比,我当属后辈。

年龄、心境虽已老,文词反而有清晖。

就像一位娇艳女,年老仍然很妩媚。

近来写诗苍劲有古气,读来似有生涩味。

初食如同吃橄榄,细嚼慢咽才觉味真美。

苏诗豪迈气如山,成就徒然世间传。

梅翁潦倒唯我知,诗有古意人不谈。

两人好比金凤凰,百鸟之中最璀璨。

苏在"云烟"展翅飞,梅则"羽茎"遭伤残。

何日再能结伴游,作诗唱和尽日欢。

若问为何念苏、梅,只因新蟹又肥酒又甘。

8

# 啼 鸟

穷山候至阳气生①,　　百物如与时节争。
官居荒凉草树密②,　　撩乱红紫开繁英③。

花深叶暗辉朝日，　　日暖众鸟皆嘤鸣④。
鸟言我岂解尔意，　　绵蛮但爱声可听⑤。
南窗睡多春正美⑥，　　百舌未晓催天明⑦。
黄鹂颜色已可爱⑧，　　舌端哑咤如娇婴⑨。
竹林静啼青竹笋⑩，　　深处不见唯闻声。
陂田绕郭白水满⑪，　　戴胜谷谷催春耕⑫。
谁谓鸣鸠拙无用⑬，　　雄雌各自知阴晴⑭。
雨声萧萧泥滑滑⑮，　　草深苔绿无人行。
独有花上提葫芦⑯，　　劝我沽酒花前倾⑰。
其余百种各嘲哳⑱，　　异乡殊俗难知名。
我遭谗口身落此⑲，　　每闻巧舌宜可憎⑳。
春到山城苦寂寞，　　把盏常恨无娉婷㉑。
花开鸟语辄自醉㉒，　　醉与花鸟为交朋㉓。
花能嫣然顾我笑㉔，　　鸟劝我饮非无情。
身闲酒美惜光景㉕，　　唯恐鸟散花飘零。
可笑灵均楚泽畔㉖，　　离骚憔悴愁独醒㉗。

**【注释】**

① 穷山——指安徽滁州。　候至——春季来到。候，时令。　阳气——春日温暖的气候。

② 官居——官署。

③ 撩乱——即缭乱。　繁英——繁花。这句说：百花盛开，色彩缤纷。

④ 嘤鸣——鸟鸣声。

⑤ 绵蛮——鸟鸣声。

⑥ 睡多——酣睡之意。

⑦ 百舌——鸟名。

⑧ 黄鹂——黄莺。

⑨ 哑（yā 鸦）咤（zhà 诈）——指鸟鸣声。

⑩ 竹林——鸟名。

⑪ 陂（bēi 杯）田——水田。

⑫ 戴胜——布谷鸟。 谷谷——鸟鸣声。

⑬ 鸠——斑鸠。 拙无用——斑鸠不会自筑栖巢,常占鹊巢而居,被称为拙鸟。

⑭ 古谚曰:"天欲雨,鸠逐妇;天既雨,鸠呼妇。"作者认为,既然斑鸠能预知阴晴,就不能说它"拙无用"。

⑮ 泥滑(gǔ 古)滑——鸟名,即竹鸡。

⑯ 提葫芦——鸟名,又称提壶鸟。

⑰ 沽酒——买酒。

⑱ 嘲(zhāo 招)哳(zhā 渣)——形容鸟声细碎繁杂。一作"啁哳"。

⑲ 谗口——指谗佞者之中伤、诬陷之词。

⑳ 巧舌——谗言。

㉑ 娉(pīng 乒)婷(tíng 亭)——这里指歌伎。

㉒ 辄(zhē 哲)——每每,总是。

㉓ 交朋——一作"友朋"。

㉔ 嫣然——形容笑容之美。

㉕ 光景——风光、景色。

㉖ 灵均——即屈原。《离骚》:"名余曰正则兮,字余曰灵均。"

㉗ 离骚——遭忧患。 愁独醒——《楚辞·渔父》:"屈原既放……行吟泽畔。颜色憔悴,形容枯槁。……曰:'举世皆浊我独清,众人皆醉我独醒,是以见放'"。这两句以屈原的自寻烦恼,来反衬自己的旷达自适。看似豁达,实含愁情。

【解读】

　　本篇作于庆历六年(1046),当时欧阳修因遭人诬陷和"庆历新政"失败而贬官于滁州。全诗用铺叙手法来状写物象和抒情达意。首四句主要描写时令和环境,为全篇作气氛渲染;中间二十句描摹各类啼鸟,或直以声响象之,或巧作比喻,令人如闻其声,似见其景,美不胜收;后十二句由鸟及人,转入议论,揭示题旨。作者笔下的春日光景,繁花似锦,草树青青,百鸟争鸣,万物竞生,但在这欢愉热闹的景象后面隐藏着抑郁不平之情。作者于嘉祐四年(1059)

再赋《啼鸟》诗云:"可怜枕上五更听,不似滁州山里闻。"可见诗人身居要职、地位显赫之后的不同心绪。

## 【点评】

直叙逐写。"我遭"以下入议。

——方东树《昭昧詹言》卷 12 欧阳永叔

"鸟言我岂解尔意? 绵蛮但爱声可听"。总叙鸟声。

——高步瀛《唐宋诗举要》评语卷 3

是年永叔在滁州,诗中"我遭谗口"云云,所以发其不平也。

——高步瀛《唐宋诗举要》评语卷 3

## 【今译】

春又回滁州,大地暖气日日升;
万物已复苏,随时变化景象新。
贬官在穷乡,野草繁茂树林密;
百花正盛开,万紫千红色缤纷。
绿叶丛中花簇簇,辉映朝阳;
艳阳高照人间暖,百鸟齐鸣。
鸟语阵阵,我怎理解你的心;
绵蛮声声,只爱其鸣音可听。
南窗下酣睡,春色正美;
百舌却不懂,响到天明。
黄莺的颜色十分可爱,
娇婴般的啼鸣更加动人。
竹林在青竹笋间轻轻地啼叫;
走进深处,只闻其声却不见它的踪影。
城外水田环绕,清水满溢;
戴胜谷谷不止,催人春耕。
谁说斑鸠笨拙,没有本事;

雌雄都有擅长,能知阴晴。

春雨声萧萧,竹鸡飞个不停,

草长苔绿滑,路上没有行人。

只有提葫芦,站立花上悠闲;

似劝我买酒,花前尽情畅饮。

其余百种鸟,叫声细碎繁杂;

身为异乡客,难以知道其名。

我遭诬陷被贬此,每闻谗言心就恨。

春虽到滁州,我却仍寂寞;

举杯消忧愁,常苦无歌声。

有感花鸟即酪酊,醉与花鸟作友朋。

百花对我笑得欢,众鸟劝饮慰我情。

闲居把酒惜春光,只怕鸟飞花飘零。

可笑屈原行吟楚泽边,自寻烦恼孤身抒义愤。

# 沧 浪 亭①

子美寄我《沧浪吟》, 邀我共作沧浪篇。

沧浪有景不可到, 使我东望心悠然②。

荒湾野水气象古, 高林翠阜相回环③。

新篁抽笋添夏影④, 老栟乱发争春妍⑤。

水禽闲暇事高格⑥, 山鸟日夕相啾喧⑦。

不知此地几兴废, 仰视乔木皆苍烟⑧。

堪嗟人迹到不远, 虽有来路曾无缘⑨。

穷奇极怪谁似子⑩, 搜索幽隐探神仙。

初寻一径入蒙密⑪, 豁目异境无穷边。

风高月白最宜夜, 一片莹净铺琼田⑫。

清光不辨水与月, 但见空碧涵漪涟⑬。

清风明月本无价，　　可惜只卖四万钱。
又疑此境天乞与<sup>⑭</sup>，　　壮士憔悴天应怜<sup>⑮</sup>。
鸱夷古亦有独往<sup>⑯</sup>，　　江湖波涛渺翻天<sup>⑰</sup>。
崎岖世路欲脱去，　　反以身试蛟龙渊。
岂如扁舟任飘兀<sup>⑱</sup>，　　红蕖绿浪摇醉眠<sup>⑲</sup>。
丈夫身在岂长弃，　　新诗美酒聊穷年<sup>⑳</sup>。
虽然不许俗客到，　　莫惜佳句人间传<sup>㉑</sup>。


**【注释】**

① 此题一本上有"寄题子美"四字。

② 东望——苏州在滁州东。　悠然——忧思深长的样子。

③ 阜(fù 付)——土山。

④ 篁(huáng 黄)——竹子。

⑤ 枿(niè 聂)——树木被砍伐后新抽出的枝条。

⑥ 高格——这里形容水禽浮于水上，一派悠闲自得的样子。

⑦ 啾喧——杂乱的鸟鸣声。

⑧ 苍烟——青色的烟雾。

⑨ 这两句说：感叹从前别人走这条路没有进入幽深之处，因此他们无缘发现这片胜景。

⑩ 穷——与本句"极"均为穷尽的意思。　奇——与本句"怪"都是指奇异的景物。　子——指苏子美。

⑪ 蒙密——树林茂密。

⑫ 琼田——玉田，形容月光下的大地。

⑬ 空碧涵漪漪——形容水天一色，相映成趣。漪漪，即涟漪、波纹。

⑭ 乞与——给予。

⑮ 壮士——指苏子美。

⑯ 鸱(chī 吃)夷——据《史记·越世家》载：范蠡助勾践灭吴后，驾扁舟渡海隐去，改名鸱夷子皮。　独往——指隐居。

⑰ 渺——深远。

⑱ 飘兀——飘荡。兀，摇动。

⑲ 红蕖——红芙蕖，荷花。

⑳ 穷年——尽年,过日子。

㉑ 人间——人世间,这里把沧浪亭比作世外桃源。

## 【解读】

本篇于庆历六年(1046)作。苏子美被削官除职后定居苏州,于庆历六年建沧浪亭。诗中所写水禽、山鸟、荒湾野水、高林翠阜、新篁抽笋及老柟乱发等景象,都是作者根据苏子美《沧浪亭记》虚构而成,想象丰富。诗人借景抒情,由人及己,既寄寓了对挚友被贬的深切同情,也抒发了自己遭受贬谪的感愤。

## 【点评】

"风高月白最宜夜",极切。末借鸥夷言之:"崎岖世路欲脱去,反以身试蛟龙渊。岂如扁舟任飘兀,红渠绿浪摇醉眠。"翻得极佳。

——黄震《黄氏日钞》卷61 欧阳文

起柟《石鼓》四句叙。"荒湾"以下写。"不知"以下议。"穷奇"四句叙。"岂如"句,笔势挽力。

——方东树《昭昧詹言》卷12 欧阳永叔

## 【今译】

子美居苏州,寄我《沧浪吟》;

诗中邀请我,共写沧浪篇。

沧浪有美景,未曾去观赏;

滁州向东望,心意真悠然。

河湾荒凉水不流,万千气象有古趣;

绿树高耸土山翠,山林环绕称奇观。

青竹吐嫩芽,大地添夏景;

老树砍后抽新枝,枝叶茂盛争春妍。

鹅鸭浮绿水,意态多悠闲;

山中归鸟不知倦,夕阳底下叫得欢。

不知亭所在,兴衰有几何;

树影森森烟云飘,仰望乔木入云端。

感叹游山人,未入幽深地;

虽有登山路,胜景却无缘。

穷尽深山处,有谁像子美;

搜索隐秘事,遍访觅神仙。

初寻一条道,树密路又险;

出林天地宽,异境没有边。

风高月皎洁,夜色最眷恋;

银辉铺大地,明净赛琼田。

月光清如水,天水难分辨;

四处见空碧,上下均潾涟。

清风明月本来就无价,可惜它们只卖四万钱。

我又怀疑此境天赐予,壮士潦倒上苍应可怜。

古时范蠡功成即身退,江湖深远洪波浪滔天。

世路崎岖早想脱凡尘,不料身处险境蛟龙渊。

怎如驾起扁舟任意飘,荷花丛中醉后尽情眠。

男儿有才岂能长废弃,新诗美酒聊且度一年。

虽然不许俗客到山亭,但有佳句就应传人间。

## 菱溪大石①

新霜夜落秋水浅,　　有石露出寒溪垠②。

苔昏土蚀禽鸟啄,　　出没溪水秋复春。

溪边老翁生长见,　　疑我来视何殷勤。

爱之远徙向幽谷,　　曳以三犊载两轮③。

行穿城中罢市看,　　但惊可怪谁复珍。

荒烟野草埋没久,　　洗以石窦清泠泉④。

朱栏绿竹相掩映，　　选致佳处当南轩⑤。
南轩旁列千万峰，　　曾未有此奇嶙峋⑥。
乃知异物世所少，　　万金争买传几人。
山河百战变陵谷，　　何为落彼荒溪濆⑦。
山经地志不可究⑧，　　遂令异说争纷纭⑨。
皆云女娲初锻炼⑩，　　融结一气凝精纯。
仰其苍苍补其缺⑪，　　染此绀碧莹且温⑫。
或疑古者燧人氏⑬，　　钻以出火为炮燔⑭。
苟非神圣亲手迹，　　不尔孔窍谁雕剜⑮？
又云汉使把汉节⑯，　　西北万里穷昆仑。
行经于阗得宝玉⑰，　　流入中国随河源⑱。
沙磨水激自穿穴，　　所以镌凿无瑕痕。
嗟予有口莫能辩，　　叹息但以两手捫⑲。
卢仝韩愈不在世⑳，　　弹压百怪无雄文。
争奇斗异各取胜，　　遂至荒诞无根原。
天高地厚靡不有㉑，　　丑好万状奚足论㉒。
惟当扫雪席其侧，　　日与嘉客陈清樽㉓。

【注释】

① 菱溪——原为琅琊山脚下由西向东的一条溪流，溪早废，今仅存一池塘，在滁城东数里，称菱溪塘。欧阳修另有《菱溪石记》，记菱溪石事。

② 垠(yín 银)——边。

③ 曳(yè 业)——拉。

④ 石窦(dòu 豆)——石穴。　清泠(líng 灵)——清凉。

⑤ 轩(xuān 宣)——有窗槛的长廊或小室。

⑥ 嶙(lín 林)峋(xún 旬)——山石突兀的样子。

⑦ 濆(fén 汾)——水边。

⑧ 山经地志——指地理书籍。　究——推求。

⑨ 纷纭——此指议论众多。

⑩ 女娲(wā 蛙)——神话中人类的始祖。传说她用黄土造人，并炼五色

石补天。

⑪ 苍苍——指天。

⑫ 绀(gàn 干)——一种深青带红的颜色。　莹且温——温润晶莹。

⑬ 燧人氏——传说中人工取火的发明者。

⑭ 炮燔(fán 凡)——烧烤食物。

⑮ 不尔——不然。

⑯ 节——古代使者手持的节杖,作为外交使节的凭证。

⑰ 于阗(tián 田)——即于田,在今新疆维吾尔自治区塔里木盆地南部。

⑱ 中国——指中原地区。

⑲ 扪(mén 门)——抚摸。

⑳ 卢仝(795? —835)——唐代诗人。其诗风格奇特,曾作《月蚀诗》,讨伐食月亮的虾蟆精怪。　韩愈(768—824),唐代文学家。其诗力求新奇,以文入诗,有时流于险怪。曾作《祭鳄鱼文》,讨伐吃人的鳄鱼。

㉑ 靡不有——无所不有。

㉒ 奚足论——何足论。

㉓ 樽——盛酒的器具。

## 【解读】

本篇于庆历六年(1046)贬谪滁州时所作。欧阳修这次被贬,看似受甥女张氏之狱的牵连,实则因刚正直谏及支持"庆历新政"而得罪了仁宗和朝中保守派。作者自知平日所为问心无愧,于是便借在菱溪得一嶙峋大石而赋诗寄志。

诗从发现大石着笔,"寒溪"、"苔昏土蚀"等描写衬出大石所处环境的凄凉。"我"与他人、一石与千万峰的对比,写出大石独具的魅力和作者的观赏情趣。诗中对大石来源的三种议论,精彩新奇。诗末以雪衬石,使石、"我"融为一体,暗中点出题旨。诗人借物言志,以石喻人;构思独特,意蕴深婉。

## 【点评】

《菱溪大石》一诗,形容布置,可观文法。

——黄震《黄氏日钞》卷 61 欧阳文

"皆云"十四句,平叙中入奇,议以代写。

　　　　　　——方东树《昭昧詹言》卷 12 欧阳永叔

## 【今译】

　　夜深人静,秋霜给大地铺上了白银;琅琊山下的菱溪,水位又下降了几寸;

　　一块突兀的奇石,显露在荒凉的溪水滨。

　　青苔和泥土开始发黑剥落,水禽飞鸟在上面啄个不停;

　　溪水涨了又落,落了又涨;奇石出没,年复一年,度秋历春。

　　一位老翁在溪边常住,看惯了它出没的情景;

　　见我一次次前来观石,不禁由此产生了疑心。

　　喜欢奇石,我把它迁移到很远,幽谷泉旁重新安身;

　　装上拖车,三头牛拉得很累很累,溪石重啊,实在太沉太沉。

　　牛车在城中缓缓地穿过,行人不由得脚步滞停;

　　对此大石个个都惊叹,可是有谁将它当珍品!

　　荒烟弥漫啊野草丛生,奇石遭埋没,年久无人问;

　　取出石穴中清凉的泉水,把它冲洗得不染一尘。

　　移到朝南的长廊下面,红栏、翠竹中相互掩映。

　　长廊外景象蔚为壮观,千万座山峰气势雄浑;

　　但与溪石对比一下,怎有其来得如此嶙峋?

　　世上宝物数不胜数,唯有溪石人所少闻;

　　想见当年人人争购,昂贵无比,价值万金。

　　山河历经纷繁的战火,陵谷留下变迁的旧痕;

　　昔日人所争买的至宝,为何流落到荒凉的水滨?

　　地理书上已无法查考,理所当然要众说纷纭。

　　或云女娲炼石之初,元气凝结精而又纯;

　　仰望苍天力补缺口,石上染色温润晶莹。

　　或云古时有一燧人,烧烤食物由他发明;

　　假如不是钻石取火,窟窿哪会如此之深!

又说张骞出使西域,不远万里奔赴昆仑;

经过于阗得此宝玉,放进黄河飘向京城。

沙磨水冲自成洞穴,毫无人工雕琢之痕。

神秘的传说真假道不明,感慨万千双手把溪石亲。

可惜卢仝、韩愈现已不在世,新奇雄健的文章无人再问津。

为使奇谈不致成怪论,于是胡编乱造荒诞而不经。

补天、取火、宝玉一一都说到,讲好讲坏何必再去多议论。

唯有扫尽积雪坐在溪石旁,每日把酒邀客共赏其风神!


# 琅 琊 溪①

空山雪消溪水涨,　游客渡溪横古槎②。
不知溪源来远近,　但见流出山中花。

【注释】

　　① 琅琊溪——在安徽滁县西南的琅琊山中,汇合山间小溪而成。

　　② 横古槎——横置枯木作渡桥。槎(chá 查)——竹木制成的筏,这里指渡桥。


【解读】

　　本篇原列《琅琊山六题》之二,集中描写冬雪融化后琅琊溪水高涨的景状。诗人采用以小景传示大景的手法,通过描写不知远近的溪源、随水漂流的山花,展现了一个广阔的审美空间。读者可从琅琊溪的一段小景中,想象出整个琅琊山的风貌神采。


【点评】

　　公于斯时,悠然自得,会心独远,非惟负谤谪官不足为公累,而胸中浩然如此。宜发为文章,雍容敷愉,而笔力高妙,迥出寻常。
人谓得江山之助,信不虚也。

——华孳亨《增订欧阳文忠公年谱》

【今译】

　　空旷的大山里,厚厚的积雪已消融;清澈的琅琊溪,冬水渐渐
往上涌。

　　游人想去溪对岸,渡桥架在碧波中。

　　不知源头在哪里,近岭还是远山中?

　　只见溪水潺潺流,水面漂来花儿红。

## 庐山高赠同年刘中允归南康①

庐山高哉几千仞兮,根盘几百里,
巉然屹立乎长江②。
长江西来走其下③,是为扬澜左蠡兮④,
洪涛巨浪日夕相舂撞⑤。
云消风止水镜净,泊舟登岸而远望兮,
上摩青苍以晻霭⑥,下压后土之鸿厖⑦。
试往造乎其间兮⑧,攀缘石磴窥空谾⑨。
千岩万壑响松桧,悬崖巨石飞流淙⑩。
水声聒聒乱人耳⑪,六月飞雪洒石矼⑫。
仙翁释子亦往往而逢兮⑬,
吾尝恶其学幻而言哤⑭。
但见丹崖翠壁远近映楼阁,
晨钟暮鼓杳霭罗幡幢⑮。
幽花野草不知其名兮,风吹露湿香涧谷,
时有白鹤飞来双。

幽寻远去不可极⑯,便欲绝世遗纷痝⑰。

羡君买田筑室老其下,

插秧盈畴兮酿酒盈缸。

欲令浮岚暖翠千万状⑱,

坐卧常对乎轩窗。

君怀磊砢有至宝⑲,世俗不辨珉与玒⑳。

策名为吏二十载㉑,青衫白首困一邦㉒。

宠荣声利不可以苟屈兮㉓,

自非青云白石有深趣㉔,

其气兀硉何由降㉕?

丈夫壮节似君少㉖,

嗟我欲说安得巨笔如长杠㉗!

## 【注释】

① 同年——科举时代同科中榜的人互称同年。 刘中允——刘涣,字凝之。与欧阳修同年进士,官终太子中允。曾任颍上县令,因刚直不合于世,弃官归隐于庐山。中允,"太子中允"的省称。 南康——今江西星子县。

② 巀(jié 杰)然——山高峻的样子。

③ 走——这里是奔流的意思。

④ 左蠡(lǐ 里)——湖名,即彭蠡湖,即今鄱阳湖。

⑤ 舂(chōng 充)撞——即冲撞。舂,通冲。

⑥ 摩——迫近。 青苍——青天。 晻(àn 岸)霭——云雾遮蔽的样子。晻,"暗"的异体字。霭,云气。

⑦ 后土——大地。 鸿庬(páng 旁)——巨大无边。 这两句说:仰望庐山高峰,云雾迷蒙,似与青天相接。俯视庐山,又似一块巨大无比的石头,压在大地上。

⑧ 造——到。

⑨ 磴——山路的石阶。 空谾(hōng 轰)——指空旷深长的山谷。

⑩ 流淙——指瀑布。

⑪ 聒(guō 郭)聒——喧闹的水流声。

⑫ 飞雪——指瀑布激起的水雾。　石矼(gāng 钢)——石桥。

⑬ 仙翁、释子——道士、和尚。

⑭ 学幻而言哤(máng 忙)——指佛道教义虚妄而杂乱。哤,语言杂乱。

⑮ 杳霭——深远的样子。罗——排列。　幡( fān 帆 )幢( chuáng 床)——指庙宇道观中悬挂或竖立的旗帜。　以上两句描写山中寺院景色。

⑯ 极——穷尽。这句说:寻访山中幽远的美景,不可穷尽。

⑰ 绝世——脱离尘世。　纷厖(páng 旁)——指世事丛杂。

⑱ 浮岚暖翠——山上翠色的雾气。

⑲ 磊砢(luǒ 裸)——树木多节,比喻人的才能卓越。

⑳ 珉(mín 民)——像玉的石头。　玒(hóng 洪)——玉名。

㉑ 策名——记入官吏名册。

㉒ 青衫——唐代官制,文官八品、九品穿青色服,后常以青衫指卑官。一邦——一国,这里指州府。这句说:刘中允长期屈居下僚,终老县令。

㉓ 这句说:不可苟且屈就于高位厚禄而摧折志节。

㉔ 自非——若非。

㉕ 兀硉(lù 路)——原指岩石突兀的样子,此处指刘中允胸中的抑郁不平之气。　以上两句说:假如没有归隐山水的高深的意趣,因怀才不遇而郁积于心中的不平之气怎能得到平息。

㉖ 丈夫——成年男子的通称。这句说:像你这样有豪壮气节的人是很少的。

㉗ 杠——旗杆。


【解读】

　　友人刘涣辞官归隐,欧阳修作此诗以示赠别。诗以游山者的行踪为线索,不断变换风景各异的画面。先从山外仰视,展示庐山之高耸、广袤,又以奔腾的江水相衬,突出庐山气势之磅礴。接写登山途中的见闻,用悬崖、飞瀑、深谷、巨响等,进一步渲染庐山的深峻奇险。最后描写庐山高处丹霞翠壁等景观,为全篇增添了神奇的色彩。诗人以气势雄伟的庐山奇景,比喻友人的高洁情操,抒发一代文人怀才不遇的愤慨;对友人的钦羡、同情和慰藉,都蕴含在对庐山山水的描绘之中。格调雄豪,意境瑰丽。散文句式的运用,增强了作品跌宕纵横的气势。

## 【点评】

《庐山高》诗,文之豪者也。

——黄震《黄氏日钞》卷61 欧阳文

欧公作《庐山高》,气象壮伟,殆与此山争雄,非公胸中有庐山,孰能至此?

——费衮《梁溪漫志》卷7

## 【今译】

庐山高达几千仞,周围方圆数百里,巍然屹立在长江旁。

浩荡的江水从西来,左蠡山下扬波澜,洪涛巨浪日夜在冲撞。

云散风停江水如明镜,泊舟登岸远望那庐山。

云雾迷蒙似与天相接,又如巨石压在大地上。

试想前去入山中,攀登石阶俯视谷幽空。

千岩万壑松涛在轰响,悬崖巨石瀑布在泻冲。

飞溅的水花飘洒石桥,喧闹的水声震耳欲聋。

常在山里与道士、和尚喜相逢,我曾厌恶他们的学说杂乱而虚妄。

只见山崖绝壁远近映楼阁,晨钟暮鼓里隐现旗幡一行行。

那不知名的幽花野草啊,微风白露中散发芳香一阵阵,还有白鹤飞来一双双。

山间幽景访不尽,遗弃尘世意念生。

美慕您在此买田造屋度晚年,插秧满田啊酿酒满缸。

翠色的雾气变化无穷,坐躺在轩窗下常观赏。

您襟怀磊落才能奇,世人不分玉和石。

仕途奔波二十年,白头依旧沉下潦。

不为高位厚禄摧志节啊,若无归隐山水意趣高,抑郁之气怎能消?

豪壮气节今已少,怎能用如椽巨笔叙写您情操?

# 边户①

家世为边户，　　年年常备胡②。

儿童习鞍马，　　妇女能弯弧③。

胡尘朝夕起④，　　虏骑蔑如无⑤。

邂逅辄相射⑥，　　杀伤两常俱⑦。

自从澶州盟⑧，　　南北结欢娱⑨。

虽云免战斗，　　两地供赋租⑩。

将吏戒生事，　　庙堂为远图⑪。

身居界河上，　　不敢界河渔⑫。

**【注释】**

① 边户——住在边境上的人家。

② 胡——古代对北方和西方各族的泛称，这里指辽（契丹）。

③ 弯弧——弯弓射箭。

④ 这句说：辽兵频频侵扰。

⑤ 虏骑——对辽兵的蔑称。这句说：边民蔑视辽兵，视之如无。

⑥ 邂（xiè 谢）逅（hòu 后）——不期而遇。

⑦ 俱——相当。

⑧ 澶州盟——景德元年（1004），辽兵深入宋境。因宰相寇准的坚请，宋真宗勉强至澶州（今河南濮阳）督战。但真宗素主和议，终与辽在澶渊（濮阳西南）订立了屈辱的和约，由宋每年输辽银十万两，绢二十万匹。

⑨ 结欢娱——这里含婉讽之意。

⑩ 这两句说：虽然两国免于交战，但边民却要向宋、辽两方缴纳赋税。

⑪ 这两句说：武将文官不准边民有抗辽行动，声称朝廷有深谋远略。庙堂——朝廷。

⑫ 界河渔——在两国之间的界河里打鱼。

## 【解读】

本篇为欧阳修于至和二年(1055)出任赴辽使节、途经边地时有感而作。诗以边民的口吻,揭露屈辱的澶渊之盟给国家、百姓带来的深重灾难,对宋王朝的软弱无能、苟且偷安作了委婉的讽刺。诗将澶渊之盟前后边地两种景况、边民与朝廷的不同态度进行比较,议论深刻有力。虽然是一首政治诗,但没有空泛的议论,具有很强的艺术感染力。

## 【今译】

　　世代都在边地住,年复一年,经常防备契丹来侵入。

　　儿童时开始练骑马,妇女也会拉弓射箭真英武。

　　胡骑扬沙尘,日夜来骚扰,边民奋勇起,丝毫不怯懦。

　　不期而遇就猛射,双方难以分胜负。

　　自从澶渊结盟后,南宋北辽始议和。

　　虽然两国不交战,边民却缴双重赋。

　　不许边民来反抗,声称朝廷有良图。

　　历代在此把鱼捕,如今却怕入界河。

## 明妃曲和王介甫作①

胡人以鞍马为家,　　　　射猎为俗。

泉甘草美无常处②,　　　鸟惊兽骇争驰逐③。

谁将汉女嫁胡儿,　　　　风沙无情貌如玉。

身行不遇中国人④,　　　马上自作《思归曲》⑤。

推手为琵却手琶⑥,　　　胡人共听亦咨嗟⑦。

玉颜流落死天涯,　　　　琵琶却传来汉家。

汉宫争按新声谱⑧,　　　遗恨已深声更苦。

纤纤女手生洞房⑨,　　　学得琵琶不下堂⑩。

不识黄云出塞路⑪,　　　岂知此声能断肠⑫!

**【注释】**

① 明妃——即王昭君,名嫱,汉元帝时宫女,后被赐予匈奴单于为妻。晋时避司马昭讳,改称明君或明妃。王安石(字介甫)有《明妃曲》诗,题咏王昭君事。这是欧阳修的和作。

② 无常处——没有固定的居处。

③ 以上四句写北地殊俗。

④ 中国——指中原地区。

⑤ 以上四句写昭君远嫁。

⑥ 这是弹琵琶的指法。《释名·释乐器》:"琵琶本出于胡中,马上所鼓也。推手前曰琵,引手却曰琶,象其鼓时,因以为名也。"

⑦ 咨嗟——叹息。

⑧ 按——这里作"弹"解。 新声谱——指传入汉地的琵琶新曲。

⑨ 洞房——深邃的内室。

⑩ 下堂——指宫女被遗弃。

⑪ 黄云——指北地风沙。

⑫ 以上四句说:宫中的琵琶女生活在深院的内室,学会琵琶即受宠幸,她们不懂出塞的痛苦,哪能知道琵琶声中的悲伤呢?

**【解读】**

本篇与《再和明妃曲》、《庐山高赠同年刘中允归南康》,同为欧阳修的平生得意之作。虽然创作题材是老的,且又是和唱之作,但作者能不落窠臼,力创新意,通过宫女不识琵琶"新声",来议论朝臣居安忘危,以小见大,理寓事中,从而使此诗成为表现昭君题材的又一佳作。琵琶入汉的细节描写,胡地生活和宫女弹奏的场景刻画,增强了作品的形象性和抒情性。

**【点评】**

此诗"纤纤女手生洞房,学得琵琶不下堂。不识黄云出塞路,岂知此声能断肠"四句,颇具唐人风旨。

——姚范《援鹑堂笔记》卷34

思深，无一处是恒人胸臆中所有。以后一层作起。"谁将"句逆入明妃。"推手"句插韵，太白。"玉颜"二句，逆入琵琶。收四语又用他人逆衬。一层层不犯人，所以为思深笔折也。此逆卷法也。

——方东树《昭昧詹言》卷 12 欧阳永叔

【今译】

胡人的家啊在鞍马上，射猎尚武不同于汉。

草嫩泉甜啊游牧为生，鸟兽惊骇啊争相逃窜。

是谁将汉女啊嫁给胡儿，风沙无情啊损其容颜。

远离故乡啊不遇中原人，马上吟诗啊思归泪涟涟。

弹奏琵琶啊倾诉衷情，就连胡人啊听了也伤感。

美女漂泊啊死在天边，曲曲哀音啊中原流传。

汉宫争弹啊琵琶新声谱，朝中无人啊懂得明妃苦。

深院内室啊众多窈窕女，学成琵琶啊能被君王宠。

久居宫中啊不识边塞苦，怎知《思归曲》啊声声多悲痛。

## 忆 焦 陂①

焦陂荷花照水光，　　未到十里闻花香。

焦陂八月新酒熟，　　秋水鱼肥鲙如玉②。

清河两岸柳鸣蝉③，　　直到焦陂不下船。

笑向渔翁酒家保，　　金龟可解不须钱④。

明日君恩许归去⑤，　　白头酣咏太平年。

【注释】

① 焦陂——一名椒陂、焦坡，在今安徽阜阳城南约六十里，属阜南县。

② 鲙(kuài 快)——细切的鱼肉。

③ 清河——传说原为项羽开的"通商渠"，五代时改名清河，贯穿于阜阳

县和阜南县境。

④ 金龟——唐代官员的佩饰。李白《对酒忆贺监诗序》:"太子宾客贺公,于长安紫极宫一见余,呼余为谪仙人,因解金龟换酒为乐。"

⑤ 归去——指辞官隐退。

**【解读】**

熙宁元年(1068),欧阳修上表要求退隐,至熙宁四年(1071),又屡上辞章告老,终于是年六月获准。本篇即作于上表求退之时。诗人用丰富的想象,描写焦陂香飘十里的荷花,八月新酿的醇酒及秋日鲜美的鱼鲙,以抒发即将归隐的欣喜之情。诗歌语言晓畅,情感真切,笔调明快。虽属古体,但句式工整。

**【今译】**

焦陂荷花多亮丽,亭亭玉立映水面。
秋日圆荷分外香,十里之外已传遍。
焦陂八月农家忙,新酒清醇香又甜。
湖中鱼儿肥又大,切成鱼片味道鲜。
清河两岸杨柳中,蝉儿声声响连天。
游客听得精神爽,到了焦陂忘下船。
笑问船上老渔翁,道是酒家路不远。
解下金龟去换酒,畅饮不必再化钱。
倘若皇帝肯赐恩,明日辞官即归田。
安度晚年乐陶陶,吟诗歌颂太平年。


## 雨后独行洛北①


北阙望南山②,　明岚杂紫烟③。
归云向嵩岭④,　残雨过伊川⑤。

树绕芳堤外，　　桥横落照前。

依依半荒苑⑥，　　行处独闻蝉。

**【注释】**

① 洛北——洛阳城北。

② 阙（què 缺）——宫门前的望楼。　南山——指龙门山和香山，在洛阳南部。

③ 岚（lán 篮）——山上的水蒸气。这句说：雨后的岚气和阳光穿过云雾折射出的紫烟交汇在一起。

④ 嵩岭——嵩山，在洛阳东南。

⑤ 伊川——伊水，源出河南熊耳山，东北流经嵩县、伊阳、洛阳、偃师，入洛水。

⑥ 荒苑——荒废的古代苑囿。

**【解读】**

本篇刻画洛阳夏日雨后的自然风光。诗先从大处着墨，描绘洛南山间雾气明灭的万千气象，展现一幅海市蜃楼般的图景；接着用虚实相生的笔法，对雨后远景作典型概括。中间所写洛河畔的芳堤、绿树、横桥、夕阳等为中景，构图巧妙和谐，色彩丰富鲜活。最后以近景收束，荒寂中透露出淡淡的孤独、凄凉的意绪。

**【今译】**

在洛阳北门城楼遥望南山，岚气和紫烟分外地灿烂。

雨云已向嵩岭飘去，残雨早就过了伊川。

绿树围护着长满芳草的长堤，横桥沐浴着夕阳绯红的余晖。

幽寂的庭苑仍令人留恋，独行时听到了凄凉的鸣蝉。

## 秋郊晓行①

寒郊桑柘稀②，　　秋色晓依依③。

野烧侵河断④，　山鸦向日飞。

行歌采樵去，　荷锸刈田归⑤。

秫酒家家熟⑥，　相邀白竹扉⑦。


**【注释】**

① 晓行——一作"晓望"。

② 柘(zhè 浙)——植物名,落叶乔木,叶可养蚕。

③ 依依——隐约可辨的样子。

④ 野烧——烧荒的野火,也指枯草燃烧后留下的黑色痕迹。　侵——迫近。

⑤ 荷(hè 贺)——背负。　锸(chā 插)——铁锹。　刈(yì 亿)——割草。

⑥ 秫(shú 熟)酒——这里指用黏高粱酿的酒。

⑦ 白竹扉——指农家茅舍院落中用竹编成的门窗。


**【解读】**

本篇描写秋日于洛阳郊外所见之景。前半部分紧扣时令特征,桑柘稀疏、野烧侵河、山鸦向日等,无不带有深深的秋意。后半部分围绕"行"字展开,写樵者行歌、农家酒香、茅舍邀饮,呈现出一派祥和安乐的气氛。


**【今译】**

寒冷的郊野上点缀着桑柘三两枝,秋天的清晨里景物朦胧色依稀。

烧荒的野火燃到了小河边,山中的乌鸦向着太阳款款飞。

砍柴人唱着歌儿上山去,锄田的扛着铁锹把家回。

高粱酒熟了芳香飘四野,邻里间相邀围坐在白竹扉。

# 黄溪夜泊①

楚人自古登临恨②，　暂到愁肠已九回③。
万树苍烟三峡暗④，　满川明月一猿哀。
非乡况复惊残岁，　慰客偏宜把酒杯⑤。
行见江山且吟咏，　不因迁谪岂能来⑥？

**【注释】**

① 黄溪——在今夷陵（今湖北宜昌）的黄牛峡附近。

② 楚人自古登临恨——战国时楚人宋玉作《九辩》，自述忠而见谤、失职穷困的痛苦，其中诗句云："憭栗兮若在远行，登山临水兮送将归。"夷陵在春秋时属楚。

③ 暂到——这里是刚到的意思。　愁肠已九回——形容忧思之甚。司马迁《报任安书》："肠一日而九回。"

④ 三峡——瞿塘峡、巫峡和西陵峡的合称。在长江上游，西起四川奉节白帝城，东至湖北宜昌南津关。

⑤ 客——诗人自指。　偏宜——最宜。

⑥ 迁谪——降职到远地。

**【解读】**

本篇于景祐四年（1037）被贬夷陵时经黄溪作。首联以"恨"、"愁"二字点明题旨，为全篇定下基调；颔联以景逆情，用黯淡、朦胧两种不同的景色作渲染，进一步抒写缠结难解的愁绪；颈联喟叹岁暮谪居他乡，只能借酒浇愁，感慨深沉；尾联自我解嘲，在无可奈何之际故作旷达。气象阔大，意绪苍凉，为欧阳修七律的佳作。

**【点评】**

以见江山为慰，迁谪人善自遣心之法。

——陆次云《宋诗善鸣集》评语卷上

【今译】

登山临水的怨恨啊，古今楚人都洒过泪。

想起被贬他乡啊，愁肠就千转百回。

万木苍苍，烟雾霏霏；三峡暗淡，天幕低垂。

皓月中天挂，满川铺银辉；哀猿遍地啼，声声令人悲。

作客他乡啊，惊叹又将辞旧岁。

安慰游子啊，最宜端起浊酒杯。

羁旅途中所见多，江山一一入诗内。

若不迁谪怎能来？黄溪夜景多幽美。

# 戏答元珍①

春风疑不到天涯，　二月山城未见花②。
残雪压枝犹有橘，　冻雷惊笋欲抽芽③。
夜闻归雁生乡思④，　病入新年感物华⑤。
曾是洛阳花下客⑥，　野芳虽晚不须嗟⑦。

【注释】

①题一作《戏答元珍花时久雨之什》。　元珍——丁宝臣的表字，时为峡州军事判官（协助地方长官处理政务和公文的官员），与欧阳修友善，曾作《花时久雨》诗相赠，欧阳修以此诗作答。题首"戏"字，是说所写不过是游戏文字，其实是诗人政治上失意的掩饰之辞。

②山城——与上句"天涯"，在诗中均指夷陵。诗人对"春风"两句颇自负："若无下句，则上句何堪？既见下句，则上句颇工。文意难评，盖如此也。"（《峡州诗说》）

③冻雷——初春的寒雷。

④乡思(sì 四)——思乡之情。

⑤物华——美好的自然景色。

⑥曾是洛阳花下客——欧阳修举进士后，应南宫（礼部）获试第一，即调

西京(洛阳)任留守推官,洛阳以牡丹花盛著称,故云。

⑦ 嗟——嗟叹。

## 【解读】

    本篇为诗人七言律诗代表作,于宋仁宗景祐四年(1037)谪居峡州夷陵(今湖北宜昌)时所作。一二句概写山城的荒僻、冷落,写景寓情,寄托政治失意的感慨。三四句紧承前两句,详写山城之景,但承中有转,所写山城早春风光充满生机活力。五六句抒发作者多病之身在时光变迁、万物更迭的情景下产生的客子之悲。诗人早年任职洛阳,对自己才学颇存自信。如今远离牡丹之乡而来到"野芳"迟迟未开的天涯,说"不须嗟",其实还是嗟叹的,只是身处逆境仍能保持豁达,对前途不失信心。末两句抒写自慰自勉之情,于低回中见激昂。

## 【点评】

    欧公语人曰:"修在三峡赋诗云:'春风疑不到天涯,二月山城未见花。'若无下句,则上句不见佳处,并读之,便觉精神顿出。"文意难评如此,要当着意详味之耳。    ——蔡绦《西清诗话》

    此夷陵作。欧公自谓得意,盖"春风疑不到天涯"一句,未见其妙。若可惊异,第二句云"二月山城未见花",即先问后答,明言其所谓也。以后句句有味。    ——方回《瀛奎律髓》卷4

## 【今译】

    我怀疑春风吹不到这荒远的天涯,
    二月的山城看不到竞放的野花。
    橘树上没有化尽的白雪还压在枝头,
    初春的雷声催促着新笋抽芽。
    夜间归雁的鸣叫引起我思乡的情怀,
    异乡新春的景物更令人愁病交加。

从前在洛阳我最爱欣赏牡丹,

这里的野花开得虽晚也不必嗟叹逝去的年华。


# 自　勉

引水浇花不厌勤,　便须已有镇阳春①。
官居处处如邮传②,　谁得三年作主人③?

【注释】

① 便须——就要的意思。

② 邮传——旅舍。

③ 三年——宋代地方官任期三年。

【解读】

　　本篇于庆历五年(1045)知真定府事时作。景祐三年(1036)以后的十年间,欧阳修任地方官时间长者两年,短者只有数月。每到一处,都如寄住驿站。本诗就是这种不安定的仕宦生活的写照。诗以浇花作比,表示即使此位难久,也要勤于政事。诗题作《自勉》,实含自嘲之意。

【今译】

　　引水浇花从不厌辛勤,居处也快有镇阳的春景。

　　虽说仕宦犹如住旅舍一般,但有谁能像我那样作三年主人?


# 丰乐亭游春三首①

绿树交加山鸟啼,　晴风荡漾落花飞。

鸟歌花舞太守醉<sup>②</sup>，　明日酒醒春已归。

**【注释】**

① 丰乐亭——在今安徽滁县西南丰山北麓，琅琊山幽谷泉上，庆历六年 (1046)欧阳修知滁州时建造。散文《丰乐亭记》记载了建亭经过。

② 太守——作者自称。

**【解读】**

庆历七年(1047)春，欧阳修来到丰乐亭游玩，大自然秀美的景色触发了他的诗情，于是便写了《丰乐亭游春》组诗。组诗均前两句写景，后两句写人，内容互相关联，结构匠心别具。第一首写惜春之意。前两句描绘山林春景，有声有色，对仗十分工稳。第三句 "鸟歌花舞"四字总承上联，分别与"山鸟啼"、"落花飞"相应，结构细密。用"醉"字刻画太守情态，可谓意动神飞。篇末流露惜春之意，含蓄委婉。

**【点评】**

欧阳公《丰乐亭》，……苏子美《夏意》，……此十数绝句，与唐人声情气息，不隔累黍，(严长明选《千首宋人绝句》)何故遗之？且无论唐、宋，即以诗论，亦明珠美玉，千人皆见，近在眼前，而严氏置若无睹，故操选柄为至难也。　——潘德舆《养一斋诗话》卷5

**【今译】**

茂密的绿树丛中，山鸟在欢快地鸣啼；阳光下和煦的春风，轻拂树枝把落花吹飞。

面对鸟歌花舞，太守早已心醉；待到明日酒醒，春天恐悄然已归。

春云淡淡日辉辉，　草惹行襟絮拂衣。
行到亭西逢太守，　篮舆酩酊插花归<sup>①</sup>。

　　① 篮舆——竹轿。　酩酊——大醉。

【解读】

　　本篇写醉春之态。"惹"和"拂"二字,将无生命的静态物景,化为有情思的动态意象,十分传神。末句表现太守洒脱不羁的性格和丰采,活灵活现。

【今译】

　　淡淡的春云里,阳光分外明丽;青草牵动着衣襟,花絮洒落在春衣。

　　走到丰乐亭西,游人遇到太守;见他身上插满鲜花,坐在竹轿上大醉而归。

红树青山日欲斜①,　　长郊草色绿无涯②。
游人不管春将老,　　来往亭前踏落花。

【注释】

　　① 红树——花树。
　　② 长郊——广阔的郊野。

【解读】

　　本篇写恋春之情。以绿为底色,夕阳作背景,选择红树、青山等为典型景物,画面色彩明丽,美感强烈。春虽将逝,但游人依然不绝,更显示暮春景色之魅力。

【今译】

　　花树青山,夕阳西下;广阔的郊野,绿草无涯。
　　游人不管春天将去,仍旧在亭前赏春,踏遍落花。

# 画 眉 鸟①

百啭千声随意移②，　山花红紫树高低。
始知锁向金笼听③，　不及林间自在啼④。

**【注释】**

　① 题一作《郡斋闻百舌》。百舌、画眉都是一种可供笼养的鸣禽。

　② 啭(zhuàn 撰)——鸟婉转地叫。

　③ 金笼——贵重的鸟笼。

　④ 自在啼——自由地啼叫。

**【解读】**

　本篇于庆历七年(1047)谪居滁州时作。通过对画眉鸟自由歌唱的赞美,抒发人生坎坷的忧郁之情,表达向往自由生活的热望。与梅圣俞《竹鸡》、苏子美《雨中闻莺》同为托物言情的佳作。

**【点评】**

　豢养虽优,究不如林间之自在,此诗盖别有寄托。

　　　　——王文濡《历代诗评注读本·宋元明诗评注》卷4

**【今译】**

　一阵阵、一声声,任意变化婉转而动听,

　山花树丛里传来画眉鸟悦耳的叫声。

　今天我才知道关在笼子里听它歌唱,

　远不如让它在林间自由自在地啼鸣。


# 怀嵩楼新开南轩与群僚小饮①

绕郭云烟匝几重②，　昔人曾此感怀嵩③。

霜林落后山争出，　　野菊开时酒正浓。
解带西风飘画角④，　　倚栏斜日照青松。
会须乘醉携佳客⑤，　　踏雪来看群玉峰⑥。

**【注释】**

　　① 怀嵩楼——唐滁州刺史李德裕所建，原名赞皇楼，后改为怀嵩楼，一名北楼。　轩——有窗槛的长廊或小室。　郡僚——州署的官吏们。

　　② 郭——城郭，指外城。　匝(zā 砸)——周遍；环绕一周。

　　③ 昔人——指建造怀嵩楼的李德裕。　嵩——嵩山。

　　④ 画角——彩绘的号角。

　　⑤ 会须——应当。

　　⑥ 群玉峰——神话传说西王母的住处。这里把环滁诸山，比作仙山。

**【解读】**

　　本篇于庆历七年(1047)谪居滁州时作。诗人登上怀嵩楼，想起二百年前被贬滁州的一代英才李德裕，感慨无限。但他不像李德裕那样遭贬后即萌退志，而是以乐观、开朗、顽强的精神面对现实。诗中所写群山争出、丛菊傲霜、向风解带及夕照青松、踏雪观峰等，即是这种傲岸昂扬精神的形象表现。意境高远，风格遒劲，字里行间洋溢着积极向上的力量。

**【点评】**

　　"霜林"二句，极为放翁所揣摩。

——陈衍《宋诗精华录》评语卷1

　　(永叔)作近体诗，便露本质，虽慕平淡，逸韵自饶。如《怀嵩楼新开南轩与群僚小饮》……俱极风流富贵之致。

——贺裳《载酒园诗话》

**【今译】**

　　城外的烟云，围了一重又一重；

过去名相在滁州，难于忘情数怀嵩。

经霜的树叶掉了，群山连绵竞相横空；

楼前的金菊盛开，杯中的醇酒美味正浓。

西风里传来画角声，解带笑相迎；

栏轩旁遥望天边，夕阳照青松。

等到冬日来临时，定当乘醉携客行；

踏雪登高赏奇观，玉洁冰清万千峰。


# 田　家

绿桑高下映平川，　　赛罢田神笑语喧①。

林外鸣鸠春雨歇，　　屋头初日杏花繁。

**【注释】**

①　赛——酬祭神灵。旧时农村于春社日赛神出会，以求丰收。


**【解读】**

　　本篇于庆历七年（1047）春在滁州作。诗中所写的绿桑、鸣鸠、村民的喧笑及盛开的杏花等，给人以春意盎然之感。作者热爱田家生活的情趣，已融入杏花春雨的美景之中。诗语轻灵鲜活，意境优美清新。


**【今译】**

　　高高低低的绿桑，掩映在平坦的田野之上；

　　献祭田神的歌舞之后，人们笑语朗朗。

　　春雨停了，树林外布谷鸟唱起了欢歌；

　　墙头上杏花在初阳映照下，更加茂盛地开放。

# 别　滁

花光浓烂柳轻明①，　酌酒花前送我行。
我亦且如常日醉②，　莫教弦管作离声③。

【注释】

① 花光浓烂——花香浓郁,阳光灿烂。　柳轻明——柳丝轻盈明洁。
② 常日——平常的日子。　且——一作"只"。
③ 作离声——演奏送别的乐曲。

【解读】

庆历八年(1048)春,欧阳修调任扬州知州,本篇即作于离开滁州时。此诗笔调明快,自然流畅,吏民热烈隆重的送别场面和诗人留恋滁州山水的心意,写得很有情味。"我亦"两句描写诗人面对离别时的洒脱旷达之情,是宋诗中广为传诵的名句。

【点评】

末二语直是乐天。　　　——陈衍《宋诗精华录》评语卷1

【今译】

花朵浓艳,柳条儿明洁轻柔;
在花间摆下酒宴送我去扬州。
我仍旧像平日一样举杯痛饮,
不让管弦演奏出离别的忧愁。


# 鹭　鸶①

激石滩声如战鼓②，　翻天浪色似银山③。

滩惊浪打风兼雨，　独立亭亭意愈闲④。

【注释】

① 鹭鸶——即白鹭，一种捕食鱼类的水鸟。

② 激石——浪花冲击岸边的石头。　滩声——浪潮拍打滩岸的声响。

③ 翻天——形容浪涛之高。

④ 亭亭——孤直高洁的样子。　意愈闲——心意更加悠闲。

【解读】

本篇为咏物诗，当为庆历年间作。滩声似战鼓、浪涛如银山及风雨交加等，比喻环境险恶；鹭鸶的亭亭玉立、安如泰山，象征刚毅、沉着、敢于斗争的精神。诗歌托物言志，寄慨深切；形神兼备，意韵别具。

【点评】

作者庆历八年并作有同题绝句一首，诗云："风格孤高尘外物，性情闲暇水边身。尽日独行溪浅处，青苔白日见纤鳞。"可与此诗合读。

——陈新　杜维沫《欧阳修选集》

诗

41

【今译】

潮水撞击岩石，滩声似战鼓；

波涛翻卷冲天，雪浪像银山。

任凭惊涛拍打，雨急风狂；

它更屹然挺立，心意悠闲。


# 梦中作

夜凉吹笛千山月，　路暗迷人百种花。

棋罢不知人世换①，　酒阑无奈客思家②。

【注释】

① 棋罢不知人世换——任昉《述异记》："晋王质入山采樵,见二童子对弈。童子与质一物如枣核,食之不饥。局终,童子指示曰:'汝柯(斧柄)烂矣。'质归乡里,已及百岁。"

② 酒阑——酒尽筵散。 客——指作者自己。

【解读】

本篇写于皇祐元年(1049)。题为"梦中作",其实未必全是梦中所作。此诗章法受杜甫《绝句》("两个黄鹂鸣翠柳")的影响,一句一绝,分写月夜、繁花、棋罢、酒阑四个各自独立的梦境,梦与梦之间飘然跳跃,变幻迷离,但诗意统一,诗情完整,作者仕宦生活的各个方面在诗中曲折地反映了出来。清陈衍《宋诗精华录》称此诗"如有神助"。

【点评】

此欧阳公绝妙之句,然以四句各一事,似不相贯穿,故名之曰《梦中作》。 ——徐树丕《识小录》卷3

此诗当真是梦中作,如有神助。

——陈衍《宋诗精华录》评语卷1

【今译】

明月普照远近的山头,凉夜中笛声吹来了忧愁;

路途幽暗迷住了行人,百花给大地铺上了锦绣。

棋罢人去,世事早已变迁;

酒尽筵散,异乡思家日久。


## 礼部贡院阅进士就试①

紫案焚香暖吹轻②, 广庭清晓席群英③。

无哗战士衔枚勇④，　　下笔春蚕食叶声⑤。
乡里献贤先德行⑥，　　朝廷列爵待公卿⑦。
自惭衰病心神耗，　　赖有群公鉴裁精⑧。

**【注释】**

① 礼部——官署名,掌贡举等职。　贡院——古代举行考试的场所。

② 紫案——红木案几。　暖吹——暖风。

③ 群英——指全国各地来京的应试者。

④ 衔枚——古时行军,令士兵口中横衔一种形如筷子的小棒,防止讲话、喧哗,以保守行军的秘密。

⑤ 春蚕食叶声——形容考场寂静,只听见笔在纸上写字时发出的声音。

⑥ 乡里献贤——宋代参加进士试的举子,由各州府和太学选送,德行是入选的首要条件。

⑦ 朝廷列爵——指经礼部考试中式后,再经殿试,由朝廷对中式的进士授官叙爵。

⑧ 群公——指与作者同知贡举的人。　鉴裁——鉴别裁定。

**【解读】**

　　本诗为作者唱和诗中的名篇,于嘉祐二年(1057)作。此年正月,欧阳修权知礼部贡举。他用行政手段来提倡古文,反对时文,为北宋诗文革新运动的胜利打下了基础。此诗描绘进士就试场面,气氛热烈。三四句写举子在闱中作文情状,生动传神。尾联希望群公精选贤能,表达了坚持文风改革的决心。

**【点评】**

　　欧阳知贡举日,有诗云:"无哗战士衔枚勇,下笔春蚕食叶声。"绝为奇妙。故圣俞作诗云:"食叶蚕声句偏美,当时曾记赋初成。"

——王直方《王直方诗话》

　　……未引试前,唱酬诗极多。文忠"无哗战士衔枚勇,下笔春蚕食叶声",最为警策。圣俞有"万蚁战时春昼永,五星明处夜堂

深”，亦为诸公所称。　　　　　——叶梦得《石林诗话》卷下

## 【今译】

红木的案几旁，缕缕暖香飘得轻；宽敞的考场里，清晨早就坐满了人。

凝神静气看试卷啊，犹如战士衔枚向前冲；笔走纸上如有神啊，好像春蚕食叶声不停。

乡里选贤才，首要条件是德性；殿试通过后，即在朝廷为公卿。

吾今惭愧体力衰，多病不堪耗精神；鉴别裁定望仔细，有赖群公多费心。

## 唐崇徽公主手痕①

故乡飞鸟尚啁啾②，　　何况悲笳出塞愁③。
青冢埋魂知不返④，　　翠崖遗迹为谁留？
玉颜自古为身累，　　肉食何人与国谋⑤？
行路至今空叹息，　　岩花野草自春秋。

## 【注释】

① 崇徽公主——唐代宗的公主，时唐与回鹘和亲，她被嫁给可汗。　手痕——传说公主嫁回鹘时，路经今山西灵石，以手掌托石壁，遂有手痕。

② 啁(zhōu 周)啾(jiū 究)——形容鸟叫的声音。

③ 笳(jiā 加)——我国古代北方民族的一种管乐器。

④ 青冢(zhǒng 肿)——指王昭君之墓，传说她的坟墓上常年长着青草，故名。此用来代指崇徽公主的埋身之地。

⑤ 肉食——即肉食者，指当权的达官贵臣。

【解读】

本篇是一首咏史诗,立意主要不在同情、哀怜崇徽公主远嫁的不幸,而是从政治角度揭示产生这一悲剧的原因,从而激起人们对不能远谋的肉食者的愤慨。诗情起伏,韵味悠长。"玉颜"一联对仗工整,议论深切,曾为朱熹所称道:"以诗言之,第一等诗;以议论言之,第一等议论也。"(《朱子语类》卷139)

【点评】

欧阳文忠公诗始矫昆体,专以气格为主,故其言多平易疏畅,律诗意所到处,虽语有不伦,亦不复问。……如《崇徽公主手痕》诗:"玉颜自古为身累,肉食何人与国谋?"此自是两段大议论,而抑扬曲折,发见于七字之中,婉丽雄胜,字字不失相对,虽昆体之工者,亦未易比。言意所会,要当如是,乃为至到。

——叶梦得《石林诗话》卷上

欧阳公七律,卓炼警健处,令人百诵不厌。如《唐崇徽公主手痕》诗,……此最著称于后世者。 ——陆以湉《冷庐杂识》卷6

【今译】

飞鸟没离开故乡,尚且不停地啁啾;
悲笳声中的少女,怎不为远嫁发愁?
早知一去永不回来,青草会长满荒山丘;
何必托壁印下手痕,当年的遗迹要保留?
美丽的女子难逃厄运,古今都作玩物出售;
无耻的权贵只顾享乐,能有几个为国出谋?
行客至此空自长叹,怜悯之余怨恨悠悠;
岩花野草永不衰败,伴随孤魂度春历秋。

# 秋 怀

节物岂不好①， 秋怀何黯然②？
西风酒旗市③， 细雨菊花天。
感事悲双鬓④， 包羞食万钱⑤。
鹿车终自驾⑥， 归去颍东田⑦。

**【注释】**

① 节物——节气景物。

② 黯然——心神沮丧的样子。

③ 酒旗——酒帘，旧时酒店门外悬挂的布招牌。

④ 悲双鬓——因忧愁而双鬓发白。

⑤ 包羞——含羞忍辱。《易·否卦》："包羞，位不当也。" 万钱——指俸禄之厚。

⑥ 鹿车——民间的一种小推车。

⑦ 颍东田——指颍州。

**【解读】**

本篇于治平二年（1065）在汴京（开封）作，抒发热爱自然和感叹国事的复杂心情。首联写秋景虽好但心绪不佳，用反问点明心情矛盾。颔联承首句，以纯白描手法具体写秋日佳趣，历来为人称道。颈联意接次句，交代心绪黯然的原因。尾联写归田的决心。朱熹认为："欧阳公文字好者，只是靠实而有条理也。"（《文公语录》）朴实自然，平易流畅，章法谨严，丝尽茧成，确是此诗的特点。

**【点评】**

《雪浪斋日记》云："或疑六一居士诗，以为未尽妙，以质于子和。子和曰：'六一诗只欲平易耳，西风酒旗市，细雨菊花天，岂

不佳?'"　　　　——胡仔《苕溪渔隐丛话》卷30六一居士下

"西风酒旗市,细雨菊花天"。名隽。

——高步瀛《唐宋诗举要》评语卷4

## 【今译】

季节景物难道有什么不好,秋日里心境为何如此沮丧?

西风里酒旗在不停地招展,细雨中菊花正竞相开放。

感叹国事,忧成两鬓苍苍;含羞忍辱,不忘志向高尚。

鹿车啊,何时才能驾起? 回到颍东,在田园里徜徉。

# 再至汝阴三绝(选一)①

黄栗留鸣桑葚美②,　　紫樱桃熟麦风凉③。

朱轮昔愧无遗爱④,　　白首重来似故乡。

## 【注释】

① 汝阴——即颍州,今安徽阜阳。

② 黄栗留——鸟名,即黄鸟、黄鹂。　桑葚(shèn 慎)——桑树果实,色
紫红,味酸甜。

③ 麦风——麦熟时的风。

④ 朱轮——这里代指知颍州时的作者。　遗爱——指留下的政绩。

## 【解读】

本篇于治平四年(1067)出知亳州(州治在今安徽亳县)途中在
汝阴停留时作。前两句通过听觉、视觉、感觉来写汝阴风物之美,
给人以实感;后两句抒发今昔之慨,词约意丰。各句首字分别用
"黄"、"紫"、"朱"、"白",敷彩着色亦颇具匠心。

**【点评】**

永叔有句云:"黄栗留鸣桑葚美,紫樱桃熟麦风凉。"先君有句云:"含桃红紫莺声老,宿麦青黄燕子飞。"皆初夏诗也。

——胡仔《苕溪渔隐丛话》卷23 六一居士

**【今译】**

黄鹂鸟叫了,桑葚子味道真鲜美;紫樱桃熟了,麦收时夏风多清凉。

当年任职政绩少,想起往事常羞惭;今日白发来重游,汝阴仍似我故乡。

# 中　峰

望望不可到,　　行行何屈盘①。
一径林秒出②,　　千岩云下看。
烟岚半明灭③,　　落照在峰端。

**【注释】**

① 屈盘——曲折盘旋的样子。

② 秒(miǎo 秒)——树枝的细梢。

③ 烟岚——山林中的雾气。

**【解读】**

明道元年(1032)春,欧阳修与梅圣俞等同游嵩山(今河南登封县北),事后作组诗《嵩山十二首》记这次春游,本篇即为其中之一。前两句极言山之高峻、路之艰险,登山者的急切心理刻画得很生动。后四句写登上峰顶后所见到的各种奇观,使人有置身于其境、飘然若仙之感。

望了一次又一次,仍未到峰峦;

行了一程又一程,山路多盘旋。

沿着弯弯羊肠道,越过密密树林梢;

登上了峰顶天地宽,千山万壑云下看。

烟云缭绕见佳景,半明半灭称奇观;

火红的夕阳余晖啊,正照在群峰的顶端。


## 晚泊岳阳①

| | |
|---|---|
| 卧闻岳阳城里钟, | 系舟岳阳城下树。 |
| 正见空江明月来, | 云水苍茫失江路。 |
| 夜深江月弄清辉, | 水上人歌月下归。 |
| 一阕声长听不尽②, | 轻舟短楫去如飞③。 |

【注释】

① 岳阳——今湖南岳阳市,地处长江南岸。

② 一阕(què 确)——曲。

③ 楫(jí 吉)——船桨。


【解读】

景祐三年(1036),欧阳修贬谪夷陵,九月初四日,至岳州,泊城外。羁旅途中,卧而难眠,触景生情,遂作此篇。诗中悠扬的钟声,衬出夜空宁静;月色朦胧、云水苍茫透露作者心绪之茫然。渔夫唱晚、轻舟飞归与旅人闻钟、客船停泊两种物象、声响形成比照,作者的缕缕情思蕴含在一片苍茫朦胧的夜色之中。宋杨万里说:“诗已尽而味方永,乃善之善也。”(《诚斋诗话》)这段话可谓此诗的评。

【今译】

晚泊岳阳,把船缆系在城下的树上;

闲卧舟中,听城里传来悠扬的钟声。

空阔的江面上,升起了皎皎明月;

云气烟水迷蒙,不知大江向何处延伸。

夜半时烟霭散尽,江月拨弄着缕缕清辉;

月光下舟子归晚,水面上渔唱是那么动人。

一曲渔歌听不尽啊,韵味浓厚又悠长;

轻舟远去疾如飞,游子的思绪在奔腾。

## 春日西湖寄谢法曹歌①

西湖春色归,　　　春水绿于染②。

群芳烂不收③,　　　东风落如糁④。

参军春思乱如云⑤,　白发题诗愁送春⑥。

遥知湖上一樽酒,　　能忆天涯万里人⑦。

万里思春尚有情,　　忽逢春至客心惊⑧。

雪消门外千山绿,　　花发江边二月晴。

少年把酒逢春色,　　今日逢春头已白。

异乡物态与人殊⑨,　惟有东风旧相识。

【注释】

① 西湖——在河南许昌,为当时的游览胜地。　谢法曹——谢伯初,欧阳修的朋友,时任许州法曹参军(官名)。

② 绿于染——是说水比染过的还绿。

③ 烂不收——是说百花萎谢,不可挽留。

④ 东风——春风。　糁(sǎn 伞)——原指饭粒,引申为落花。

⑤ 参军——指谢法曹。

⑥ 诗原注云："谢君有'多情未老已白发,野思到春如乱云'之句。"这两句即对此而发。

⑦ 天涯万里人——被贬夷陵的作者自称。

⑧ 客——指作者。

⑨ 物态——自然景色。　殊——不同。这句说:他乡的景色使我感觉异样。

## 【解读】

本篇于景祐四年(1037)在夷陵作。开头先设想西湖的暮春景色,然后就友人赠诗加以生发,抒写伤春怀远之情。自"万里"句起,由单写对方转写自己境况,夷陵雪消花发的早春风光,与友人所在的许州绿肥红瘦的暮春之景,形成鲜明对比;两组迥然有异的春景,与年华流逝的伤感、思归念友的愁情,完整浑成地交织在一起,妙合无间。

## 【点评】

弘丽之词,时带苍凉之色。　——范大士《历代诗发》卷23

感物怀人,深得风人之旨。

　　　　　——王文濡《历代诗评注读本·宋元明诗评注》卷2

## 【今译】

西湖的春色,早已经衰残;一湖春水,比染过的还绿。

百花萎谢了,不可挽留它;东风已无力,落花在纷飞。

参军见春尽,忧思乱如飘浮的云;

白发早满头,写诗来为春送行。

遥知我友人,游湖又饮酒;此时正想念,远贬夷陵的人。

万里之外,盼望春来临;忽见春到,不觉心又惊。

门外积雪消融,群山披上了绿装;

江边野花争艳,妆点着二月春光。

年轻时逢春,谈笑且饮酒;而今再遇春,已成白发人。

这里的景物啊,对我很陌生;

唯一可慰藉的,是这旧时相识的东风。


# 眼有黑花戏书自遣①

洛阳三见牡丹月②,　春醉往往眠人家。
扬州一遇芍药时③,　夜饮不觉生朝霞④。
天下名花唯有此,　樽前乐事更无加。
如今白首春风里,　病眼何须厌黑花。

【注释】

① 眼有黑花——指欧阳修得的目疾。　自遣——自我排解。

② 欧阳修于天圣九年(1031)三月到洛阳,景祐元年(1034)三月任满回京,在洛阳共四年。因 1032 年春和梅圣俞出游,未在洛阳,故说"三见牡丹月"。

③ 芍(sháo 韶)药——一种植物,花似牡丹,可供观赏。欧阳修于庆历八年(1048)二月到扬州,正遇芍药盛开,次年二月即离扬,故说"一遇芍药"。

④ 这句说:整夜饮酒观赏芍药,不觉东方已生朝霞。


【解读】

庆历八年(1048)冬,欧阳修在扬州患目疾,"晴瞳虽存,白黑才辨"(《颍州谢上表》),后因糖尿病,目疾加剧。至皇祐二年(1050)春在颍州作此诗时,眼病仍未痊愈。诗前六句写昔日在洛、扬两地饮酒赏花的情状,醉眠人家、喜酌达旦,显出作者的洒脱、自在;后两句写如今虽已头白,且有眼疾,但仍能在春风中优游自得。这充分说明了作者对生活的热爱,也反映其病眼难愈的无奈。

【今译】

任职洛阳四年间，看到牡丹三度开；

春日畅饮心神爽，醉后常睡他人宅。

二月来到扬州城，只见芍药迎风摆；

夜饮赏花随人意，不觉朝霞放光彩。

天下名花千千万，牡丹、芍药最喜爱；

一生乐事多多少，唯有樽前能自在。

昔日春风身体健，今又春风头已白；

体弱多病仍闲游，眼花何必叹无奈。


# 奉使道中作三首（选一）

客梦方在家，　　　角声已催晓。

匆匆行人起，　　　共怨角声早①。

马蹄终日践冰霜，　未到思回空断肠。

少贪梦里还家乐，　早起前山路正长。


【注释】

① 角声——号角声。古代在战时或边地以角声报晓。


【解读】

至和二年（1055）冬，欧阳修奉命到契丹去贺新君登位，本篇即作于出使契丹途中。诗前四句以温馨的梦境与催晓的角声作强烈对比，刻画行者的内心冲突。"怨"字即是这种矛盾心理的真实写照。后四句以自我劝勉来解决内心矛盾，但字里行间流露的仍是难以抑制的思归还乡之情。语言晓畅，人物的情感活动刻画得真实细腻。

出使契丹行路难，思家犹在美梦中；

号角凄厉已吹响，拂晓云淡寒意浓。

行人忙起身，登程又匆匆；

旅途劳累苦，睡意方蒙眬。

驿马终日不停蹄，践冰辗霜冒寒风；

未到契丹已思归，无奈忍辱又负重。

好梦少贪恋，家人会相逢；

前途路正长，大山一重重。

# 宿云梦馆<sup>①</sup>

北雁来时岁欲昏<sup>②</sup>，　私书归梦杳难分<sup>③</sup>。

井桐叶落池荷尽<sup>④</sup>，　一夜西窗雨不闻<sup>⑤</sup>。

【注释】

① 云梦——县名，在今湖北。　馆——驿馆，驿站。

② 岁欲昏——一年将尽。

③ 杳（yǎo 咬）——无影无声，这里指渺茫难以分辨。

④ 井桐——因梧桐树的四周有井状的护栏，故名。

⑤ 西窗——李商隐《夜雨寄北》："君问归期未有期，巴山夜雨涨秋池。何当共剪西窗烛，却话巴山夜雨时。"这里化用李诗情事。

【解读】

　　本篇于景祐三年（1036）被贬夷陵途经云梦驿馆时作。首句以季候、时节来写思归之情，次句是对这种情感的具体刻画。"杳难分"三字逼真地写出诗人幽梦初醒时特有的心态。三四句写衰飒之景与妻室之思，暗用李商隐诗意，天衣无缝，巧妙自然。

【今译】

北方大雁南来时,一年岁月又将尽;

爱妻信中盼回家,梦后真幻两难分。

井边梧桐叶枯黄,池中残荷已凋零;

一夜秋雨西窗下,但在梦中耳不闻。


## 和梅圣俞杏花①

谁道梅花早,　　残年岂是春?

何如艳风日②,　　独自占芳辰③。

【注释】

① 和(hè 贺)——唱和,依别人的题和韵写的答诗。　梅圣俞——即梅
尧臣。

② 艳风——春风。

③ 芳辰——百花盛开的季节。

【解读】

梅圣俞写有《初见杏花》诗:"不待春风遍,烟林独早开。浅红
欺醉粉,肯信有江梅。"此诗为和作。诗以梅、杏作比,歌颂杏花在
春风艳阳中竞相开放,独具风采。

【今译】

谁说梅花开得早,岁暮怎能当作春?

不如晴天春风里,独自开在好时辰。


## 远　山

山色无远近,　　看山终日行。

峰峦随处改，　　行客不知名。

**【解读】**

本篇于景祐四年(1037)作。题为"远山"，实写山行时的感受，即人们经过感性实践后的理性体验——看山不远走山远。欧阳修晚年在青州作《留题南楼二绝》，有句云："须知我是爱山者，无一诗中不说山。"可见他对自然山水的爱好。

**【今译】**

遥望远山，颜色和近岭很难区分；

它好像就在眼前，走到却需要一天的行程。

峰回路转，山道盘旋曲折；

路上行客，都是陌生的人。

## 雁

来时沙碛已冰霜①，　　飞过江南木叶黄。

水阔天低云暗淡，　　朔风吹起自成行②。

**【注释】**

① 沙碛(qì气)——沙漠。

② 朔风——北风。

**【解读】**

本篇于嘉祐年间任翰林学士时作。诗以冰霜、木叶黄、云暗淡、朔风吹等，描写大雁生活环境的恶劣，对它冒着寒风高高飞翔的精神加以赞美。以雁喻人，言简意明。

群雁南下时,沙漠已经结冰霜;

高飞过江南,树叶开始变枯黄。

江水辽阔天低垂,冬云暗淡景迷茫;

北风一吹起,大雁凌空排成行。


# 寄题沙溪宝锡院①

为爱江西物物佳,　　作诗尝向北人夸②。

青林霜日换枫叶,　　白水秋风吹稻花。

酿酒烹鸡留醉客,　　鸣机织苎遍山家③。

野僧独得无生乐④,　　终日焚香坐结跏⑤。

【注释】

① 沙溪宝锡院——在今江西永丰县,距沙溪镇约十里。

② 北人——指中原地区的人。

③ 织苎(zhù 注)——织麻制品。

④ 无生——佛家语,不生不灭之意。

⑤ 结跏(jiā 加)——佛教徒盘膝的坐法。


【解读】

本篇于嘉祐五年(1060)作。诗人以饱蘸感情的笔触,描绘家乡风景优美,物产丰饶,农民勤劳好客,生活安闲,乡土气息浓厚,读来清新可喜。中间两联对仗工稳,"青林"、"枫叶"、"白水"等,色泽很明丽。


【今译】

因为爱家乡江西的美景,曾写诗向中原人赞夸。

霜下了,青翠的枫树火红一片;风吹起,宽阔的湖面飘香稻花。烹鸡酿酒,殷殷挽留乡邻醉客;纺织麻布,机声响遍山里人家。野僧独自领会,永不生灭的乐趣;整天焚香盘膝,尘世已毫无牵挂。

# 赠王介甫<sup>①</sup>

翰林风月三千首<sup>②</sup>，  吏部文章二百年<sup>③</sup>。
老去自怜心尚在，  后来谁与子争先。
朱门歌舞争新态<sup>④</sup>，  绿绮尘埃试拂弦<sup>⑤</sup>。
常恨闻名不相识，  相逢樽酒盍留连<sup>⑥</sup>。

【注释】

① 王介甫——王安石,字介甫。

② 翰林——文学侍从之官,此指李白,玄宗时曾供奉翰林。

③ 吏部——官署名,掌管全国官吏的任免、考核、升降、调动等事务,此指韩愈。

④ 朱门——指豪门贵族。

⑤ 绿绮——琴名。

⑥ 盍(hé 河)——何不。  留连——即流连,舍不得离去。

【解读】

本篇于至和元年(1054)作。在曾巩的屡次推荐下,欧阳修认识了王安石,并对其学问文章、道德品格和政治才干十分推崇。诗首联借托古人称颂王之诗文,给予高度评价;颔联赞叹其才华超群,自表爱才倾慕之心;颈联巧用典故,褒扬王能不从时俗,追求古道古文;尾联希望相逢杯酒联欢,邀见之情甚切。全诗一气流转,音调朗畅,感情深挚,韵味隽永。

欧公《赠介甫》诗云："翰林风月三千首,吏部文章二百年。"可谓极其褒美。　　　　　　　　——葛立方《韵语阳秋》卷18

王介甫、苏子瞻皆为欧阳文忠公所收,公一见二人,便知其他日不在人下。《赠介甫》诗云："老去自怜心尚在,后来谁与子争先?"子瞻登乙科,以书谢欧公,欧公语梅圣俞曰："老夫当避此人,放出一头地。"当是时,二人俱未有声,而公知之于未遇之时,如此所以为一世文宗也与?　　　　——葛立方《韵语阳秋》卷18

【今译】

诗似李白笔清新,独立翰林三千篇;
文若韩愈力苍劲,称雄吏部二百年。
韶华老大虽自哀,壮心不忘志弥坚;
青出于蓝胜于蓝,后人谁能可比肩。
宫廷学士竞时髦,玩弄词章求华艳;
丞相为文尚补世,改革时弊敢争先。
大名久仰心意诚,至今遗憾未曾见;
何日能够一相逢,把酒言欢两流连。

诗
——
59

## 词 评 选 粹

晏元献公、欧阳文忠公风流蕴藉,一时莫及,而温润秀洁亦无
其比。

——王灼《碧鸡漫志》卷2

欧公一代儒宗,风流自命,词章幼眇,世所矜式。

——曾慥《乐府雅词序》

欧、苏诸公继出,文格一变,至为歌词,体制高雅。

——徐度《却扫篇》卷5

盖尝致意于《诗》,为之《本义》,温柔宽厚,所得深矣。吟咏之
余,溢为歌词。

——罗泌《近体乐府跋》

杨东山尝谓余曰:"文章各有体,欧阳公所以为一代文章冠冕
者,……虽游戏作小词,亦无愧唐人《花间集》。"

——罗大经《鹤林玉露》丙编卷2

六一婉丽,实妙于苏。

——尤侗《西堂杂俎·3集》卷3

永叔词只如无意,而沉着在和平中见。

——周济《介存斋论词杂著》

冯延巳词,晏同叔得其俊,欧阳永叔得其深。

——刘熙载《艺概·词曲概》

其词与元献同出南唐,而深致则过之。宋至文忠,文始复古,天下翕然师尊之,风尚为之一变。即以词言,亦疏隽开子瞻,深婉开少游。本传云:"超然独骛,众莫能及。"独其文乎哉,独其文乎哉!

——冯煦《嵩庵论词》

文忠思路甚隽,而元献较婉雅。

——陈廷焯《白雨斋词话》卷1

五代、北宋之诗,佳者绝少,而词则为其极盛时代。即诗词兼擅如永叔、少游者,词胜于诗远甚。以其写之于诗者,不若写之于词者之真也。

——王国维《人间词话删稿》

唐五代之词,有句而无篇。南宋名家之词,有篇而无句。有篇有句,唯李后主降宋后之作,及永叔、子瞻、少游、美成、稼轩数人而已。

——王国维《人间词话删稿》

美成词多作态,故不是大家气象。若同叔、永叔虽不作态,而一笑百媚生矣。此天才与人力之别也。

——王国维《人间词话删稿》

词

61

# 采 桑 子

群芳过后西湖好①,狼藉残红②。
飞絮蒙蒙③,垂柳栏干尽日风④。

笙歌散尽游人去⑤,始觉春空⑥。
垂下帘栊⑦,双燕归来细雨中⑧。

**【注释】**

① 群芳——百花。　西湖——指颍州西湖,在今安徽阜阳县西北,颍水合诸水汇流处,风景佳胜。这句说:百花凋谢以后,西湖还是美丽的。

② 狼藉(jí 吉)——散乱的样子。　残红——落花。

③ 这句说:柳花乱飞,迷蒙一片。

④ 这句说:春风整天吹拂着栏杆外面的柳丝。

⑤ 笙歌——歌唱时有笙管(乐器)伴奏。

⑥ 春空——春意消失。

⑦ 帘栊(lóng 龙)——竹帘和雕花的窗隔扇。

⑧ 这句说:虽然春天已过,但细雨中有双燕飞归,给词人送来一点快慰。

**【解读】**

欧阳修晚年退居颍州(今安徽阜阳),作《采桑子》十三首,其中联章歌咏西湖景物者有十首,本词写暮春凭栏观湖。上片写面对落红飞絮,风中垂柳,词人领略到了"好"的意味,表现出独特的审美情趣。下片写歌终人散,帘垂燕归,抒发岁月流逝、幽娴自适的清寂之感。全词从热到冷,由动至静,景中见情,文字疏隽。

**【点评】**

上片言游冶之盛,下片言人去之静。通篇于景中见情,文字极疏隽。风光之好,太守之适,并可想象而知也。

——唐圭璋《唐宋词简释》

【今译】

  百花虽然已凋谢,西湖春意依旧浓;

  落红遍地洒,交错又纵横。

  柳絮随风飘,天空好迷蒙;

  垂杨绿柳在摇曳,栏边终日舞东风。


  笙歌奏完游兴尽,人们散去无行踪;

  热闹变冷清,方觉春已空。

  入室叹春残,双手垂帘栊;

  傍晚时分双燕归,窗外细雨更蒙蒙。

# 朝 中 措

  平山栏槛倚晴空①,山色有无中②。

  手种堂前垂柳③,别来几度春风。


  文章太守④,挥毫万字⑤,一饮千钟⑥。

  行乐直须年少⑦,樽前看取衰翁⑧。

【注释】

  ① 平山——平山堂,在扬州蜀冈山上,宋庆历年间欧阳修知扬州时所建。倚晴空——形容栏槛凭空之高。

  ② 山色有无中——出自王维《汉江临眺》:"江流天地外,山色有无中。"

  ③ 手种堂前垂柳——据宋张邦基《墨庄漫录》载:"扬州蜀冈上大明寺平山堂前,欧阳文忠手植柳一株,人谓之'欧公柳'。"

  ④ 文章太守——这是作者的自负之语。一说指刘原甫。

⑤ 挥毫万字——犹言下笔万言。

⑥ 钟——饮酒器。"文章"三句写词人的诗酒风流。

⑦ 直须——应该的意思。

⑧ 取——语助词,无义。　衰翁——作者自称。"行乐"两句以自己的衰老劝勉刘原甫及时行乐,有调侃之意。

## 【解读】

　　本篇作于至和三年(1056),是词人为送好友刘原甫出守扬州而作。上片先追忆平山堂的迷人风光,凌空矗立的殿堂、若隐若现的山色,给人以崇高美和朦胧美,为全词定下了疏宕豪迈的基调;接着怀恋过去在平山堂的踪迹,通过对春风垂柳的咏叹,流露出对旧居的委婉深情。下片转写当年自己的风采,为我们展现了才华横溢、气度不凡的英姿,字里行间洋溢着一股激情豪气。篇末以人生易老、行乐及时作结,寄寓了作者对仕途生涯的深沉感慨。

## 【点评】

　　用成语,贵浑成,脱化如出诸己。……欧阳永叔"平山栏槛倚晴空,山色有无中",用王摩诘句,均妙。

　　　　　　　　　　　　　　——沈祥龙《论词随笔》

## 【今译】

　　平山堂高大的栏杆,像依偎着晴朗的天空;

　　远处的群山轻烟缭绕,若隐若现一片朦胧。

　　追忆当年任职扬州,在堂前曾亲手把柳树种;

　　如今一定婀娜多姿,一次次沐浴雨露春风。

　　我这个太守爱写文章,下笔万言文思犹如清泉喷涌;

　　胸有豪情举杯开怀,一次就能畅饮千钟。

　　青春年少应行乐啊,莫到暮年酒意浓。

# 诉 衷 情

## 眉　意①

清晨帘幕卷轻霜②,呵手试梅妆③。
都缘自有离恨④,故画作远山长⑤。

思往事,惜流芳⑥,易成伤。
拟歌先敛⑦,欲笑还颦⑧,最断人肠⑨。

**【注释】**

① 眉意——咏美人画眉。

② 轻霜——薄霜。这句说:早晨卷帘时,把帘幕上的薄霜也卷了进去。

③ 呵(hē喝)手——因天冷呵气暖手。　梅妆——梅花妆,古代妇女的一种面饰,相传起于南朝宋武帝刘裕之女寿阳公主。

④ 缘——因为。

⑤ 远山长——喻女子眉的形状。这句说:故意把眉画作长长的远山形。古人多用山水表示离情别意,故云。

⑥ 流芳——指流逝的青春年华。

⑦ 拟——欲,想要。　敛——敛容,显出庄重的样子。

⑧ 颦(pín贫)——皱眉。

⑨ 断人肠——形容痛苦到极点。

**【解读】**

　　本篇描写一位歌女的内心痛苦愁闷。题目"眉意"二字统摄词旨,是理解词的一把钥匙。作品抓住女子卷帘、呵手、画眉以及未歌先蹙眉、欲笑又悲伤等典型细节,细腻地刻画其内心深处的痛楚,以形传神,曲折含蓄。结末以"最断人肠"四字来表达女子的不胜相思,有画龙点睛之妙。

纵画长眉,能解离恨否? 笔妙,能于无理中传出痴女子心肠。

——陈廷焯《词则·闲情集》卷1

【今译】

清晨挂起的门帘上,还留着昨夜的薄霜;歌女纤细柔长的素手,呵暖之后对着镜子作梅妆。

心中装满了离愁别恨啊,就把双眉画成长长的远山状。

思量难追的往事,惋惜流逝的时光,怎能叫人不感伤!

唱歌之际先敛容,将笑之时又皱眉,强颜欢笑最易断人肠。

## 踏莎行

候馆梅残<sup>①</sup>,溪桥柳细,草薰风暖摇征辔<sup>②</sup>。
离愁渐远渐无穷,迢迢不断如春水<sup>③</sup>。

寸寸柔肠,盈盈粉泪<sup>④</sup>,楼高莫近危栏倚<sup>⑤</sup>。
平芜尽处是春山<sup>⑥</sup>,行人更在春山外。

【注释】

① 候馆——指迎候、接待宾客的旅舍驿馆。

② 薰——指花草香气。 摇征辔(pèi 配)——指策马启程。 征,远行。辔,马缰绳。江淹《别赋》:"闺中日暖,陌上草薰。"这句说:春风送暖,青草散发出香气,在这大好春光中,骑马离别而去。

③ 迢迢——遥远的样子。这两句以春水刻画离愁。

④ 盈盈——指泪水充满眼眶。这句意思说:泪水在脸上留下了痕迹。

⑤ 危栏——高楼上的栏杆。

⑥ 平芜——平坦地向前伸展的草地。

**【解读】**

这首词写离愁别绪,在刻画人物情感上十分真挚细腻。上片写行者于春日旅途中的所见所感,下片写思妇独居闺中的惆怅苦闷。词以乐景写哀情,先扬后抑,增强了艺术感染力。篇中暗用典故,能翻出新意,自然贴切。结尾两句写离愁,用递进层深之笔,情韵无限。

**【点评】**

"离愁渐远渐无穷,迢迢不断如春水",较后主"离恨恰如芳草"二语更绵远有致。　　　　——陈廷焯《词则·大雅集》卷2

公词以此为最婉转,以《少年游》咏草为最工切超脱。

　　　　　　　　　　　　　　　　——吴梅《词学通论》

**【今译】**

旅舍旁洒满了落梅,溪桥边嫩柳低垂;

春风送暖,芳草处处飘香;策马启程;前往那天南地北。

与家人越来越远了啊,让人揪心裂肺;

离愁无穷无尽啊,就像春溪长流水。

柔肠寸寸断裂,粉泪盈盈伤悲;

莫去登高依危栏啊,游子漂泊不能归。

楼前的草地平坦辽阔,尽头耸立着座座春山;

眺望春山已迷蒙啊,行人更在山背。

## 望 江 南

江南蝶,斜日一双双①。

身似何郎全傅粉②,心如韩寿爱偷香③,

天赋与轻狂④。

微雨后,薄翅腻烟光⑤。

才伴游蜂来小院,又随飞絮过东墙,

长是为花忙。

**【注释】**

① 斜日——斜阳。

② 何郎全傅粉——何郎指何晏。刘义庆《世说新语·容止》:"何平叔(晏)美姿仪,面至白,魏明帝疑其傅粉,正夏月与热汤饼,既啖,大汗出,以朱衣自拭,色转皎然。"这里以傅粉何郎比喻身体表面及翅膀上长着蝶粉的美丽的白蝴蝶。

③ 韩寿爱偷香——据《晋书·贾充传》:"韩寿美姿貌,贾充女见而悦之,潜通音好。时西域贡奇香,一著人则经月不歇,魏明帝惟赐充,充女密盗以遗寿。"这里以韩寿偷香喻指蝴蝶依恋花丛、吸吮花蜜的特性。

④ 轻狂——指爱情不专一,恣情放浪的行为。

⑤ 腻——润泽莹亮的样子。 烟光——指雨后的晚晴夕照。一说指雨后的雾气。

**【解读】**

本篇咏蝴蝶。开头两句写一双双江南蝴蝶在夕阳下翩翩起舞,接着连用两个典故,描写蝴蝶的美丽形象和采蜜于花丛之中,将蝶拟人化,自然贴切,形象生动。下片就"轻狂"二字生发,进一步具体地写浪蝶的活动,体物入微,状写精妙。词中狂蜂浪蝶,飞絮杨花,亦物亦人,意蕴双关,为咏物词中的上乘之作。

**【今译】**

江南多蝴蝶啊,成双成对地起舞,披着傍晚的霞光。

体表和粉翅是那样洁白,犹如三国时美丽的何郎;

依恋花丛,吮吸花蜜,就像晋代韩寿偷香。
爱情不专乃天赋啊,行为向来恣情放浪。

微雨过后,薄薄的翅膀在阳光下清透莹亮。
刚随游蜂到小院,又伴飞絮过东墙;
宿粉栖香四处游,总是为那采花忙。


# 生查子

去年元夜时①,花市灯如昼②。
月上柳梢头,人约黄昏后。

今年元夜时,月与灯依旧。
不见去年人③,泪满春衫袖④。

【注释】

① 元夜——农历正月十五日夜,即元宵节。隋唐以来有元夜观灯的风俗,故又称灯节。

② 花市——卖花的集市。这里泛指繁华的街市。这句说:街市上花灯照耀,如同白昼。

③ 人——指情人。

④ 春衫——春天穿的衣裳。


【解读】

本词一题朱淑真作,但南宋初曾慥所编《乐府雅词》谓欧阳修作,当较为可信。作品描写女主人公在元宵佳节回忆去年的情事,抒发物是人非之感。语言平易畅达,明白如话,却又耐人寻味。今与昔、闹与静、悲与欢等多层对比,成功地表现了人物的真挚感情。

**【点评】**

　　看他又说去年,又说今年,又追述旧欢,又告诉新怨,中间凡叙两番元夜,两番灯,两番月,又衬许多"花市"字、"如昼"字、"柳梢"字、"黄昏"字、"泪"字、"衫袖"字,而读之者,只谓其清空一气如活,盖其笔法高妙,非人之所及也。

——金人瑞《金圣叹全集》卷6批欧阳永叔词

**【今译】**

　　记得去年元宵节,街市灯火亮如昼。

　　一轮圆月挂柳梢,情人密约黄昏后。

　　今年又到元宵节,灯月未改景依旧。

　　去年佳人已不见,伤心泪满春衫袖。

欧阳修诗文选译

## 阮 郎 归

　　南园春半踏青时①,风和闻马嘶②。
　　青梅如豆柳如眉③,日长蝴蝶飞④。

　　花露重,草烟低⑤,人家帘幕垂⑥。
　　秋千慵困解罗衣⑦,画梁双燕栖⑧。

**【注释】**

　　① 踏青——春天到郊野游览。按旧俗,寒食、清明节出游郊野。

　　② 风和——春风和暖。　马嘶(sī 思)——马叫。这里指游人的车马声。

　　③ 这句说:青梅已经长得像豆子那么大小,柳叶也像美人的眉那样细长了。

　　④ 日长——(到了春天)白昼的时间一天比一天长了。

⑤ 这句说:浅草上蒙着一层薄薄的雾气。

⑥ 帘幕垂——门窗垂挂着帘子或帷幕。

⑦ 秋千慵(yōng拥)困——荡过秋千,懒洋洋的,又困又倦。 罗衣——香罗衫。

⑧ 画梁——彩画的屋梁(燕子筑巢的地方)。

## 【解读】

本篇描写一个女子于仲春时节踏青时的闻见以及由此而产生的相思之情。上片主要写春日郊外的秀丽景色,"风和闻马嘶"五字为一篇之关键,女子怀恋远人之情全由此引发。"青梅"句用"豆"、"眉"来形容梅和柳,比喻十分贴切。下片渐由写景转入抒情,自然景色的黯淡、凄迷,为表达女子的思远愁苦之情起了烘染作用。结尾以燕衬人,寓情于景,以景结情,读来颇有余味。

## 【点评】

沈际飞曰:景物闲远。又曰:"帘垂"则"燕栖","栖"则在"梁",妥甚。　　　　　　　　　　——黄苏《蓼园词选》

## 【今译】

时节已到了仲春,女子来南园踏青;

春风是那样的香暖,宝马不时地发出鸣声。

梅花早已经凋谢,如豆的梅子刚刚结成;翠柳在竞吐嫩叶,犹如蛾眉楚楚动人;

白天的时间多么长啊,蝴蝶双双飞个不停。

花上铺满了晶莹的露珠,草间弥漫着黯淡的烟云;

夕阳收去了它的余晖,家家户户垂帘关门。

荡罢秋千啊又困又倦,解下了罗衣打算安枕;

多情的双燕游春归来,画堂上细语多么亲近!

# 蝶 恋 花

庭院深深深几许①？
杨柳堆烟②,帘幕无重数③。
玉勒雕鞍游冶处④,楼高不见章台路⑤。

雨横风狂三月暮⑥,门掩黄昏,无计留春住。
泪眼问花花不语,乱红飞过秋千去⑦。

【注释】

① 深几许——犹言"有多深",用疑问语气极言庭院之幽深。

② 杨柳堆烟——茂密的杨柳树上笼罩着浓浓的雾气。

③ 帘幕无重数——深院里帘幕重重数不清。这里的"无重数"与"堆烟",都是上面"庭院深深"的具体化。

④ 玉勒雕鞍——镶玉的马笼头和雕花的马鞍,指装饰华丽的车马。 游冶处——指歌楼妓馆,与下句"章台路"同义相对。

⑤ 章台——在汉代长安城内,是当时娼妓聚居的场所。这句说:在高楼上看不到情人走马章台的地方。

⑥ 雨横(hèng)风狂——形容风雨猛烈。

⑦ 乱红——落花零乱。

【解读】

本词一题冯延巳作,但李清照及宋人选集《乐府雅词》、《草堂诗余》、《唐宋诸贤绝妙词选》均定为欧词,比较可信。内容写闺怨,但有的词话家认为词有寓意,恐未必确切。首句连用三个叠字,以加重庭院"深"的程度,与下文"帘幕无重数"相照应。"玉勒"句通过描写薄情郎的游冶之欢,来表现深闺思妇的孤寂、凄怨,对比十分鲜明。下片逐层展现残春恼人的自然景象,有力地托出了人物的伤春怀人之情。一个"春"字,涵意深广,耐人回味。结句情景交融,浑然天成,刻画细腻,意蕴层深,历来为人激赏。

## 【点评】

　　词家意欲层深,语欲浑成。然意层深,语便刻画;语浑成,意便肤浅,两难兼也。或欲举其似,偶拈永叔词:"泪眼问花花不语,乱红飞过秋千去。"此可谓层深而浑成,何也? 因花而有泪,此一层意也;因泪而问花,此一层也;花竟不语,此一层也;不但不语,且又乱落飞过秋千,此一层也。人愈伤心,花愈恼人,语愈浅而意愈入,而绝无刻画之迹。谓非层深而浑成耶? ——毛先舒《词辨坻》

## 【今译】

　　庭院重重叠叠啊,到底有几多深?
　　杨柳茂密青翠啊,浓雾笼罩绿荫;
　　院中帘幕一道道,多得数也数不清。
　　华贵的车子高大的马,歌楼妓馆外摆下了阵;
　　独处高楼啊凝神远望,不见游逛章台的人。

　　暴风凶狂啊,急雨迅猛,三月底百花就已凋零;
　　花开花落啊令人伤怀,黄昏时只得半掩家门;
　　心中眷恋着明媚的春光,却无法叫它片刻暂停。
　　含泪问花花不回答,只管在秋千外飘落纷纷。

词

## 渔 家 傲

　　花底忽闻敲两桨,逡巡女伴来寻访①。
　　酒盏旋将荷叶当②。
　　莲舟荡,时时盏里生红浪③。

花气酒香清厮酿④,花腮酒面红相向⑤。

醉倚绿阴眠一饷⑥。

惊起望,船头阁在沙滩上⑦。

**【注释】**

① 逡(qún)巡——顷刻,一会儿。

② 旋——随即。 当(dàng 荡)——代替。

③ 红浪——莲花影子照在酒杯中,显出红色的波纹。

④ 清厮酿——指花和酒的清香之气互为交和,浑成一体。厮,互相。酿,杂和。

⑤ 花腮——形容荷花美丽如同女人的面腮一样。 酒面——指采莲女的醉脸。 相向——相对。

⑥ 饷——同"晌",一会儿。

⑦ 阁——同"搁",搁浅。

**【解读】**

以采莲为题材的诗,在六朝乐府和唐代诗歌中不乏其例,但在唐五代及宋初词中并不多见。欧阳修用《渔家傲》这个词调写了六首采莲词,这是他的独创。本篇描写一群采莲姑娘在荡舟采莲时饮酒逗乐的情景。作者将绿叶、红浪、花容、人面联缀起来,使酒气、花香浑成一体,为我们描绘了一幅鲜亮明快而又富有生活气息的水乡画图。乡村女娃天真淘气、无拘无束的性格,被刻画得活灵活现。语言生动活泼,风格清新可喜。

**【点评】**

欧公好用"厮"字,《渔家傲》之"花气酒香相厮酿","莲子与人长厮类","谁厮惹",皆是也。山谷亦好用此字。

——沈曾植《菌阁琐谈》

**【今译】**

采莲的小船在湖面上荡漾,莲花下面忽然传来了声响;

原来是舟楫在轻轻地敲击,荷花丛中又出现了几位姑娘。

摘下圆荷,拿它做成杯子;斟上美酒,衣袖都已飘香。

碧水微波中把莲舟轻摇,

人面花影一起映入荷杯,酒里泛起了红色的波浪。


莲花清香,醇酒芳香,花味酒气浑成盎然;

莲花鲜红,人面绯红,花颜脸色辉映交相。

嬉酒逗乐不怕醉倒啊,挨着绿荷沉浸在梦乡。

等到醒来大吃一惊,哟,船头何时搁在了沙滩上?


## 玉　楼　春

樽前拟把归期说①,未语春容先惨咽②。

人生自是有情痴③,此恨不关风与月④。


离歌且莫翻新阕⑤,一曲能教肠寸结⑥。

直须看尽洛城花⑦,始共春风容易别⑧。


**【注释】**

① 樽(zūn 尊)前——酒樽之前,指宴饮时。　樽,酒器。

② 春容——美艳的容貌。　惨咽——悲伤呜咽。

③ 自是——本来、自然是。　情痴——指特别重感情的人。

④ 这句说:这种离恨与此地的风月繁华无关。

⑤ 离歌——樽前所演唱的离别的歌曲。　翻新阕(què 确)——换新曲。阕,此指曲调。

⑥ 肠寸结——形容离恨极深。

⑦ 直须——真须、应当。　洛城花——指洛阳城里的牡丹。

⑧ 共——与。　容易——指变化之快。这句说:然后才与春风一起离去。

宋仁宗景祐元年(1034)三月,欧阳修任西京留守推官期满,离开洛阳时曾作《玉楼春》词四首。本篇当作于离筵上。开端两句言樽前拟说归期、未语春容已改,把离情别绪写得别开生面。"人生"两句将离别这一社会生活中常见的普遍现象,提高到人生哲理的高度予以表现,深沉精警。下片由"离歌"发出对别意的咏叹,笔致凝重。结句逆转一笔,看似表现一种豪宕的意兴,实则隐含着沉重的悲慨。

【点评】

永叔"人间自是有情痴,此恨不关风与月。""直须看尽洛城花,始与东风容易别。"于豪放之中有沉着之致,所以尤高。

——王国维《人间词话》卷上

【今译】

在饯别的宴席上,就开始盼望回来的那天;
还没等我把心里话说出,她早已脸色悲伤,声音哽咽。
为了那一份真挚的感情,才如此地忘返流连;
愁恨全为离别而生,风月繁华根本不足以挂牵。

离别的歌曲且莫唱出新的曲调,
那新的别词更令人愁肠百结。
真应该把洛阳的牡丹尽情地看个够,
然后再与春风一起同你告别。

# 南 歌 子

凤髻金泥带①,龙纹玉掌梳②。
走来窗下笑相扶,爱道:"画眉深浅入时无③。"

弄笔偎人久,描花试手初。

等闲妨了绣工夫④,笑问:"鸳鸯两字怎生书?⑤"

**【注释】**

① 凤髻(jì 技)——梳成凤凰式的发髻。 金泥带——涂饰金屑的带子(头绳)。

② 龙纹玉掌梳——用玉制成的掌形梳子,上面刻着龙的花纹。

③ 画眉深浅入时无——出自唐朱庆余《近试上张水部》:"洞房昨夜停红烛,待晓堂前拜舅姑。妆罢低声问夫婿:画眉深浅入时无?"入时无,合时吗?

④ 等闲——轻易,随便。

⑤ 怎生书——怎么写。这句一作"笑问双鸳鸯字怎生书"。

**【解读】**

　　本篇描写新婚夫妇间的一个生活片断,读来妙趣横生。上片写女子梳妆打扮的情状。先写女子金玉相映、龙凤相对的华盛装饰,再写她走来窗下笑扶相问的亲昵动作,充分表现其"女为悦己者容"的愉悦之情。下片写女子在闺房绣描的情态。通过"弄笔"、"偎人久"、"笑问"等一系列富有戏剧性的动作,把新嫁娘百般娇柔的神情及聪颖、机灵的特征刻画得入木三分。语言通俗风趣,风格轻灵明快,受民间词的影响较为明显。

**【点评】**

　　首写态,后描情,各尽其妙。　——潘游龙《古今诗余醉》

　　词家须使读者如身履其地,亲见其人,方为蓬山顶上。……欧阳公"弄笔偎人久,描花试手初",……真觉俨然如在目前,疑于化工之笔。
　　　　　　　　　　　　——贺裳《皱水轩词筌》

**【今译】**

　　梳成凤凰式的发髻,束起金黄色的泥带;

插上龙纹的玉掌梳子,华贵的饰物更具风采。

妆罢轻盈地走到窗下,夫君微笑着连忙迎来;

新娘娇柔深情地探问:"我画的眉毛您是否喜爱?"

摆弄着那支生疏的笔管,久久地偎依在新郎的胸怀;

初次描摹这绿叶红花,却画不成它的风姿意态。

放下绣针拿起了彩笔,凝视着夫君心绪如海;

新娘妩媚多情地询问:"鸳鸯两字您是否写得来?"

## 临 江 仙

柳外轻雷池上雨①,雨声滴碎荷声。

小楼西角断虹明②。

阑干倚处,待得月华生③。

燕子飞来窥画栋④,玉钩垂下帘旌⑤。

凉波不动簟纹平⑥。

水精双枕,傍有堕钗横⑦。

【注释】

① 轻雷——隐隐的雷声。

② 断虹——指未被高楼遮住的那部分彩虹。

③ 月华——月亮。

④ 画栋——彩画的栋梁。

⑤ 帘旌——帘幕。

⑥ 簟(diàn 店)——竹席。

⑦ 以上三句说:月光静静地照着那平展的簟席、水晶双枕以及枕旁坠落的金钗。

**【解读】**

　　本篇所写之美景、丽情,甚为奇绝。上片写柳外轻雷,池上疏雨,彩虹高挂,新月初生,境界奇美。一个"碎"字,微妙地传达出雨珠拍打在荷叶上时人的心理感受。下片词境继"月华生"再进一层,雨后乳燕翩飞,倩女解钩垂帘,月华流照闺房,给人以恬静、娴雅之感。词中虽然直接写人处不多,但读者可以通过想象来补充、创造画面形象,收到以少胜多的效果。

**【点评】**

　　(煞拍三句)不假雕饰,自成绝唱。

——许昂霄《词综偶评》

**【今译】**

　　柳荫外响起轻雷,池塘里下起疏雨;
　　雨点滴落在池中,荷叶上响起细碎的节拍。
　　小楼的西角碧空澄净,雨后的断虹闪耀着霞彩。
　　久久地靠在栏杆边远眺,圆月升起时才慢慢地离开。

　　对对乳燕飞进房间,在屋梁上不断徘徊;
　　一个幽丽的身影解钩垂帘,站立在窗前轻拂尘埃。
　　月华静静地照进闺房,平展的竹席上一片皑皑。
　　水晶双枕安放在床头,旁边坠落灿灿的金钗。


## 浪　淘　沙

　　把酒祝东风①,且共从容②。
　　垂杨紫陌洛城东③。
　　总是当时携手处,游遍芳丛④。

聚散苦匆匆⑤,此恨无穷。

今年花胜去年红。

可惜明年花更好,知与谁同?

## 【注释】

① 祝——颂祷、祈求。  东风——春风。

② 从容——流连的意思。

③ 紫陌——京城郊野的道路,洛阳曾为东周、东汉的首都,且宋时洛阳为西京,故云。东西方向的田间道路称为"陌"。  洛城——洛阳城。

④ 芳丛——花丛。

⑤ 聚散——团聚和分离。

## 【解读】

本篇写春日与知友在洛阳城东旧地重游的欢乐以及聚散匆匆、别易会难的苦恨。上片写惜春之情和对友情的珍视。"从容"前着一"共"字,将春拟人化,落笔新颖。"游遍芳丛"四字,写出作者对挚友相聚的无限留恋之意。下片由眼前相聚的短暂欢乐,逆料日后分离的长久苦恨,把别情熔铸在赏花之中,构思新巧,意境开拓。特别是结末二句以乐景写哀,抒情层层推进,读之令人唏嘘。

## 【点评】

"可惜明年花更好",想到明年,真乃匪夷所思,非有心人如何道得?

　　　　　　　　　　　——陈廷焯《词则·别调集》卷1

## 【今译】

举起酒杯,我祈求东风,姑且和我们一起宴饮从容。

洛阳城外的郊野上,翠柳飞舞,万紫千红。

过去携手同游的地方,今天都要有我们的行踪。

人生聚散一直是那样匆匆,离别的愁恨总是无尽无穷。
今年洛川边的鲜花比去年更红。
来年花儿一定会开得更艳,可良辰美景虚设,人去楼空!


# 浣　溪　沙

堤上游人逐画船①,拍堤春水四垂天②。
绿杨楼外出秋千。

白发戴花君莫笑,六幺催拍盏频传③。
人生何处似樽前!

【注释】

① 逐——追逐。

② 四垂天——形容天幕四方垂地,与水面相接。

③ 六幺(yāo 腰)——琵琶舞曲名,又名《绿腰》。　拍——歌的节拍。


【解读】

　　本篇写春日泛舟于颍州西湖的欢快情景。上片将游人、画船、春水、天幕、绿杨、楼台以及那位未曾露面的秋千上的美人,生动地交织成一幅色泽和谐、生意盎然的西湖春光图。“逐”、“拍”、“垂”、“出”等字,为画面平添了生机。下片叙写在游船中宴饮的情状。词人狂放不羁、乐而忘形的神态,跃然纸上。结句虽有及时行乐之意,但这反映了作者宦海浮沉的苦闷。


【点评】

　　第一阕写世上儿女多少得意欢娱。第二阕“白发”句,写老成意趣,自在众人喧嚣之外。末句写得无限凄怆沉郁,妙在含蓄

不尽。　　　　　　　　　　　　——黄苏《蓼园词选》

　　欧阳永叔之"绿杨楼外出秋千",佳处只在一"出"字。……只着力在一二动词,而意境便新。——梁启勋《曼殊室词话》卷2

## 【今译】

　　岸上的游人,正在追逐着水面上的画船;
　　连天的春水,欢快地拍打着翠绿的堤岸。
　　绿杨成荫的临水人家,娇美的女子嬉戏着在荡秋千。

　　头发已白,插上鲜花请君别见笑;
　　《六么》的节拍急促地响起来,手中的酒杯频频举得欢。
　　人生道路多坎坷,怎如沉醉行乐在樽前!

# 少　年　游

　　　　栏干十二独凭春①。晴碧远连云②。
　　　　千里万里,二月三月,行色苦愁人③。

　　　　谢家池上④,江淹浦畔⑤,吟魄与离魂⑥。
　　　　那堪疏雨滴黄昏⑦。更特地、忆王孙⑧。

## 【注释】

　　① 栏干十二——形容栏杆曲折之多。　独凭春——独自凭栏眺望春色。
　　② 晴碧——晴日下的碧草。这句说:草色无边无际。
　　③ 行色——出行的神色。
　　④ 谢家池上——谢灵运《登池上楼》诗中有"池塘生春草"句,故云。
　　⑤ 江淹浦畔——江淹《别赋》有"春草碧色,春水绿波。送君南浦,伤如之何"句,故云。

⑥ 吟魄、离魂——指谢灵运的诗和江淹的赋。

⑦ 那堪——怎堪，怎能禁受。

⑧ 特地——突然，忽地。　王孙——本是古代贵族子弟的通称，此指远游之人。《楚辞·招隐士》："王孙游兮不归，春草生兮萋萋。"

## 【解读】

本篇借草赋别，抒写离别相思之情。词先从少妇独自凭栏望春起笔，然后再正面咏草。"千里"两句分别从空间想象和时间感受的角度来渲染芳草萋萋，草色无垠，以引出不胜离别之苦的词旨。下片化用三个吟咏春草的典故，暗逗草色惹愁；并通过景色由"晴"到"雨"的变换，将不堪离别和怀远思人的愁情翻进一层。笔调明快，语言清新，意境涵浑。

## 【点评】

人知和靖《点绛唇》、圣俞《苏幕遮》、永叔《少年游》三阕为咏春草绝调。不知先有正中"细雨湿流光"五字，皆能摄春草之魂者也。
　　　　　　　　　　　　　　　——王国维《人间词话》

## 【今译】

独自登高眺望那春色，倚遍了楼上弯弯曲曲的栏杆。

晴日里芳草碧绿鲜嫩，一直绵延到遥远的天边。

正当二三月赏春的季节，千万里外游子露宿风餐；

旅途中行人神色匆忙，伤别的思妇把心上人期盼。


"池塘春草"，因时序更迭而生；"送君南浦"，见草碧水绿伤感；

谢诗、江赋可谓异曲同工，离别相思写得销魂黯然。

白天的情景令人痛苦不已，黄昏的疏雨听来更加愁惨。

远行的人不知何时才能回家，思妇梦中一直在把他呼唤。

# 文

## 文 评 选 粹

　　公与尹师鲁专以古文相尚,而公得之自然,非学所至,超然独鹜,众莫能及。……自汉司马迁没几千年,而唐韩愈出。愈之后又数百年,而公始继之,气焰相薄,莫较高下,何其盛哉!

——韩琦《欧阳公墓志铭》

　　纡余委备,往复百折,而条达疏畅,无所间断;气尽语极,急言竭论,而容与闲易,无艰难劳苦之态。

——苏洵《上欧阳内翰第一书》

　　文备众体,变化开阖,因物命意,各极其工。其得意处,虽退之未能过。笔札精劲,自成一家,当世士大夫有得数十字,皆藏以为宝。

——吴充《欧阳公行状》

　　惟公学为儒宗,材不世出。文章逸发,醇深炳蔚。体备韩、马,思兼庄、屈。垂光简编,焯若星日。绝去刀尺,浑然天质。辞穷卷尽,含意未卒。

——曾巩《祭欧阳少师文》

　　豪健俊伟,怪巧瑰琦。其积于中者,浩如江河之停蓄;其发于外者,灿如日星之光辉。其清音幽韵,凄如飘风急雨之骤至;其雄辞闳辩,快如轻车骏马之奔驰。

——王安石《祭欧阳文忠公文》

欧阳子论大道似韩愈,论事似陆挚,记事似司马迁,诗赋似李白。

——苏轼《六一居士集叙》

见翰林欧阳公,听其议论之宏辩,观其容貌之秀伟,与其门人贤士大夫游,而后知天下之文章聚乎此也。

——苏辙《上枢密韩太尉书》

公之于文,天材有余,丰约中度,雍容俯仰,不大声色,而义理自胜,短章大论,施无不可。

——苏辙《欧阳文忠公神道碑》

欧阳文忠公作文既毕,贴之墙壁,坐卧观之,改正尽善,方出以示人。……虽大手笔,不以一时笔快为定,而惮于屡改也。

——何薳《春渚纪闻》卷7

欧阳永叔《五代史》赞首必有"呜呼"二字,固是世变可叹,亦是此老文字,遇感慨处便精神。

——李涂《文章精义》

欧似韩,苏似柳。欧公在汉东,于破筐中得韩文数册,读之始悟作文法。……然韩、柳犹用奇字重字,欧、苏唯用平常轻虚字,而妙丽古雅,自不可及,此又韩、柳所无也。

——罗大经《鹤林玉露》卷5

欧公学韩文,而所作文,全不似韩:此八家中所以独树一帜也。

——袁枚《随园诗话》卷6

欧史不惟文笔洁净,直追《史记》,而以《春秋》书法寓褒贬于纪传之中，则虽《史记》亦不及也。

——赵翼《廿二史札记》卷21

太史公文，韩得其雄，欧得其逸。雄者善用直捷，故发端便见出奇；逸者善用纡徐，故引绪乃觇入妙。

——刘熙载《艺概·文概》

欧阳公文几于史公之洁，而幽情雅韵，得骚人之指趣为多。

——刘熙载《艺概·文概》

宋诸家唯欧公有其情韵不匮处。

——姚永朴《文学研究法》卷上

子长高弟，韩、欧二生。阴柔之美，欧得其情。

——唐文治《古人论文大义》卷首

永叔学昌黎，而才力不逮，然能变化，自成一家，故可继韩公之后，而雄视一代也。

——高步瀛《唐宋文举要》评语甲编卷6

# 纵 囚 论①

　　信义行于君子②,而刑戮施于小人③。刑入于死者,乃罪大恶极,此又小人之尤甚者也。宁以义死,不苟幸生④,而视死如归,此又君子之尤难者也。方唐太宗之六年,录大辟囚三百余人⑤,纵使还家,约其自归以就死。是以君子之难能,期小人之尤者以必能也⑥。其囚及期而卒自归⑦,无后者⑧,是君子之所难,而小人之所易也。此岂近于人情哉!

　　或曰⑨:罪大恶极诚小人矣,及施恩德以临之⑩,可使变而为君子,盖恩德入人之深而移人之速⑪,有如是者矣。曰:太宗之为此,所以求此名也。然安知夫纵之去也,不意其必来以冀免,所以纵之乎⑫?又安知夫被纵而去也,不意其自归而必获免,所以复来乎⑬?夫意其必来而纵之,是上贼下之情也⑭;意其必免而复来,是下贼上之心也。吾见上下交相贼以成此名也,乌有所谓施恩德与夫知信义者哉⑮!不然,太宗施德于天下,于兹六年矣,不能使小人不为极恶大罪,而一日之恩能使视死如归而存信义,此又不通之论也。

　　然则何为而可?曰:纵而来归,杀之无赦;而又纵之,而又来,则可知为恩德之致尔。然此必无之事也。若夫纵而来归而赦之⑯,可偶一为之尔。若屡为之,则杀人者皆不死,是可为天下之常法乎?不可为常者,其圣人之法乎⑰?是以尧、舜、三王之治⑱,必本于人情,不立异以为高,不逆情以干誉⑲。

**【注释】**

　　① 纵囚——释放囚犯。贞观六年(632)十二月,唐太宗(李世民)把二百九十名已判死刑的囚犯释放回家,并规定于第二年秋天就刑,"其后应期毕至,诏悉原之"(《旧唐书·太宗本纪》)。

　　② 信义——信用和礼义。君子——指道德高尚、操守纯正的人。

　　③ 刑戮(lù 路)——刑罚、杀戮。　小人——指品质低劣、行止不规的人。

④ 苟——苟且。　幸——侥幸。

⑤ 大辟——死刑。

⑥ 期——期待、希望。

⑦ 卒——终于。

⑧ 后——指超过期限。

⑨ 或曰——有人说。这是古代论辩文中虚拟有人提出不同意见，以便深入论难的一种写作方法。下文的"曰"就是作者正面展开议论。

⑩ 临——降临，是上对下之词。

⑪ 移人——指改变人的品质。

⑫ 这三句说：怎知唐太宗放死囚回去，不是估计到他们一定能如期回牢来希望获得赦免，所以才释放他们的呢？　冀——希求。

⑬ 这三句说：又怎知死囚被释放回家，不是预料到他们自动回牢一定能获得赦免，所以再回来的呢？

⑭ 贼——这里指偷偷地揣摩、窥探。

⑮ 乌有——哪里有。

⑯ 若夫——至于。

⑰ 其——难道。

⑱ 尧、舜——传说中原始社会后期部落联盟的领袖。　三王——指夏禹、商汤、周文王和周武王。尧、舜、三王都是古人推崇的"圣君"。

⑲ 逆情——违背人情。　干誉——求取名誉。


## 【解读】

本文于康定元年（1040）作。唐太宗纵囚之事，早就有人怀疑。司马光《资治通鉴考异》指出："四年实录云，天下断死罪止二十九人，今年实录乃有二百九十九人，何顿多如此？事已可疑。"这个传说，与唐太宗"赦者，小人之幸，君子之不幸"的主张也相矛盾。很显然，所谓纵囚乃史官溢美之词。

欧阳修以"褒贬前世，著为成法"作为编写史书的要求，因此，认为这种"立异以为高"、"逆情以干誉"的记载不足为训。他以普遍的人情立论，逐层剖析，反复辩驳，纵横议论，逻辑严密。每段议论不是开门见山,而采用欲擒故纵法,文意顿挫有致。全篇以情理、恩德为经,以太宗、死囚为纬,环环紧扣,前伏后应,章法绵密,文势流畅。宋谢枋得《文章规范》卷 2 称此文"古今不可多得"。

**【点评】**

文有气力,有光焰,熟读之,可发人才气,善于立论。

——谢枋得《文章规范》卷 2

辨论透切,可为初学入手之法。

——陈曾则《古文比》评语卷 3

**【今译】**

对君子要讲信用和礼义,对小人要实施刑罚和杀戮。按刑罚被判死罪的,说明罪恶到了顶点,也就是小人中最坏的人。宁可为了信义而死,不苟且偷生,视死如归,这又是君子也不容易做到的啊!当唐太宗贞观六年的时候,选择死囚三百余人,释放他们回家,并且叫他们在约定的时间自动回来接受死刑。这是用君子难以做到的事,来要求最坏的小人一定做到。据说那些囚犯到了期限,都自动返回监狱,没有一个超过期限。这是连君子都难于做到的事,小人居然很容易地做到了。这难道合乎人之常情吗?

有人说:"罪大恶极,的确是小人了;但当恩德施加到他的身上时,就可以使他变成君子。这是因为恩德深入人心,改变人的气质很快,才产生这样的情况。"我认为:唐太宗之所以这样做,正是为了求取这种声誉啊。但是,怎能知道在释放囚犯回去时,不是预料他们一定会再回来以求得赦免,所以才释放他们呢?又怎能知道被释放回去的囚犯,不是预料自动回来一定能够获得赦免,所以才再回来的呢?料想囚犯一定会回来才释放他们,这是上面窥探到了下面的心情;料想上面一定赦免他们才再回来,这是下面窥探上面的用心。我只见上下互相窥测对方心理而博得声誉,哪里有什么布施恩德和懂得信义的事呢？如果不是这样，那么唐太宗向天下布施恩德，到这时已经六年了，还不能使小人不做罪大恶极的事，却想凭一天的恩德，就能使他们视死如归，保持信义，这又是讲不通的理论啊！

那么怎样做才好呢？我以为，犯人放了出去而又按期回来的，照样处死而不赦免。然后再释放一批，假如他们再能按期返回，这样才可以说是被恩德感化所造成的。然而，这是一定不会有的事啊！至于释放了能够自动回来，因而加以赦免，只能偶然试一次罢了。如果一直这样做，那么杀人犯就都不会死了，这难道能作为天下通行的法律么？既不能通行，又怎能说是圣人的法律呢？因此，尧、舜和三王治理天下，一定根据人之常情，而不是靠标新立异来显示高尚，不会故意违背情理来求取名誉的。

# 朋 党 论①

臣闻朋党之说，自古有之②，惟幸人君辨其君子、小人而已③。大凡君子与君子以同道为朋④，小人与小人以同利为朋，此自然之理也。

然臣谓小人无朋，惟君子则有之。其故何哉？小人所好者禄利也⑤，所贪者财货也。当其同利之时，暂相党引以为朋者⑥，伪也；及其见利而争先，或利尽而交疏，则反相贼害⑦，虽其兄弟亲戚不能相保。故臣谓小人无朋，其暂为朋者，伪也。君子则不然，所守者道义，所行者忠信，所惜者名节⑧。以之修身，则同道而相益；以之事国，则同心而共济⑨；终始如一，此君子之朋也。故为人君者，但当退小人之伪朋，用君子之真朋，则天下治矣⑩。

尧之时⑪，小人共工、驩兜等四人为一朋⑫，君子八元、八恺十六人为一朋⑬；舜佐尧退四凶小人之朋，而进元、恺君子之朋，尧之天下大治。及舜自为天子，而皋、夔、稷、契等二十二人并列于朝廷⑭，更相称美，更相推让，凡二十二人为一朋，而舜皆用之，天下亦大治。《书》曰⑮："纣有臣亿万，惟亿万心；周有臣三千，惟一心⑯。"纣之时，亿万人各异心，可谓不为朋矣，然纣以亡国。周武王之臣，三千人为一大朋，而周用以兴⑰。后汉献帝时⑱，尽取天下名士囚禁之，目为党人⑲。及黄巾贼起⑳，汉室大乱，后方悔悟，尽解党人而释之㉑，然已无救矣。唐之晚年，渐起朋党之论㉒；及昭宗时，尽杀朝之名士㉓，或投之黄河，曰："此辈清流，可投浊流㉔。"而唐遂亡矣。

　　夫前世之主，能使人人异心不为朋，莫如纣；能禁绝善人为朋，莫如汉献帝；能诛戮清流之朋，莫如唐昭宗之世：然皆乱亡其国。更相称美推让而不自疑，莫如舜之二十二臣，舜亦不疑而皆用之；然而后世不诮舜为二十二人朋党所欺㉕，而称舜为聪明之圣者㉖，以能辨君子与小人也㉗。周武之世，举其国之臣三千人共为一朋，自古为朋之多且大莫如周，然周用此以兴者，善人虽多而不厌也㉘。

　　夫兴亡治乱之迹，为人君者可以鉴矣㉙。

**【注释】**

　　① 题一作"朋党议"，另有小标题作"在谏院作"。　朋党——因某种共同的目的和利益而结成的派别或集团。

　　② 自古有之——朋党之说，由来很早，《韩非子》、《战国策》、《史记》中都有论及。

　　③ 幸——希望。　人君——国君、皇帝，下文的"主"同。

　　④ 同道——志同道合。

　　⑤ 好(hào 浩)——喜欢。

　　⑥ 党引——结成同党，互相援引。

　　⑦ 贼害——伤害。

　　⑧ 名节——名誉气节。

　　⑨ 共济——相互帮助，共图事业的成功。

　　⑩ 治——政治清明，社会安定。

　　⑪ 尧——尧及下文中的舜，均见《纵囚论》注。

⑫ 共(gōng 恭)工、骧(huān 欢)兜——旧传共工、骧兜、三苗、鲧(gǔn 滚)等四人为尧时的"四凶"。

⑬ 八元、八恺(kǎi 慨)——相传上古高辛氏的八个有才德的后裔,人称八元;高阳氏的八个有才德的后裔,人称八恺。元、恺皆和善之义。

⑭ 皋、夔(kuí 葵)、稷(jì 记)、契(xiè 谢)——都是传说中帝舜时的贤臣,皋陶(yáo 遥)掌管刑法,夔掌管音乐,后稷(周的祖先)掌管农事,契(商的祖先)掌管教育。

⑮《书》——《尚书》,一部收录上古时代政府文告的书,为儒家经典之一。

⑯ 这四句话引自《尚书·周书·泰誓》。《泰誓》是周武王伐纣、大军渡孟津(今河南孟县)时的誓师词。纣,商的末代君主,被周武王所灭。亿万,极言其多。

⑰ 用——因此。

⑱ 献帝——东汉末代皇帝刘协,灵帝之子。

⑲ 目为党人——即所谓"党锢"之祸。桓帝、灵帝时宦官专权,一些名士如李膺、范滂等被诬为朋党,被杀者百余人,此后又有六七百人被处死、流放或囚禁。此事本文误作"汉献帝时"。

⑳ 黄巾贼起——指东汉末年张角兄弟领导的黄巾军起义。起义军头裹黄色头巾为标志,故称"黄巾军"。

㉑ 尽解党人而释之——黄巾军起,汉灵帝因"党锢"之祸造成民怨沸腾,又害怕党人与起义军联合,乃大赦党人。

㉒ 唐之晚年,渐起朋党之论——指晚唐穆宗、宣宗年间(821—859)发生的牛(僧孺)李(德裕)党争。

㉓ 及昭宗时,尽杀朝之名士——唐昭宣帝(即哀帝)天祐二年(905),朱全忠(朱温)杀大臣裴枢等三十余人于白马驿(今河南滑县北)。此事本文误作"昭宗时"。

㉔ 此辈清流,可投浊流——据《旧五代史·梁书·李振传》。朱全忠杀了朝中大臣后,谋士李振对他说:"此辈自谓清流,宜投于黄河,永为浊流。"朱笑而从之。清流,指负有时望、德行高洁之士。

㉕ 诮(qiào 俏)——责备、讥嘲。

㉖ 聪明——这里指头脑清醒,明白事理。

㉗ 以——因为。

㉘ 厌——满足。

㉙ 鉴——鉴戒。

## 【解读】

宋仁宗时,以范仲淹为首的革新派和与吕夷简为首的保守派斗争非常激烈。景祐三年(1036),范仲淹、尹洙、欧阳修等人被目为朋党遭贬。"仲淹朋党"并被榜于朝堂,由是朋党之论起。庆历三年(1043),仁宗重新进用杜衍、范仲淹等人酝酿改革,推行新政。次年,欧阳修进《朋党论》,欲翻景祐旧案。

文章开宗明义提出自古有朋的观点,对朋党进行具体分析。接着,列举各个朝代的重要史实,反复论述国家治乱兴亡与朋党的关系,通过层层对比,说明进用君子之真朋的重要意义。然后用倒卷之法对已阐明的史实加以归纳,总结历史经验教训。立意新颖,论据充分,论证剀切。排比、反复句式的运用,增强了文章的气势和论辩的力量。

## 【点评】

徐扬贡评:文忠在谏院进此论,明白洞达,意在破君之疑。援古事以证辨,反复曲畅,文格方严,而复婉切近人。

——孙琮《山晓阁选宋大家欧阳庐陵全集》评语卷1

提出君子小人,以破朋党之说,胸中如镜,笔下如刀。

——唐介轩《古文翼》卷7庐陵集评语

## 【今译】

据臣所知朋党的说法,从古时候就有了,只是希望国君能够辨明他们是君子的还是小人的罢了。一般说来,君子与君子,因志同道合结成朋党;小人与小人,因私利相同结成朋党。这是很自然的道理。

但臣以为小人没有朋党,只有君子才有朋党。这是什么原因呢？小人爱的是利禄、贪的是钱财，当他们利益一致的时候，暂时互相勾结而结成朋党，这是虚假的；等到见到有利可图时就都争先恐后，或者无利可图时交情也就疏远，甚至互相伤害起来；即使是他们的兄弟亲戚，也不会互相保护。所以臣以为小人没有真正的朋党，他们暂时的结合是虚假的啊！君子却不是这样，他们所恪守的是道义，奉行的是忠诚和信用，珍惜的是名誉和气节。他们以此来修身养性，就志同道合，互相促进；以此来报效国家，就能同心同德，和衷共济，始终如一，这就是君子的朋党。所以作为国君，只应斥退小人的假朋党，起用君子的真朋党，那么天下便可大治了。

唐尧的时候，小人共工、驩兜等四人结成一个朋党，君子八元、八恺十六人结成一个朋党。舜辅佐尧斥退了四凶结成的小人朋党，任用了八元、八恺结成的君子朋党，尧的天下因此大治。等到虞舜自己成了天子，皋陶、夔、稷、契等二十二个人一同在朝中做官，彼此称赞，互相谦让，共二十二人结成一个朋党，而虞舜都任用了他们，天下也因此大治。《尚书》里说："纣有臣子亿万个，就有亿万条心；周有臣子三千人，只有一条心。"商纣的时候，亿万个臣子心思各异，可以说不是朋党了，然而纣却因此而亡国。周武王的臣子，三千人结成一个大朋党，可是周朝却因此而兴盛起来。后汉献帝时，将天下名士全部拘押起来，把他们看成"党人"。等到黄巾军起事，汉朝大乱，他这才后悔起来，解除党禁释放所有的党人，但是局势已经无可挽回了。唐朝末年，逐渐兴起朋党的争论；到唐昭宗时，杀尽了朝中有声望的人士，甚至把他们都投入黄河，说："这些人自称清流，该把他们扔到浊流中去。"唐朝也就灭亡了。

从前的君王，能够使臣子各怀异心而不结成朋党的，没有谁比得上纣王；能够禁止好人结成朋党的，没有谁比得上汉献帝；能够杀戮德行高洁之士所结成的朋党的，没有哪个时代比得上唐昭宗时期；可是结果都使他们的国家混乱以至灭亡。互相赞美、谦让从不疑忌的，没有谁比得上舜的二十二个臣子，舜也毫不猜疑而全部任用他们；然而后代并不责备讥笑舜被二十二人结成的朋党所欺蒙,反而称颂舜是英明的圣君,这是因为他能辨别谁是君子和小人啊!周武王的时候,把全国的三千臣子结成一个朋党,自古以来结成朋党的人数之多,朋党之大,没有比得上周朝的,然而周却因此而兴盛起来,原因是好人多多益善啊!

前世兴亡治乱的事迹,当国君的应该引为鉴戒啊!

## 五代史伶官传序[①]

呜呼!盛衰之理,虽曰天命,岂非人事哉[②]!原庄宗之所以得天下[③],与其所以失之者,可以知之矣。

世言晋王之将终也[④],以三矢赐庄宗而告之曰[⑤]:"梁,吾仇也[⑥];燕王,吾所立[⑦];契丹,与吾约为兄弟[⑧],而皆背晋以归梁。此三者,吾遗恨也。与尔三矢,尔其无忘乃父之志[⑨]!"庄宗受而藏之于庙[⑩],其后用兵,则遣从事以一少牢告庙[⑪],请其矢[⑫],盛以锦囊,负而前驱,及凯旋而纳之[⑬]。

方其系燕父子以组[⑭],函梁君臣之首[⑮],入于太庙,还矢先王,而告以成功,其意气之盛,可谓壮哉!及仇雠已灭[⑯],天下已定,一夫夜呼,乱者四应,仓皇东出,未及见贼而士卒离散,君臣相顾,不知所归,至于誓天断发,泣下沾襟[⑰],何其衰也[⑱]!岂得之难而失之易欤?抑本其成败之迹[⑲],而皆自于人欤[⑳]?

《书》曰[㉑]:"满招损,谦得益[㉒]。"忧劳可以兴国,逸豫可以亡身[㉓],自然之理也。故方其盛也,举天下之豪杰[㉔],莫能与之争;及其衰也,数十伶人困之[㉕],而身死国灭[㉖],为天下笑[㉗]。夫祸患常积于忽微[㉘],而智勇多困于所溺[㉙],岂独伶人也哉!作《伶官传》。

## 【注释】

① 五代史——指欧阳修编撰的《五代史记》,熙宁十年(1077)正式颁行于天下。为与宋初薛居正主编的《五代史》(欧阳修称之为《五代书》)相区别,世

人称薛史为《旧五代史》，欧史为《新五代史》。本篇就是《新五代史·伶官传》的序论。五代，指唐朝崩溃后相继建立在黄河流域的后梁、后唐、后晋、后汉、后周五个政权。　伶官——宫廷中的乐官。

②虽曰天命，岂非人事哉——虽然说是上天的意志，难道不是人为的吗？古人以为国家的治乱盛衰都是由天决定的，欧阳修没有直接否定这种传统说法，但也强调了谋事在人（主要指政治上的得失）。

③原——查考原因。　庄宗——李存勖（xù 序）。其父李克用是西突厥沙陀部族的首领，因出兵助唐镇压黄巢起义有功，封陇西郡王，后又封为晋王。存勖继承王位，消灭后梁称帝，建立后唐。

④世言——世人传说。　晋王——这里指李克用。

⑤矢——箭。

⑥梁，吾仇也——黄巢部将朱温，投降唐朝，赐名全忠，受封为梁王。后篡唐自立，建立后梁。他曾企图谋杀李克用，因此，梁、晋结仇很深。

⑦燕王——指燕王刘守光的父亲刘仁恭。李克用曾向唐朝廷保举他为检校司空、卢龙军节度使，所以有"吾所立"语。此后不久，他拒绝李克用征兵要求，而双方开战。李克用大败，刘仁恭转而依附于后梁。后来刘守光兵力渐强，自称大燕皇帝。

⑧约为兄弟——公元907年，李克用与契丹首领耶律阿保机拜为兄弟，结成军事同盟，相约合力举兵灭梁。可是后来耶律阿保机背约，与梁通好。

⑨其——表示期望、命令的语气词。

⑩庙——太庙，帝王祭祀祖先的宗庙。

⑪从事——原指州刺史辖下地位较低的僚属，这里泛指负责具体事务的随从官员。　一少牢——用猪、羊各一头作祭品（祭祀时，牛、猪、羊三牲齐备，称太牢）。牢，祭祀用的牲畜。　告庙——祭告。

⑫请其矢——领取他父亲留下的箭，指前文所谓"三矢"。

⑬这句说：等到凯旋后就把箭放回宗庙。

⑭方——当。　系——捆绑。　组——丝带，这里指绳索。　公元913年，李存勖遣将攻破幽州，俘获刘仁恭及其家属。刘守光出逃，不久亦被擒。次年，父子都被处死。

⑮函——木匣，这里意为用木匣装盛。　公元923年，李存勖攻破大梁。梁末皇帝朱友贞（朱温的儿子）命令部将皇甫麟将自己杀死，随即皇甫麟也自

列。后李存勖入梁都,割二人首级而归,祭于太庙。

⑯ 仇雠(chóu 愁)——仇敌。雠,与"仇"同义。

⑰ "一夫夜呼"八句——公元 926 年,屯驻在贝州(今河北清河)的军人皇甫晖夜间聚赌不胜,发动兵变,攻入邺城(今河北临漳)。邢州(今河北邢台)和沧州(今属河北)驻军相继作乱。庄宗派李嗣源(李克用养子)前往镇压,不料李嗣源被部下拥立为帝,联合邺城乱军向京都洛阳进击。庄宗慌慌张张地率军东进,至万胜镇,闻李嗣源已占据大梁(开封),被迫引兵折回。问诸将有无计策相救,部将百余人,剪断头发,向天立誓,表示以死报国,君臣相顾哭泣。一夫,一人,指皇甫晖。

⑱ 何其——多么。

⑲ 抑——或者。 本——推究原因。

⑳ 自于——由于,来自。

㉑ 《书》——见《朋党论》注。

㉒ 满招损,谦得益——自满会招致损失,谦虚能得到益处。语出《尚书·大禹谟》。

㉓ 逸豫——安乐。即指下文所说狎近伶人之事。

㉔ 举——全,所有的。

㉕ 数十伶人困之——李存勖知音律,能度曲,好俳优,灭梁称帝后,愈益自满自得,宠信乐官,纵情声色。李嗣源叛反,乐官郭从谦乘庄宗已处于众叛亲离的境地,起兵作乱。庄宗率兵抵御,中流矢而死。

㉖ 国灭——庄宗死后,李嗣源(明宗)即位,群臣中有人主张自建国号;此事虽未实行,但是庄宗死后,李克用嫡亲子孙都被杀,也可以说是"国灭"。

㉗ 为——被。

㉘ 忽微——微小的事。忽,一寸的十万分之一。微,一寸的百万分之一。

㉙ 所溺——所溺爱的人或事物。


【解读】

这是一篇论理清晰、情辞并茂的著名史论。文章开门见山提出中心论点——国家的盛衰、事业的成败,主要取决于人事;接着,概括地叙述将要评论的事例,即后唐庄宗接受和执行其父遗命的历史事实;然后进行分析,总结出"忧劳可以兴国,逸豫可以亡身"、

"祸患常积于忽微,而智勇多困于所溺"的经验教训。论点鲜明突出,论证周密有力。对后唐庄宗的描写,采用欲抑先扬的手法,笔势跌宕顿挫,文意耐人回味。贯穿全篇的盛与衰、兴与亡、得与失、成与败的强烈对比,深刻地阐明了题旨,具有很强的说服力。全文低昂往复,一唱三叹,极富艺术感染力。清沈德潜盛称此文:"抑扬顿挫,得《史记》神髓,《五代史》中第一篇文字!"(《唐宋八家文读本》卷14)

## 【点评】

起手一提,已括全篇之意,次一段叙事,中后只是两扬两抑,低昂反复,感慨淋漓,直可与史迁相为颉颃。

——吴楚材 吴调侯《古文观止》评语卷10

此文以"盛"、"衰"二字作主。首段总冒;中间一段盛,一段衰;末段以"方其盛也"、"及其衰也"作封锁。所以不觉板滞者,由欧公丰神妙绝千古,一唱三叹,皆出于天籁,临时随意点缀,故能化板为活耳。 ——唐文治《国文经纬贯通大义》卷1

## 【今译】

唉!国家兴盛衰亡的缘由,虽然说是天意,难道不也在于人事吗?推究一下后唐庄宗之所以得到天下,和他之所以失掉天下的原因,就可以知道这一点了。

世人传说晋王李克用临终的时候,把三枝箭给庄宗并告诉他说:"梁王,是我的仇敌;燕王,是我扶助建立功业的;契丹,曾同我订立盟约结为兄弟,可是燕和契丹都背叛了晋国而归附梁国。这三家不灭,是我的遗恨呀!给你三枝箭,你可不要忘记你父亲的遗志啊!"庄宗接过箭把它藏在祖庙里。后来他出兵打仗,就先派遣官员用猪、羊各一头在祖庙里祭祀祷告,恭敬地把箭取出,放在织锦的袋子里,背着它冲杀在前,等到胜利归来时再把箭送回祖庙。

当庄宗用绳索捆绑着燕王父子,用木匣装着梁国君臣的头颅,送进太庙,把箭放回先王灵位之前,并禀报大功告成的时候,他那意气高昂的样子,可以说是气概非凡!可是,等到仇敌已经消灭,天下已经平定时,一个军人在夜里一声呼喊,叛乱者便四面响应;于是庄宗慌慌张张地由东门出逃,还没有见到叛军而士兵就已纷纷逃跑溃散,君臣相对而视,不知该投向何处,以至于剪断头发,对天发誓,泪流满面,沾湿了衣襟,那意气又是何等的衰颓啊!难道说真是得到天下困难而失去天下容易吗?还是从他成功和失败的事迹来考究,其实本来都是由于人事来决定的呢?

《尚书》上说:"骄傲自满招来损失,谦虚谨慎得到益处。"忧虑辛劳可以使国家兴盛,安逸享乐可以把自己毁掉,这是理所当然的啊!所以当庄宗强盛的时候,整个天下的豪杰没有谁能与他争雄的,等到他衰败的时候,几十个伶人作乱围困他,就使他身死国灭,被天下人耻笑。看来祸患常常是由微小的事情逐渐积累起来的,而智勇双全的人大都因有所溺爱迷恋而陷于困境,哪里仅仅是限于溺爱伶人呢!因此写作《伶官传》。

## 与高司谏书

修顿首再拜①,白司谏足下②:某年十七时③,家随州④,见天圣二年进士及第榜⑤,始识足下姓名。是时予年少,未与人接⑥,又居远方⑦,但闻今宋舍人兄弟⑧,与叶道卿、郑天休数人者⑨,以文学大有名,号称得人⑩。而足下厕其间⑪,独无卓卓可道说者⑫,予固疑足下不知何如人也⑬。

其后更十一年,予再至京师⑭。足下已为御史里行⑮,然犹未暇一识足下之面,但时时于予友尹师鲁问足下之贤否⑯。而师鲁说足下正直有学问,君子人也。予犹疑之。夫正直者,不可屈曲;有学问者,必能辨是非。以不可屈之节,有能辨是非之明,又为言事之官,而俯仰默默⑰,无异众人,是果贤者耶?此不得使予之不疑也。

自足下为谏官来，始得相识。偘然正色<sup>⑱</sup>，论前世事，历历可听，褒贬是非，无一谬说。噫！持此辩以示人，孰不爱之？虽予亦疑足下真君子也<sup>⑲</sup>。是予自闻足下之名及相识，凡十有四年，而三疑之。今者，推其实迹而较之<sup>⑳</sup>，然后决知足下非君子也<sup>㉑</sup>。

前日范希文贬官后<sup>㉒</sup>，与足下相见于安道家<sup>㉓</sup>，足下诋诮希文为人<sup>㉔</sup>。予始闻之，疑是戏言；及见师鲁，亦说足下深非希文所为，然后其疑遂决。希文平生刚正，好学通古今，其立朝有本末<sup>㉕</sup>，天下所共知。今又以言事触宰相得罪。足下既不能为辨其非辜，又畏有识者之责己，遂随而诋之，以为当黜，是可怪也。

夫人之性，刚果懦软，禀之于天，不可勉强，虽圣人亦不以不能责人之必能。今足下家有老母，身惜官位，惧饥寒而顾利禄，不敢一忤宰相以近刑祸，此乃庸人之常情，不过作一不才谏官尔。虽朝廷君子，亦将闵足下之不能<sup>㉖</sup>，而不责以必能也。今乃不然，反昂然自得，了无愧畏，便毁其贤以为当黜<sup>㉗</sup>，庶乎饰己不言之过。夫力所不敢为，乃愚者之不逮<sup>㉘</sup>；以智文其过<sup>㉙</sup>，此君子之贼也<sup>㉚</sup>。

且希文果不贤邪？自三四年来，从大理寺丞至前行员外郎<sup>㉛</sup>；作待制日<sup>㉜</sup>，日备顾问<sup>㉝</sup>，今班行中无与比者<sup>㉞</sup>。是天子骤用不贤之人？夫使天子待不贤以为贤，是聪明有所未尽。足下身为司谏，乃耳目之官<sup>㉟</sup>，当其骤用时，何不一为天子辨其不贤，反默默无一语，待其自败，然后随而非之？若果贤邪，则今日天子与宰相以忤意逐贤人<sup>㊱</sup>，足下不得不言。是则足下以希文为贤，亦不免责；以为不贤，亦不免责。大抵罪在默默尔。

昔汉杀萧望之与王章<sup>㊲</sup>，计其当时之议，必不肯明言杀贤者也。必以石显、王凤为忠臣，望之与章为不贤而被罪也。今足下视石显、王凤果忠邪？望之与章果不贤邪？当时亦有谏臣，必不肯自言畏祸而不谏，亦必曰当诛而不足谏也。今足下视之，果当诛邪？是直可欺当时之人<sup>㊳</sup>，而不可欺后世也。今足下又欲欺今人，而不惧后世之不可欺邪？况今之人未可欺也。

伏以今皇帝即位已来<sup>㊟</sup>，进用谏臣，容纳言论。如曹修古、刘越虽殁<sup>㊟</sup>，犹被褒称。今希文与孔道辅皆自谏诤擢用<sup>㊟</sup>。足下幸生此时，遇纳谏之圣主如此，犹不敢一言，何也？前日又闻御史台榜朝堂<sup>㊟</sup>，戒百官不得越职言事<sup>㊟</sup>，是可言者惟谏臣尔。若足下又遂不言，是天下无得言者也。足下在其位而不言，便当去之，无妨他人之堪其任者也。昨日安道贬官、师鲁待罪<sup>㊟</sup>，足下犹能以面目见士大夫，出入朝中称谏官，是足下不复知人间有羞耻事尔！所可惜者，圣朝有事，谏官不言，而使他人言之<sup>㊟</sup>，书在史册，他日为朝廷羞者，足下也。

《春秋》之法，责贤者备<sup>㊟</sup>。今某区区犹望足下之能一言者<sup>㊟</sup>，不忍便绝足下，而不以贤者责也。若犹以谓希文不贤而当逐，则予今所言如此，乃是朋邪之人尔<sup>㊟</sup>。愿足下直携此书于朝，使正予罪而诛之，使天下皆释然知希文之当逐，亦谏臣之一效也<sup>㊟</sup>。

前日足下在安道家，召予往论希文之事。时坐有他客，不能尽所怀。故辄布区区<sup>㊟</sup>，伏惟幸察，不宣<sup>㊟</sup>。修再拜。

**【注释】**

① 顿首再拜——古人写信时的客套话，用于开头或结尾。

② 白——禀告。　司谏——谏官，此指高若讷，时任左司谏。　足下——古时同辈相称的敬词。

③ 某——旧时书信中用以代称自己的词。

④ 随州——今湖北随县。欧阳修四岁丧父，后随母到随州叔父家，故云"家随州"。

⑤ 天圣二年——公元1024年。高若讷于是年进士及第。天圣，宋仁宗年号。

⑥ 未与人接——指没有和社会上的知名人士交往。

⑦ 远方——指随州。古人多以京城为中心计距离远近。

⑧ 宋舍人兄弟——指宋庠、宋祁兄弟，曾官翰林学士、知制诰，相当于中书舍人之职，故称。

⑨ 叶道卿——即叶清臣，当时任太常丞。　郑天休——名戬（jiǎn 剪），

官至枢密副使、节度使，与叶道卿同为北宋名臣。以上四人都在天圣二年与高若讷同时中进士。

⑩ 得人——指天圣二年进士试取中的人才能卓异。

⑪ 厕（cè 册）其间——置身其间，列名其中。

⑫ 卓卓可道说者——特别可称道的。卓卓，优秀突出的成就。

⑬ 固——本来。

⑭ 其后更十一年，予再至京师——指景祐元年（1034），是年欧阳修西京留守推官任满，由枢密使王曙推荐，官馆阁校勘，居开封，距天圣二年（1024）作者初闻高若讷名时恰为十一年。在此之前，他在天圣六年至八年应进士试及明道元年（1032）因公亦到过开封，故曰"再至"。更（gēng 耕），经历。十一年，指天圣二年至景祐元年。

⑮ 御史里行——见习御史。

⑯ 尹师鲁——尹洙，字师鲁。与范仲淹、欧阳修等人为至友，天圣、明道间官河南府户曹参军。　否（pǐ 匹）——坏，不贤。

⑰ 俯仰默默——随人进退，不出真言。

⑱ 侃然——正直刚毅的样子。

⑲ 疑——此指猜想，侧重于肯定。

⑳ 推其实迹而较之——以高若讷的行为和他的言论相对照。

㉑ 决——断定。

㉒ 范希文——范仲淹，字希文，曾领导庆历新政，官至参知政事，卒谥"文正"。

㉓ 安道——余靖，字安道，为谏官，时颇有文名，以直谏著称。

㉔ 诋诮（qiào 俏）——攻击责备。

㉕ 本末——树木的根和梢，此指坚持原则、光明磊落的意思。

㉖ 闵——同"悯"，怜悯，同情。

㉗ 便毁——任意诋毁。

㉘ 逮——及，如。

㉙ 文——掩饰。

㉚ 贼——败类。

㉛ 大理寺丞——大理寺掌司法，有卿、少卿、丞、评事、主簿等官职。丞，佐官之称。　前行员外郎——宋代尚书省六部分为三行，吏、兵为前行，户、刑

为中行,礼、工为后行。前行员外郎即指吏部员外郎。从大理寺丞至吏部员外郎,官资升迁十五阶。

㉜ 作待制日——景祐二年二月,范仲淹由苏州知州迁官礼部员外郎、天章阁待制。同年十一月,因言事为吕夷简所忌,调任知开封府。待制,在皇帝左右备顾问的侍从官。

㉝ 日备顾问——每天供皇帝咨询各种事情。

㉞ 班行——同列,指同朝百官。

㉟ 耳目之官——谏官负责纠察官吏,是皇帝的耳目。

㊱ 忤意——违背(天子与宰相)意志。

㊲ 萧望之——汉宣帝时任太子太傅,反对宦官弘恭、石显为中书令,元帝即位,被弘恭、石显诬告下狱,自杀。 王章——汉元帝时任左曹中郎将,因反对石显被罢官;成帝时任京兆令,时外戚大将军王凤专权,王章上奏言王凤不可任用,被诬陷下狱,死于狱中。

㊳ 直——只。

㊴ 今皇帝——指宋仁宗赵祯,公元1023年即位。仁宗于明道元年设置谏院,扩大谏官权力。

㊵ 曹修古——字述之。仁宗时为殿中侍御史,以"遇事辄言"著称。 刘越——字子长。曾任秘书丞,有能名。

㊶ 孔道辅——曾任御史中丞。明道二年(1033),仁宗废郭皇后,孔入宫谏阻,受到贬黜,三年后复召为御史中丞。

㊷ 榜朝堂——在朝廷上张榜通告。

㊸ 戒百官不得越职言事——景祐三年(1036),范仲淹遭贬后,御史韩缜上奏,请以范仲淹朋党榜于朝堂,戒百官有越职言事者,从之。

㊹ 安道贬官——余靖因上言论范仲淹事,贬为监筠州酒税。 师鲁待罪——尹洙亦因论范仲淹事,义愤填膺地自称是范仲淹之党,因此时尚未处理,故称"待罪"。以后贬为监郢州酒税。

㊺ 他人——指余靖、尹洙等人。

㊻《春秋》之法,责贤者备——意谓孔子作《春秋》的义理,在于对贤者要求高,多所责难。《新唐书·太宗本纪》赞曰:"《春秋》之法,常责备于贤者。"

㊼ 区区——不重要,自谦之词。下文的"区区"是说自己的心意、看法。

㊽ 朋邪之人——结党营私之人。

㊾ 效——功劳。

㊿ 辄——便。布——表达。

(51) 不宣——不一一细说。旧时书信结尾的套语。

【解读】

景祐三年(1036),吏部员外郎、权知开封府范仲淹因对宰相吕夷简不理政事、任人唯亲表示不满,被贬饶州知州。当时,朝臣纷纷论救,多有为其鸣屈者,而身为左司谏的高若讷却默然无语,且私下在同僚中诋毁范仲淹。欧阳修十分愤怒,遂写此信痛加指责。他也因此而遭贬出为夷陵令。

文章从"三疑",写到高司谏貌似君子而实无操守;再从范仲淹的贤否着笔,正面痛斥高司谏不分是非、逢迎权贵、文饰己过、强充君子的行径;然后援古道今,左右比较,使高之卑下用心、不言之过昭然若揭。全文置词激迫,踔厉风发,峭直犀利,痛快淋漓,体现出作者疾恶如仇、不畏刑祸的品格特征。



【点评】

观欧阳文忠公在馆阁时与高司谏书,语气可以折冲万里。

——黄庭坚《豫章黄先生文集》卷30

凡作攻击文字,须明于缓急擒纵之法,方能曲尽其意。至其刺击处,尤以尖冷为妙。

——吕葆中《唐宋八家古文精选·欧阳修》

【今译】

欧阳修叩头拜上,并奉告司谏足下:我十七岁的时候,家在随州,看到天圣二年进士及第的榜文,才知道您的大名。当时我还年轻,没有和社会上的名人交往,又住在离京城较远的地方,只听说现在宋庠兄弟,叶道卿、郑天休等几个人,因为文章特别出名,所以人们都说这届科考选到了真有才干的人。但是您和这些人并列在一起，却没有什么突出的成就可以称道的。我当然要产生怀疑，不知您是什么样的人物。

此后又过了十一年，我曾经两次到京城开封，您已经做了御史里行，然而还是没有机会和您见面，但我经常向我的朋友尹师鲁询问您是不是一个有道德和才能的人。师鲁说您为人正直有学问，是个君子。我还是怀疑您。那正直的人，不能无原则地屈从别人意见；有学问的人，一定能够明辨是非。凭着不能屈从别人的节操和能够明辨是非的眼力，再加上身为御史，不问是非，随声附和，不表示自己意见，跟一般人毫无差别，这难道是真有道德和才能的人吗？这就不能不使我怀疑了。

自从您担任谏官以来，才得以和您认识。看您刚直公正的样子，议论前代的事情倒也明白动听，对是非的表扬批评，没有一句错误的言论。唉！以这样的辩才出现在别人的面前，谁不敬慕呢？即使是我也曾一改过去的看法，猜想您是一位真正的君子呢！这就是我自从听说您的名字到互相认识，前后共十四年，有这样三次怀疑。现在，考察您的实际行动并拿它与您平时的言论相对照，然后才肯定地知道您不是一个真君子。

前几天范希文被贬官以后，我与您在余安道家见过，您诽谤讥讽范希文的为人。我起初听到这些，还怀疑是说笑话；等见到尹师鲁，他也说您非常不满范希文的行为。这以后，我先前的那种怀疑才终于获得解决。范希文一生刚直公正，好学不倦，通达古今，在朝廷上立身处世坚持原则，天下之人都知道。现在又由于进谏触犯了宰相而获罪，您既不能为他辩明无罪，又害怕有识之士责备自己，于是便跟着别人诽谤他，认为他应当贬官，这就奇怪了。

人的性格，有的刚强果断，有的软弱，是先天所赋予的，不能勉强。即使圣人也不会拿别人办不到的事情来苛求别人一定要办到。现在您家有老母，自己又珍惜官位，害怕饥寒而贪恋利禄，不敢触犯宰相，怕招来刑罚和灾祸。这是一个没有作为的人通常的想法，只不过是做一个不称职的谏官罢了。即使是朝廷上正直的人，也将会同情您的不能替他辩白，并不会苛求您一定要去办您所办不到的事。可是现在您却不是这样，反倒理直气壮，自鸣得意，一点也不羞愧和恐惧，还乘机毁谤范希文的德行和才能，认为他应当贬官，企图以此来掩饰自己不敢直谏的过错。本来有能力而不敢去做，连愚蠢的人都不如；用小聪明来掩饰自己的过错，这便是君子中的败类啊。

再说范希文果真没有道德和才能吗？从近三四年来看，他由做大理寺丞很快提拔为前行员外郎；他担任天章阁待制时，天天准备皇帝可能咨询的各种事情，在同班朝臣中没有能跟他相比的。这难道是皇上破例任用了没有道德和才能的人？倘若皇上把不贤的人当作贤能的人，这是你们没有尽到使皇上耳聪目明的责任。您身为司谏，是皇帝的耳目，当皇上一旦用错的时候，您为什么不向皇上说明范希文是没有道德和才能的人呢？反而却一声不响，等他自遭灾祸，然后就跟着别人责备他？如果范希文果真是有道德和才能，那么今天他触犯了皇上与宰相而被赶走，您就不能不说话。这就是说，您认为范希文是贤人，也推卸不掉责任；认为范希文没有道德和才能，也逃脱不掉责任。总之您的罪过在于沉默不言，当说而不说罢了。

从前，西汉王朝石显、王凤逼杀萧望之和王章，估计人们在当时对这件事的议论，一定不肯明白地说是杀害贤才，必定认为石显、王凤是忠臣，萧望之、王章因为不贤而遭受惩罚。现在，您看石显和王凤果真是忠臣吗？萧望之、王章果真不贤吗？当时也有专门负责进谏的臣子，他们一定不肯说自己因为害怕灾祸而不敢进谏，也一定会说应当诛杀而不值得为他们辩护。现在，您看萧、王二人果真应当诛杀吗？这只可欺骗当时的人，而不可欺骗后代啊。现在，您又想欺骗当代人，就不怕后代的人不容欺骗吗？何况，连当代人也是欺骗不了的呀！

我以为当今皇帝即位以来，提拔任用谏官，采纳臣子的忠言，像曹修古、刘越虽然已经死去，还一直受到表扬称颂。当今范希文和孔道辅都是由于谏诤而被提升和任用的。您很幸运地生在这个时代，遇到像这样能够采纳意见的圣明君王，还不敢说一句话，这是什么原因呢？前天，又听说御史台在朝堂上出了榜文，告诫百官不准超越职权议论政事，这样能够说话的只有谏官了。像您又一直不出来说话，这样天下就没有能够说话的人了。您担任司谏却不说话，就应当离开这个职位，不要妨害别的能胜任这个职务的人。昨天，余安道贬了官，尹师鲁听候处分，您还有脸面见士大夫，在朝中进进出出自称谏官，这说明您不再知道人世间还有羞耻的事啊！可惜的是，宋王朝出了事，谏官不说话，却叫别人去说，这种情况写在史册上，日后成为朝廷的耻辱，责任在您身上啊！

《春秋》的笔法，对待贤者要求很严格。现在，我仍然诚恳地希望您能说一句公道话，不忍心就这样与您断绝关系，因而不按照贤人的标准来要求您。倘若您仍然认为范希文不贤而应当被贬谪，那么，我今天说了这些话，就是与他朋比为奸的邪恶小人了。希望您直接带上这封信到朝廷，让朝廷治我的罪杀掉我，使天下之人都清楚地知道范希文应该被赶出朝廷，这也算是谏官的一份功劳了。

前天，您在安道家招呼我去谈范希文的事。当时在座的还有别的客人，我不能尽情地发表意见。所以就写这封信来谈谈我个人的看法，希望您能考虑。言不尽意，到此搁笔。欧阳修再拜。

## 与尹师鲁书

某顿首，师鲁十二兄书记①：前在京师相别时，约使人如河上②。既受命，便遣白头奴出城③，而还言不见舟矣。其夕，及得师鲁手简，乃知留船以待，怪不如约。方悟此奴懒去而见绐④。

临行，台吏催苟百端⑤，不比催师鲁人长者有礼⑥，使人惶迫不知所为。是以又不留下书在京师，但深托君贶因书道修意以西⑦。始谋陆赴夷陵，以大暑，又无马，乃作此行⑧。沿汴绝淮⑨，泛大江，凡五千里，用一百一十程才至荆南⑩。在路无附书处，不知君贶曾作书道修意否？

及来此问荆人，云去郢止两程⑪，方喜得作书以奉问。又见家兄言⑫：有人见师鲁过襄州⑬，计今在郢久矣。师鲁欢戚不问可知，所渴欲问者，别后安否？及家人处之如何，莫苦相尤否⑭？六郎旧疾平否⑮？

修行虽久，然江湖皆昔所游，往往有亲旧留连，又不遇恶风水。老母用术者言⑯，果以此行为幸。又闻夷陵有米、面、鱼，如京洛⑰；又有梨栗、桔柚、大笋、茶荈⑱，皆可饮食，益相喜贺。昨日因参转运⑲，作庭趋⑳，始觉身是县令矣㉑。其余皆如昔时。

师鲁简中言，疑修有自疑之意者㉒，非他，盖惧责人太深以取直尔㉓。今而思之自决，不复疑也。然师鲁又云暗于朋友㉔，此似未知修心。当与高书时，盖已知其非君子，发于极愤而切责之，非以朋友待之也。其所为何足惊骇？路中来颇有人以罪出不测见吊者㉕，此皆不知修心也。师鲁又云非忘亲㉖，此又非也。得罪虽死，不为忘亲㉗，此事须相见可尽其说也。

五六十年来，天生此辈，沉默畏慎，布在世间，相师成风㉘。忽见吾辈作此事，下至灶门老婢，亦相惊怪，交口议之。不知此事古人日日有也，但问所言当否而已。又有深相赏叹者，此亦是不惯见事人也。可嗟世人不见如往时事久矣！往时砧斧鼎镬，皆是烹斩人之物，然士有死不失义，则趋而就之，与几席枕藉之无异㉙。有义君子在傍，见有就死，知其当然，亦不甚叹赏也。史册所以书之者㉚，盖特欲警后世愚懦者，使知事有当然而不得避尔，非以为奇事而诧人也㉛。幸今世用刑至仁慈，无此物㉜，使有而一人就之，不知作何等怪骇也。然吾辈亦自当绝口不可及前事也㉝。居闲僻处，日知进道而已㉞。此事不须言，然师鲁以修有自疑之言，要知修处之如何，故略道也。

安道与予在楚州㉟，谈祸福事甚详，安道亦以为然。俟到夷陵写去，然后得知修所以处之之心也㊱。又常与安道言，每见前世有名人,当论事时,感激不避诛死㊲,真若知义者;及到贬所,则戚戚怨嗟,有不堪之穷愁形于文字,其心欢戚无异庸人,虽韩文公不免此累㊳。用此戒安道,慎勿作戚戚之文。师鲁察修此语,则处之之心,又可知矣。近世人因言事亦有被贬者,然或傲逸狂醉,自言我为大不为小㊴。故师鲁相别有言:益慎职,无饮酒。此事修今亦遵此语。咽喉自出京愈矣,至今不曾饮酒。到县后勤官,以惩洛中时懒慢矣㊵。

夷陵有一路,只数日可至郢,白头奴足以往来。秋寒矣,千万保重。不宣。修顿首。


**【注释】**

① 师鲁——尹洙,字师鲁。 十二兄——古人以族中同辈排行,尹师鲁居第十二,朋友间往往称人排行,表示亲近。 书记——尹洙当时的官资仍带山南东道节度掌书记衔。

② 前在京师相别时,约使人如河上——这是说尹洙比欧阳修先离京(开封)而赴贬所,别时欧阳修曾答应要派人到船上相送。如,到、往。

③ 白头奴——老仆人。

④ 见绐(dài 代)——被欺骗。

⑤ 台吏——御史台的吏役。 催苟百端——指使出各种苛刻手段催促。

⑥ 长者——指有德行。

⑦ 但深托君贶因书道修意以西——只能重托王拱辰给你写信时顺便说一下我的意思,随后我就出发西行了。 君贶(kuàng 况),王拱辰字君贶,与欧阳修同榜进士,且是连襟,但两人后来政见不同。西,向西出发。夷陵在开封之西。

⑧ 此行——指水路舟行。

⑨ 沿汴绝淮——沿着汴河,穿过淮河。

⑩ 用一百一十程才至荆南——经过一百一十天才到达江陵府。程,里程。荆南,峡州夷陵县为荆南节度所属。下文"荆人"即湖北当地人。

⑪ 郢(yǐng 影)——今湖北钟祥县。

⑫ 家兄——欧阳修有异母兄,名昞。据《于役志》(欧阳修在贬谪途中写

的日记），欧阳修在这次旅途中与其兄在黄陂晤面。

⑬ 襄州——州名。州治在今湖北襄樊市。

⑭ 这两句说：询问尹洙的家属对尹洙被贬态度如何，是否有埋怨情绪。尤，责难。

⑮ 六郎——当指尹洙的儿子。

⑯ 术者——指以占卜、相面等为业的人。

⑰ 京洛——开封和洛阳。

⑱ 荈（chuǎn 喘）——茶。早采者为茶，晚取者为荈，见《尔雅·释木》疏。

⑲ 转运——转运使。宋初设转运使，只负责一路财赋转运；天圣六年罢诸路提点刑狱官后，职权并入转运使，因此有监察本路地方官的权力。夷陵县属荆湖北路峡州管辖。

⑳ 庭趋——亦称庭参，公堂上恭敬地弯腰快步行走，是下级官员见上级官员的礼节。

㉑ 始觉身是县令矣——唐宋时，士大夫重京职，轻外职。欧阳修在京时任馆阁校勘，官虽不高，但被认为是有发展前途的"清品"，所以"身是县令"中有失意的感慨。

㉒ 自疑——反省自己的行为有不正确的地方。

㉓ 责人太深——指在《与高司谏书》中对高若讷的批评。 取直——获取忠直的名声。

㉔ 暗于朋友——对朋友的品质不了解，指没有料到高若讷将书信上告朝廷。暗，蒙昧、糊涂。

㉕ 吊——慰勉。

㉖ 非忘亲——"非"字涉下文而衍。古人认为，身遭罪罚，累及父母，是忘了父母养育之恩，是不孝。

㉗ 得罪虽死，不为忘亲——欧阳修认为因坚持正义而得罪被杀，不算忘亲。后来作者在《新五代史》明宗子从璟论、符习论中都论及这个问题，认为"忠孝以义则两得"。

㉘ 这五句说：北宋开国以来，士大夫谄谀成风，苟且因循。

㉙ 古代正直的士大夫舍生取义，把砧斧鼎镬等杀人刑具看成像凭几卧席一样平常。 砧（zhēn 真）——砧板。鼎镬（huò 获）——古时烹煮的器具，也作刑具。有足叫鼎，无足叫镬。

㉚ 史册——史书。古代史书多记载谏臣犯颜直谏的事迹，加以褒扬。

㉛ 诧人——使人惊异。

㉜ 此物——指砧斧鼎镬等烹斩人的刑具。

㉝ 绝口不可及前事——据《宋史纪事本末》，当范仲淹被贬时，"馆阁校勘蔡襄作《四贤一不肖诗》，以誉仲淹、靖、洙、修，而讥若讷，都人士〔争〕相传写，鬻书者市之得厚利"，足见舆论所归。正因为如此，所以作者告诫不要再津津乐道"前事"。

㉞ 进道——加强自己的道德修养。

㉟ 安道——余靖，字安道。因谏阻贬黜范仲淹，由集贤校理贬为监筠州（州治在今四川筠连县）酒税。　楚州——州治在今江苏淮安县，欧阳修在往夷陵途中由淮河入长江时，曾和余靖在淮安舟中晤面。《于役志》："遂至楚州，泊舟西仓，始见安道于舟中。"

㊱ 处之之心——指对待被贬谪一事的态度。

㊲ 感激——感动激奋。

㊳ 韩文公——唐代韩愈，文公为其死后的谥号。此处是作者对韩愈在贬谪时期也不免作戚戚之文，表示惋惜。

㊴ 为大不为小——不拘小节的意思。

㊵ 洛中时懒慢——指在洛阳时的宴游生活。据《续资治通鉴》宋纪三十九："始，钱惟演留守西京，修及尹洙为官属，皆有时名，惟演待之甚厚，修等游饮无节。"

## 【解读】

景祐三年（1036），欧阳修因给高若讷写信，怒斥其诋毁范仲淹而被贬为夷陵令，尹师鲁、余安道亦因论救范仲淹分别被贬到郢州、筠州。本文为作者到达贬所夷陵后写给尹师鲁的一封信。信中回答了尹洙的询问，抒发了自己的怀抱。作者把言事得罪，视为固然，认为为了伸张正义，应该不怕贬官，不怕连累父母；身处逆境之后，仍要勤谨公务，不能纵逸，反映了作者坚持革新、积极有为的精神风貌。文章说理层次清晰，文气舒缓从容，体现出欧阳修散文平易自然、"条贯舒畅"（苏洵语）的风格。

## 【点评】

真挚语，无一毫装点。率尔疾书，差比成章，自有条理，乃天下之至文也。 ——吕葆中《唐宋八家古文精选·欧阳修》

前后叙事历落有致，中幅轩然大波，议论不无过高处。即就全篇而论，看似心平气和，而无限牢骚，时隐见于纸上。故知素位而行此境，良非易致。

——王文濡《评较音注古文辞类纂》评语卷3

## 【今译】

我向您请安，尹师鲁十二兄书记：前些日子在京城分别的时候，您约我派人到船上相送。我接受了您的嘱咐，便派一个老仆人出城相送，他回来却说没有看见您乘的船。那天晚上，待收到您亲手写的书信，才知道您停船等待，责备我没派人赴约会。我这才明白这个仆人懒去送行，而用谎言欺骗我。

我出发的时候，御史台的吏役使出各种苛刻手段催促，比不上催您动身的人那么有礼貌，因而使我匆忙急迫不知怎么办。因此，我又没有在京城留下书信给您，只能再三托付王君贶给您写信时顺便说一下我的意思，随后我就出发西行了。开始想走旱路去夷陵，因为是大热天，又没有马，便只好走水路。沿着汴河，穿过淮河，泛舟长江，一共走了五千里，经过一百一十天才到达江陵府。在途中没有寄信的地方，不知道君贶是否曾经给您写信说明我的意思？

等我到达江陵府后询问当地人，他们说距离郢州只有两天路程了，我这才高兴地写信向您问候。我在旅途中听我哥哥说：有人看见您从襄州经过，算起来现在您早已到郢州了。您目前是欢乐还是忧愁，不问也能知道，我急于想了解的是，分别后您的身体是否安康？以及家里人对您被贬谪的态度如何，是否有埋怨情绪？六郎的旧病好了吗？

我虽然在路上走了很久，但这些水路都是我过去游历过的地方,且到处都有亲戚老朋友款待,又没遇到狂风恶浪。老母亲相信卜卦先生的话,认为这次旅途安宁,竟果然如此。又听说夷陵出产稻米、麦面、鲜鱼,像开封和洛阳一样;还出产梨子、板栗、柑橘、柚子、大笋、茶叶,都是可口的食品或饮料,于是更加庆幸。昨天,因为参见转运使,行了参拜的礼节,才觉得自己已是县令了,其他一切都和从前一样。

　　您在信中说,怀疑我对自己的行为有所反省,我不为别的,唯一担心的是对高司谏责备是否太重,是否有想获得忠直名声的动机。现在我思考后决断,自己已不再反省了。不过您又说我对朋友的品质不了解,这种看法好像不了解我的内心。当我给高若讷写信时,已经知道他不是一个有道德的人,我怀着十分愤慨的心情狠狠地责备他,并不是把他当朋友看待的。他后来所做的事又有什么值得惊奇害怕的呢? 旅途中不少人用"料想不到遭贬谪"来安慰同情我,这都是不了解我的内心。您又说我给高若讷写信是忘了会牵累父母,这又说错了。由于坚持正义而得罪被杀,不能算忘了父母,这件事要等见面后才能把道理讲清楚。

　　五六十年来,上天生下这么一批人,他们身为官吏却默默不语,胆小畏惧,这些人遍布全社会,相互仿效,形成了一种风气。忽然看见我们做这样的事,以至连烧饭的老侍女,也都感到惊奇,彼此议论纷纷。他们不知道这种事古人天天都在做,只问所说的话是对还是错罢了。还有,对我们的行为深深赞叹的,这些人也是见识不多。值得叹惜的是,世上的人已很久没有看到古人那样的行为了! 古代的砧板、斧头、大鼎、大锅,都是用来煮人、杀人的东西,但正直的士大夫宁肯去死也不愿丢掉正义,临刑时,他们把砧、斧、鼎、镬等杀人刑具看成像凭几卧席一样平常。有信义和道德的人在旁边,看到有人慷慨就义,知道这件事应当这样做,也不很惊叹赞赏。史书记载士大夫舍生取义的原因,不过是为了警戒后代愚蠢软弱的人,使人知道有些事应该这样作而不能逃避,绝不是认为他们的行为奇特,写下来使人惊异。所幸当今朝廷用刑时十分仁慈,没有砧、斧、鼎、镬等烹斩人的刑具,假如有这种刑具,要让某一个人去受刑,不知道大家要惊奇到何种程度了。不过,我们这些人也绝口不再谈论以前所作的事了。我们住在清闲偏僻的地方,每天只知道加强自己的道德修养罢了。这些事本来不必多说,但您信中认为我有自我反省的说法,需要了解我对这次贬谪的态度,所以简单地说几句。

余安道和我在楚州的时候,对人间祸福之事曾详细地讨论过,安道也认为我们这次行为是对的。等我到夷陵后再写信给您,这样您就可知道我对被贬谪一事的态度了。我又常对安道说,每每看到前代的著名人物,当他们议论政事时,感动激奋,不怕杀头,真像一个懂得正义的人;而到了贬谪的地方,就悲伤埋怨,不能忍受穷困失意的忧愁之情便从诗文中表现出来,他们心中的喜乐悲伤与普通人没有什么不同,即使像韩愈这样的人物也免不了这个缺点。我用这种情况告诫余安道,叫他切不可写悲伤的文章。您体察一下我这些话,那么,我对待贬谪的态度,您又可以知道了。近代也有因为正直敢言而被贬的人,但有些人遭贬就纵酒放荡,自称只做大事而不拘小节。所以您与我分手时告诫说:更谨慎地对待本职工作,不要喝酒。在这件事上,我至今仍遵照您的话。我的咽喉病,自从出京城后就已经好了,至今从未喝过酒。到夷陵县后勤于政事,戒掉了在洛阳时懒惰散漫的习惯。

夷陵有一条路,只需几天路程即可到郢州,老仆人完全可以往来通信。秋天天气转寒,千万要保重身体。余不赘述。欧阳修拜上。

## 答吴充秀才书①

修顿首白,先辈吴君足下②:前辱示书及文三篇,发而读之,浩乎若千万言之多,及少定而视焉,才数百言尔③。非夫辞丰意雄,沛

欧阳修诗文选译

然有不可御之势,何以至此! 然犹自患伥伥莫有开之使前者④,此好学之谦言也。

修材不足用于时,仕不足荣于世⑤,其毁誉不足轻重,气力不足动人。世之欲假誉以为重,借力而后进者,奚取于修焉⑥! 先辈学精文雄,其施于时,又非待修誉而为重、力而后进者也。然而惠然见临⑦,若有所责⑧,得非急于谋道,不择其人而问焉者欤?

夫学者未始不为道⑨,而至者鲜焉⑩。非道之于人远也,学者有所溺焉尔⑪。盖文之为言,难工而可喜,易悦而自足⑫。世之学者往往溺之,一有工焉,则曰:"吾学足矣!"甚者至弃百事不关于心,曰:"吾文士也,职于文而已。"此其所以至之鲜也。

昔孔子老而归鲁,六经之作,数年之顷尔⑬。然读《易》者如无《春秋》,读《书》者如无《诗》,何其用功少而至于至也⑭。圣人之文虽不可及,然大抵道胜者文不难而自至也。故孟子皇皇不暇著书⑮,荀卿盖亦晚而有作⑯。若子云、仲淹⑰,方勉焉以模言语,此道未足而强言者也⑱。后之惑者⑲,徒见前世之文传,以为学者文而已,故愈力愈勤而愈不至。此足下所谓终日不出于轩序⑳,不能纵横高下皆如意者㉑,道未足也。若道之充焉,虽行乎天地,入于渊泉,无不之也㉒。

先辈之文浩乎沛然㉓,可谓善矣。而又志于为道,犹自以为未广,若不止焉,孟、荀可至而不难也。修学道而不至者,然幸不甘于所悦,而溺于所止。因吾子之能不自止㉔,又以励修之少进焉。幸甚幸甚。修白。

**【注释】**

① 吴充——字冲卿,建州浦城(故城在今福建松溪县北)人,康定元年应进士举到开封,投书与文向欧阳修求教。次年中进士。熙宁末,代王安石任宰相。

② 先辈——唐宋应科举的士人互相敬称为先辈。李肇《唐国史补》:"得第谓之前进士,互相推敬谓之先辈,俱捷谓之同年。"这里用作一般敬称。

③ 这三句说：吴充文章汪洋恣肆，给人以十分繁富的印象，等到定神细看，才知道不过几百字。这是称誉吴充文章的气势。

④ 然犹自患伥伥莫有开之使前者——这是复述吴充信中的话，意谓担心没有人开导他，使其写作继续提高。伥（chàng 唱）伥，无所适从的样子。伥，通"怅"。

⑤ 仕不足荣于世——欧阳修当时任馆阁校勘，是翰林院的低级官员，故这样说。

⑥ 这三句说：当时应进士举的士人多用文章向有声誉或有权力的人干谒，以求得推荐进身。欧阳修认为自己的名望和地位不符合干谒者的要求。假，凭借。奚，何。

⑦ 惠然见临——敬辞，指别人来看望自己。

⑧ 责——一本作"求"，义同。

⑨ 未始——未尝。

⑩ 鲜——少。

⑪ 溺——沉迷。

⑫ 难工而可喜，易悦而自足——文章难于写得精巧，令人喜爱；容易取悦于一时，自己满足。

⑬ 这三句说：孔子周游列国，年老回鲁国著书，完成六经的著作不过是数年之间的事。见《史记·孔子世家》。

⑭ 这三句形容学习专一，造诣高深。李翱《答朱载言书》："创意造言，皆不相师。故其读《春秋》也，如未尝有《诗》也；其读《诗》也，如未尝有《易》也；其读《易》也，如未尝有《书》也；其读屈原、庄周也，如未尝有六经也。"

⑮ 皇皇——匆忙。皇，同"遑"。 不暇著书——是说孟子一生游说诸侯，没有著作，《孟子》七篇是其弟子万章等所记述。

⑯ 荀卿——名况，先仕齐，后适楚，春申君以为兰陵令，春申君死后他才退居兰陵著《荀子》。

⑰ 子云——西汉扬雄的字，著有模拟《易》的《太玄》、模拟《论语》的《法言》等。 仲淹——隋代王通的字，著有模拟《论语》的《中说》等。

⑱ 强——勉强。

⑲ 惑者——糊涂、愚昧的人。

⑳ 轩序——指屋子。轩是窗，序是房屋中堂两旁的隔墙。

㉑ 纵横高下——指文章的各种变化。

㉒ 这四句是夸张道对写作的作用。天地,一作"天下"。渊泉,深渊和黄泉(地下)。后面一个"之",通"至"。

㉓ 沛然——盛大的样子。与上文"浩乎若千万言之多"相应。

㉔ 吾子——爱敬称呼。子,男子美称。

**【解读】**

本篇作于康定元年(1040)。这年六月,作者由武成军节度判官调回京城开封,复任馆阁校勘。

本文阐述文道关系。作者所说的道,虽然是儒家的传统之道,但他注重道的具体内容,即现实政治和社会生活中的"百事"。因此,文中论述的实际上主要是文学与现实生活的关系。针对当时一些文士把文学当作猎取功名、顺时取誉的工具,"勤一世以尽心于文字间"的弊病,作者强调要加强道德修养,关心现实生活,反对"弃百事不关于心"、"终日不出于轩序"的人生态度和写作态度。文章体现了作者奖掖后学的精神,也反映了欧阳修论文的基本观点。

**【点评】**

通篇只是一句:道足而文自生。持此立论,便已探骊得珠。
　　　　　——孙琮《山晓阁选宋大家欧阳庐陵全集》评语卷1

卓然有主于胸中,而笔底又能行之于清折。看他笔笔清深,笔笔曲折。　　——金人瑞《评注才子古文》卷12 大家欧文评语

**【今译】**

修顿首禀告吴君足下:前几天承蒙您给我一封信和三篇文章,打开一读,好像有成千上万的文字,等到稍稍定神细看,才知道不过几百字。如果不是词义丰富,立意高远,气势充沛而不可抵挡,怎么会有这种感觉呢? 但是,您自己还担心没有人开导,无所适从,写作难于提高,这是您一心向学的客气话罢了。

我既无济世之才，官位也不尊荣显赫，因此，我的批评或表扬无足轻重，我的力量也不足以打动人心。世上想借名人的声望来抬高自己，借大人物的权力帮助自己上进的人，从我这里又能得到什么呢？您学业精进，文章雄健，本来就有用于时，也不必依靠我的声誉来抬高，依靠我的力量来上进。但是，承蒙您来看望我，好像有什么要求，莫非是急于寻求正道，不选择什么人而问了吧？

　　求学的人未尝不想求得道，但真正达到目的的却很少。这并不是道离开人很远，而是学习的人被某些假象迷惑了。说起作文，难于写得精巧令人喜爱，容易取悦于一时使自己满足。世上求学的人往往沉迷在这一点上，偶尔有高明的地方，便说："我的学问够了！"沉迷得厉害的人甚至百事不关心，说："我是一个文人，专心写文章罢了。"这就是求道很少达到目的的原因。

　　从前孔子年老了回到鲁国，整理六经，不过花了几年的短时间。但是，他攻读《易》时好像世上根本就没有《春秋》，读《尚书》时，好像没有《诗》，这是他之所以用功少而能登峰造极的原因。圣人的文章，虽然我们赶不上，但是，总的说来道的境界高，文章便不难具有很深的造诣。所以，孟子终日奔忙到处游说，没有空暇著书，荀子也到了晚年才写书。至于扬雄、王通，他们都是勉强模仿前人的言词来著述，这是道不足而勉强写作的表现。后世糊涂、愚昧的人，只看到前代的文章传了下来，以为学习就是舞文弄墨而已，所以越勤苦努力越达不到目的。这正是您所说的，整天关在房间里写，文章不能纵横驰骋，随心所欲，其原因在于道不充实。如果道充实了，即使是上天入地走遍天下，也没有达不到的。

　　您的文章就像汪洋大海，气势充沛，可称得上好文章了。而且，您又立志求道，还认识到自己不够。倘使一直这样不懈努力，那么达到孟子、荀子的境界也是不难的了。我是学道而没有达到目的的人，不过幸而不满足于一时的喜爱，也不沉溺于微小的成绩而停止不前。我写此文，是为了借助您这种不断上进的精神，来激励我的进步。非常幸运。欧阳修上。

# 送杨寘序①

予尝有幽忧之疾②,退而闲居,不能治也。既而学琴于友人孙道滋,受宫声数引③,久而乐之,不知疾之在其体也④。

夫琴之为技,小矣。及其至也,大者为宫,细者为羽⑤,操弦骤作,忽然变之。急者凄然以促,缓者舒然以和。如崩崖裂石,高山出泉,而风雨夜至也;如怨夫寡妇之叹息⑥,雌雄雍雍之相鸣也⑦。其忧深思远,则舜与文王、孔子之遗音也⑧;悲愁感愤,则伯奇孤子、屈原忠臣之所叹也⑨。喜怒哀乐,动人心深,而纯古淡泊,与夫尧舜三代之言语⑩,孔子之文章⑪,《易》之忧患⑫,《诗》之怨刺无以异⑬。其能听之以耳,应之以手,取其和者⑭,道其埋郁⑮,写其忧思⑯,则感人之际亦有至者焉。

予友杨君,好学有文,累以进士举不得志⑰。反从荫调⑱,为尉于剑浦⑲。区区在东南数千里外⑳,是其心固有不平者。且少又多疾,而南方少医药,风俗饮食异宜㉑;以多疾之体,有不平之心,居异宜之俗,其能郁郁以久乎㉒!然欲平其心,以养其疾,于琴亦将有得焉。故予作"琴说"以赠其行,且邀道滋酌酒进琴以为别㉓。

## 【注释】

① 题一作《送杨二赴剑浦序》。杨寘,字审贤,少年时有文才,宋仁宗庆历二年(1042)进士。通判颍州,因母病故,未赴任。

② 幽忧之疾——过度忧劳而成疾。幽,深;忧,劳。

③ 受宫声数引——学习宫、商的声音和几支乐曲。宫,我国五声音阶宫、商、角、徵、羽中第一音级,这里泛指五声。引,乐曲体裁之一。

④ 不知疾之在其体也——意为琴声能使人移情。此句另本作"不知其疾之在体也"。一本在这句话后还有一小段话:"夫疾,生乎忧者也。药之毒者,能攻其疾之聚;不若声之至者,能和其心之所不平。心而平,不和者和,则疾之忘也,宜哉!"

⑤ 羽——五音之一。宫声浩大,羽声微弱。

⑥ 怨夫——即旷夫,指无妻的成年男子。

⑦ 雍雍——和谐、和睦。《诗经·邶风·匏有苦叶》:"雍雍鸣雁。"

⑧ 舜与文王、孔子之遗音——传说舜、周文王、孔子都善于用琴声表达情思。舜曾弹五弦琴,歌唱《南风歌》;周文王曾作琴曲《文王操》;孔子更常常"弦歌不绝",重视音乐的教化作用。

⑨ 伯奇——周朝人,周宣王大臣尹吉甫的儿子。吉甫听信后妻的话,驱逐了伯奇。伯奇其实很孝顺后母,因此特别悲伤,便投河死了。　屈原——楚国爱国诗人,因忠谏不从,为楚王所逐,在秦破楚郢都时自投汨罗江而死。以上四句描写琴声中传达的感情。

⑩ 尧舜三代之言语——指收有尧舜三代文章的《尚书》。

⑪ 孔子之文章——指相传为孔子修纂的《春秋》。

⑫《易》之忧患——《易》即《周易》,亦称《易经》。《易·系辞》:"《易》之兴也,其于中古乎!作《易》者,其有忧患乎!"

⑬《诗》之怨刺——《诗》即《诗经》。《汉书·礼乐志》:"周道始缺,怨刺之诗起;王泽既竭,而诗不能作。"以上四句以古人视为经典的《尚书》、《春秋》《易》、《诗》比喻琴声的"纯古淡泊"。

⑭ 取其和者——傅弈《琴赋序》:"神农氏造琴,所以协和天下人性,为至和之主。"

⑮ 道其堙(yīn 因)郁——发泄他心里的忧郁。道,同"导",开导。堙郁,郁塞,不舒畅。

⑯ 写——通"泻",倾泻。

⑰ 累以进士举不得志——多次应进士试,但并不得意。

⑱ 反——回,还。　荫调——宋代规定,一定品级以上的官员子弟,凭父兄的官位也可以做官,称荫调。

⑲ 尉——指县尉。　剑浦——县名,今福建南平县。

⑳ 区区——形容小。

㉑ 异宜——不宜,不相谐协。

㉒ 其能郁郁以久乎——在上述情况下,心情抑郁,生命不能持久。

㉓ 进琴——指演奏琴曲。

**【解读】**

本文于庆历七年(1047)为送别杨寘而作。虽是赠序文,但不写离情别绪,而着重描写琴声陶冶性情的力量。作者以丰富的想象和巧妙的比喻,把琴声中传达出来的复杂、抽象的感情表现得非常具体生动,使琴声与对友人的关心融为一体。文末慨叹杨寘难以"郁郁以久",揭示了为怀才不遇者鸣不平的题旨。文章受韩愈《送孟东野序》的影响较为明显,但抒情方式较韩文婉转。明徐文昭称此文:"送失意人,却以得意处摹写之,故妙。"(《欧阳文忠公文选》评语卷6)

**【点评】**

送友序竟作一篇琴说,若与送友绝不相关者。及读至末段,始知前幅极力写琴处,正欲为杨子解其郁郁耳。文能移情,此为得之。　　　　　　——吴楚材　吴调侯《古文观止》评语卷10

杨子心怀郁郁,而欧公借琴以解之,故通篇只说琴,而送友意已在其中。文致曲折,古秀雅淡,言有尽而情味无穷。
　　　　　　　　　　　　——过珙《古文评注》评语卷8

**【今译】**

我曾经因过度忧劳而成疾,离开政坛后闲居,仍无法治愈。后来在朋友孙道滋那里学习弹琴,学习宫商的声音和几支乐曲,久而久之成了一种爱好,竟然不觉疾病在身了。

弹琴这种技艺,微不足道。但当技艺精湛时,从浩大的宫声,到微弱的羽声,随着琴弦不停地弹拨,声调会迅速地随着情感的变化而变化:声音急促的,显得很凄惨;声音和缓的,显得很舒畅。有时如山崩石裂,泉水从高山上涌出来,又好像急风暴雨在深夜骤然降临;有时像旷夫、寡妇哀怨叹息,又好像雌鸟、雄鸟和睦相鸣。那忧虑的深沉和思绪的悠远,就是虞舜、周文王和孔子的遗音;那悲伤、愁闷、感慨、愤激,就是孤儿伯奇、忠臣屈原发出的感叹。喜、怒、哀、乐,固然能深深地打动人心,而淳厚、古雅、淡泊的音色,又与那尧舜三代的语言,孔子的文章,《易经》所表现的忧患,《诗经》所包含的哀怨讽刺,没有什么不同。它能够用耳朵听出来,能够随手弹出来。如果选取那和谐的音调,以疏解抑郁之情,散发忧愁之思,那么,感动人心的时候,也许能获得人生的真谛。

我的朋友杨君,喜欢研究学问,很会写文章,屡次参加进士考试都不得意。等到依靠祖上的官勋,才调到剑浦去做了县尉。小小的剑浦在东南方几千里路之外,这样他心里自然是不平的。况且他从小多病,而南方又缺少名医良药,风俗饮食与中原不同。以他多病的身体,抱着不平之心,却生活在风俗不同的地方,怎能长期郁郁寡欢地生活下去呢?然而要想平静他的心情,疗养他的疾病,那么弹琴也许能够有一定裨益吧!因此,我写了这篇谈琴的文章来为他送行,并且邀请孙道滋一起饮酒,还演奏了琴曲当作临别纪念。

# 送徐无党南归序①

草木鸟兽之为物,众人之为人,其为生虽异,而为死则同,一归于腐坏、澌尽、泯灭而已②。而众人之中,有圣贤者,固亦生且死于其间,而独异于草木鸟兽众人者,虽死而不朽,逾远而弥存也。其所以为圣贤者,修之于身,施之于事,见之于言,是三者所以能不朽而存也③。

修于身者,无所不获;施于事者,有得有不得焉;其见于言者,则又有能有不能也④。施于事矣,不见于言可也。自《诗》、《书》、《史记》所传,其人岂必皆能言之士哉?修于身矣,而不施于事,不见于言,亦可也。孔子弟子有能政事者矣,有能言语者矣⑤。若颜回者⑥,在陋巷,曲肱饥卧而已,其群居则默然终日如愚人。然自当时群弟子皆推尊之⑦,以为不敢望而及⑧,而后世更百千岁亦未有能及之者。其不朽而存者，固不待施于事，况于言乎？

予读班固《艺文志》、唐四库书目<sup>⑨</sup>，见其所列，自三代、秦、汉以来<sup>⑩</sup>，著书之士，多者至百余篇，少者犹三四十篇；其人不可胜数，而散亡磨灭，百不一二存焉。予窃悲其人，文章丽矣，言语工矣，无异草木荣华之飘风，鸟兽好音之过耳也<sup>⑪</sup>。方其用心与力之劳，亦何异众人之汲汲营营<sup>⑫</sup>？而忽焉以死者，虽有迟有速，而卒与三者同归于泯灭<sup>⑬</sup>。夫言之不可恃也盖如此。今之学者，莫不慕古圣贤之不朽，而勤一世以尽心于文字间者，皆可悲也！

东阳徐生，少从予学为文章，稍稍见称于人。既去，而与群士试于礼部，得高第，由是知名。其文辞日进，如水涌而山出。予欲摧其盛气而勉其思也<sup>⑭</sup>，故于其归，告以是言。然予固亦喜为文辞者，亦因以自警焉。

文

123

【注释】

① 徐无党——东阳永康(今浙江永康县)人，皇祐中进士，曾从欧阳修学古文辞，后来曾为欧阳修编纂的《新五代史》作过注。　南归——指从京都回乡(永康在开封南)。

② 一——皆。　腐坏——指肉体腐烂。　澌尽——指精神消灭。　泯灭——指肉体和精神的消失。

③ "三不朽"的说法，最早见于《左传》襄公二十四年："大上有立德，其次有立功，其次有立言，虽久不废，此之谓不朽。"

④ 这六句说：修身(即立德)是个人的事，只要身体力行，必然有收获；施事(即立功)是社会的事，不能决定于个人；立言(即文章)则因人的才能不同，有能和不能之别。

⑤ "孔子弟子有能政事者矣"二句——《史记·仲尼弟子列传》："孔子曰：受业身通者七十有七人，皆异能之士也。德行：颜渊、闵子骞、冉伯牛、仲弓。政事：冉有、季路。言语：宰我、子贡。文学：子游、子夏。"

⑥ 颜回——即颜渊。《论语·雍也》："子曰：贤哉回也！一箪食，一瓢饮，在陋巷，人不堪其忧，回也不改其乐。"《论语·述而》："子曰：饭蔬食，饮水，曲肱而枕之，乐亦在其中矣。"《论语·为政》："子曰：吾与回言终日，不违如愚。"

⑦ 自当时——在当时,即孔子、颜回在世时。

⑧ 以为不敢望而及——《论语·公冶长》:"子谓子贡曰:'汝与回也孰愈?'对曰:'赐也何敢望回?回也闻一知十,赐也闻一知二。'"(子贡姓端木,名赐)望,比。

⑨ 班固《艺文志》——即《汉书·艺文志》。《汉书》为班固所作。唐四库书目——唐玄宗在长安、洛阳各建书库,以甲乙丙丁为次,分为经史子集四库。

⑩ 三代——指夏、商、周。

⑪ 这两句说:跟草木的花朵随风飘散、鸟兽的鸣声过耳即逝没有差异。

⑫ 汲汲营营——匆遽急迫地经营谋划。

⑬ 三者——指草木、鸟兽、众人。

⑭ 摧其盛气——徐无党少年进士,意气很盛,所以欧阳修加以摧抑,使他能继续前进。 勉其思——鼓励他思考,意即思考三不朽的主次与依存关系,强调不能光凭文章求不朽。

欧阳修诗文选译

124

## 【解读】

本文是至和元年(1054)为送徐无党从京都回乡而写的一篇赠序,反映了作者对文、道的看法。欧阳修在充分肯定"立言"作用的同时,又反复强调"道"(德行)的重要性,认为在文、道关系上,应是先"道"后"文",道为本,文为末。假如仅仅"尽心于文字间",即使"文章丽矣,言语工矣",也"无异草木荣华之飘风,鸟兽好音之过耳",这是对"道胜者文不难而自至"(《答吴充秀才书》)的补充。在当时对批判形式主义文风,起到了积极作用。文章选择三不朽这个角度进行议论,立意高,构思新;又用草木、鸟兽、众人作衬托,增强了说服力。文章议论由远及近,层层推进,反复慨叹,抑扬顿挫。

## 【点评】

先以"三不朽"并提,后说言事为轻,修身独重,后更说言为尤轻,直向文章家下一针砭。文情感喟欷歔,最足动人。

——沈德潜《唐宋八家文读本》评语卷11

此文极为清淡,而丰神千古不灭,后一段精神更觉不磨,何者?以其脱胎于《史记》者深也。吾尝论史公于数百年后,得门徒数人,……韩、柳得其阳刚之美,欧、曾得其阴柔之美。

——唐文治《国文经纬贯通大义》卷2

## 【今译】

草木、鸟兽作为物,众人作为人,他们生存时虽然有差异,死亡后却相同:一概都归于腐烂、消亡、净尽。但是,众人之中有称为圣贤的人,他们固然也同万物一样生存、死亡,但跟草木、鸟兽、众人有不同的独特之处,即使死了也不朽,时代越远就越显示出他们的存在价值。他们成为圣贤的原因是:修身立德,干一番事业,并用言论著作把这一切表现出来,这就是三者所以能不朽而长存的原因。

修养自身品德,不会没有收获;干一番事业,有的能成功,有的不能成功;用言论著作表现出来,则有的能够做到,有的不能做到。干了一番事业,不用言论著作表现出来,也是可以的。自从《诗经》、《尚书》、《史记》以来,书中所记载的那些人,难道一定都是善于言辞的人吗? 修养自身的品德,却没有干一番事业,没有用言论著作表现出来,也是可以的。孔子的弟子中,有善于政事的人,有善于言辞的人。像颜回那个人,住在简陋的巷子里,弯着胳膊当枕头,饿着肚子睡觉,和众人在一起则整天默默不说话,好像一个愚蠢的人。但是,当时的孔门弟子都推崇他,认为同他相比望尘莫及。而后世历经百年、千年,也没有人能赶上他。可见颜回不朽永存的原因,本来就不在于一定要干一番事业,何况是言论著作呢?

我读班固《汉书·艺文志》和唐代《四库书目》,看到其中开列的从夏、商、周三代及秦、汉以来的著书人的名单,写得多的达到一百多篇,写得少的也有三四十篇;著书人不可胜数,但他们的著作大都散失消亡了,留传下来不到百分之一二。我私下为那些人悲哀:文章可算华丽了,语言可算工巧了,但这些跟草木的花朵随风飘散、鸟兽的鸣声过耳即逝没有差异。当他们劳心尽力的时候,跟众人不停息地经营奔走有什么差别呢?而转眼间死去,其消失的快慢虽然有所不同,却跟草木、鸟兽、众人一样终归于泯灭。看来言论著作不可依靠,大抵是这样。现在的学者,没有人不追慕古代圣贤的不朽,但是勤奋一生把心力全部花在写文章上,都是很可悲的啊!

东阳郡的徐生,年轻时跟随我学习写文章,逐渐被人们所称许。离开我以后,跟一群读书人在礼部参加进士考试,名列前茅,因此出了名。他的文章言辞一天天地进步,犹如泉水从山中涌出。我想摧抑一下他得意的神气,勉励他用心思考,所以在他回家之际,用这些话来告诫他。而我自己也是一向喜欢写文章的,因此,也用它来警诫自己啊!

## 记旧本韩文后

予少家汉东①。汉东僻陋,无学者;吾家又贫,无藏书。州南有大姓李氏者,其子尧辅颇好学②,予为儿童时多游其家。见有弊筐贮故书在壁间,发而视之,得唐《昌黎先生文集》六卷③,脱落颠倒无次序。因乞李氏以归。读之,见其言深厚而雄博。然予犹少,未能悉究其义,徒见其浩然无涯若可爱④。

是时,天下学者杨、刘之作⑤,号为时文⑥,能者取科第、擅名声,以夸荣当世;未尝有道韩文者。予亦方举进士,以礼部诗赋为事⑦。年十有七,试于州,为有司所黜⑧。因取所藏韩氏之文复阅之,则喟然叹曰:"学者当至于是而止尔⑨!"因怪时人之不道,而顾己亦未暇学⑩,徒时时独念于予心。以谓方从进士干禄以养亲⑪,苟得禄矣,当尽力于斯文,以偿其素志。

后七年,举进士及第,官于洛阳,而尹师鲁之徒皆在,遂相与作为古文⑫。因出所藏《昌黎集》而补缀之,求人家所有旧本而校定之。其后天下学者亦渐趋于古,而韩文遂行于世。至于今,盖三十余年矣,学者非韩不学也,可谓盛矣。

呜呼！道固有行于远而止于近[13],有忽于往而贵于今者,非惟世俗好恶之使然,亦其理有当然者。而孔、孟惶惶于一时,而师法于千万世[14]。韩氏之文,没而不见者二百年,而后大施于今。此又非特好恶之所上下；盖其久而愈明,不可磨灭,虽蔽于暂而终耀于无穷者,其道当然也。

予之始得于韩也,当其沉没弃废之时。予固知其不足以追时好而取势利；于是就而学之,则予之所为者,岂所以急名誉而干势利之用哉？亦志乎久而已矣。故予之仕,于进不为喜、退不为惧者,盖其志先定而所学者宜然也[15]。

集本出于蜀[16],文字刻画颇精于今世俗本,而脱谬尤多。凡三十年间,闻人有善本者[17],必求而改正之。其最后卷秩不足,今不复补者,重增其故也[18]。予家藏书万卷,独《昌黎先生集》为旧物也。呜呼！韩氏之文之道,万世所共尊,天下所共传而有也[19]。予于此本,特以其旧物而尤惜之。

**【注释】**

①汉东——欧阳修四岁丧父后全家迁至随州叔父处。随州在湖北,位于汉水东,宋时设有汉东郡。

②尧辅——人名,一作"彦辅"。

③《昌黎先生文集》——韩愈的文集,为其弟子李汉所编。韩愈,河南河阳人,郡望昌黎,常自称"昌黎韩愈",唐代古文运动的主要倡导者。

④浩然无涯——浩大无边。形容韩文境界开阔,不受束缚。 若——此作连词用,同"而"。

⑤杨、刘之作——杨亿、刘筠的作品,多为应酬唱和之作,文风华靡,被称为"西昆派"。

⑥时文——时人对"西昆体"的称呼。后来称科举考试的程式文章。

⑦礼部诗赋——宋代进士考试由礼部主持,骈体文和试帖诗是考试的主要科目。

⑧为有司所黜——指天圣元年(1023),作者应随州州试(入选者称举人,

由州郡保送赴京应进士试），因赋卷出韵没有录取。

⑨ 学者当至于是而止尔——学者应该以韩文作为追求的目标。

⑩ 而顾——但是。

⑪ 干禄——求取官位，获得俸禄。

⑫ 这五句说：天圣八年，作者中进士后，任西京留守推官，在洛阳和尹洙、梅尧臣、谢绛等友善，共同提倡写作古文。尹师鲁之徒，意为尹洙等人。

⑬ 道——这里主要指韩愈所继承、发扬的以孔孟为代表的儒家学说。下文"其道当然也"的"道"，是道理的意思。

⑭ 这两句说：孔子、孟子在世时，为了推行他们的学说，周游列国，到处不遇，但到后世却被推崇为圣贤，成了千万代学习效法的榜样。惶惶，形容心中不安。

⑮ 这三句说：欧阳修一生多次遭受贬斥，之所以能不以官职的升降为喜惧，是因为他志不在"急名誉"、"干势利"，同时也得力于韩文。

⑯ 集本出于蜀——五代时，中原混乱，王氏、孟氏控制的前、后蜀相对安定，不少文人趋往依附，刊刻了一些书籍。蜀，今四川地区。

⑰ 善本——珍贵罕有、校勘精确的版本。

⑱ 这三句说：它最后残缺几卷，现在没有再补上的原因，是为了保持原样，不轻率增加。重，不轻率。

⑲ 这三句是对韩愈文章和思想的推崇。后来苏轼在《潮州韩文公庙碑》中把这个观点概括成"匹夫而为万世师，一言而为天下法"，并在《居士集序》中称欧阳修为"今之韩愈"。


**【解读】**

　　本篇作于宋英宗治平年间（1064—1067），作者回忆自己早年学习古文和从事古文运动的情况。

　　宋初"西昆体"盛行，时人为文尚骈俪，古文受到冷落，韩愈的文集因无人注意而湮没。虽然宋初柳开、穆修等人曾提出尊韩，并刊刻韩愈、柳宗元的文集以扩大影响，但收效甚微。经过欧阳修的积极宣传和努力实践，宋代古文运动才得到迅猛发展。至英宗治平年间，韩文大行于世，出现了"学者非韩不学"的局面。为了使古文运动能继续向健康方向发展,欧阳修一再提倡文士要"志于为道"。本文推崇的"韩氏之文之道",和他以前论述的文、道思想是一脉相承的。

文章以得韩集、读韩文、写古文以及与友人共同倡导古文为主要线索展开叙写,叙议结合,由点到面,文情跌宕,意深笔长。

## 【点评】

欧公少时,即以昌黎为衣钵,宜其文之登峰造极,并埒于唐、宋间。读此文,可以想其愿力焉。

——唐介轩《古文翼》卷7庐陵集评语

庐陵之学本出昌黎,故篇中虽记叙韩文,实自明学问得力。第一段叙得文之由,便写出一见可爱神情来;第二段叙未学其文,又写出一种深知爱慕来;第三段述己学其为文;第四段信其文之必传;第五段明己学之有素:处处叙韩文,处处写自己得力。此可见古人自信处,亦可见古人不忘所本处。

——孙琮《山晓阁选宋大家欧阳庐陵全集》评语卷4

## 【今译】

我年轻时家住汉水东郡。汉东地处偏僻,没有学问渊博的人;我家又穷,没有藏书。随州城南有一姓李的大户人家,他家儿子尧辅很好学,我少年时代经常去他家玩。有一次看见一只破竹筐装着旧书放在墙壁间,打开一看,得到唐代《昌黎先生文集》六卷,脱落颠倒,没有次序。我便求李家送给我,拿回家中。读时,发现它的语言深刻,议论雄健,学识极为广博。但我当时年纪还轻,未能全部理解它的含义,只觉得它浩大无边,非常可爱。

当时,天下学子都学习杨亿、刘筠的文章,号称"时文",能写时文的人,可以得到功名,获取声誉,被世人夸耀称赞,却从来没有称道韩文的人。我也正在努力于考取进士,也在钻研礼部规定的诗赋程式。十七岁那年,在随州应试,被主考官除名。于是取出所藏的韩愈文集再读，慨然叹道："求学的人应该达到这个境界才行啊！"因而责怪当时人不称道韩文，但是自己也没有空暇学习，只是时时独自在心里想着：我正致力于进士考试以求取官位，获得俸禄后赡养老母；假如得到了禄位，应当竭尽全力学习韩愈的文章，来补偿我平日的志愿。

七年后，我中了进士，在洛阳做官，而且与尹师鲁等人在一起，于是共同写作古文。我便拿出所藏的《昌黎集》加以修补整理，并寻求别人家所有的旧本进行校定。以后，天下求学的人也渐渐趋向于写古文，韩文就流行于世了。到现在，已有三十多年了，求学的人除了韩文外不学别的，可说是兴旺极了。

唉！一种学说本来就有在远处流行但在近处不流行，在过去被忽视但现在却受尊重的，这不仅因为世俗的爱好或厌恶使它这样，也还有必然的道理。比如孔子、孟子便在当时惶惶奔走很不得志，但后来却成了万世之表。韩愈的文章，埋没不见有两百年，却大大盛行于今天。这又不只是世人的好恶所能左右的；大概时间越久它们越有光彩不会磨灭，即使暂时被掩盖，最终也会光耀于世世代代。这是因为他们所奉行的道使他们这样。

我最初得到韩文的时候，是在它被埋没抛弃的时期。我本来就知道它不能够赶时髦并取得权势利益，却在这个时候接近和学习它，那么我的行为难道是为了急于获取名誉和追求权势、利益吗？不过是志在久远罢了。所以，我出来做官，对升官不感到高兴，对贬斥不感到畏惧，就是因为志向早已决定，加上所学的东西，才使我这样的啊。

《昌黎先生集》的版本是从蜀地得来的，文字雕刻比现在世上流传的本子精工得多，但是脱漏和错误特别多。在三十年中，每听说别人有善本，必找来订正。它最后残缺几卷，现在没有再补上的原因，是为了保持原样，不轻率增加。我家中现在藏书万卷，只有《昌黎先生集》是旧物。啊！韩愈的文章和道义，是万代都尊崇的，是天下共同传诵、共同享有的。我对于这本文集,只因为它是我的旧物而特别珍惜。


# 释秘演诗集序①


予少以进士游京师②,因得尽交当世之贤豪。然犹以谓国家臣一四海③,休兵革④,养息天下以无事者四十年⑤,而智谋雄伟非常之士,无所用其能者,往往伏而不出;山林屠贩⑥,必有老死而世莫见者,欲从而求之不可得。其后得吾亡友石曼卿⑦。曼卿为人,廓然有大志⑧,时人不能用其材,曼卿亦不屈以求合;无所放其意⑨,则往往从布衣野老,酣嬉淋漓⑩,颠倒而不厌⑪。予疑所谓伏而不见者,庶几狎而得之⑫,故尝喜从曼卿游,欲因以阴求天下奇士⑬。

浮屠秘演者⑭,与曼卿交最久,亦能遗外世俗⑮,以气节相高。二人欢然无所间⑯。曼卿隐于酒,秘演隐于浮屠,皆奇男子也,然喜为歌诗以自娱⑰。当其极饮大醉,歌吟笑呼,以适天下之乐⑱,何其壮也! 一时贤士,皆愿从其游,予亦时至其室。十年之间⑲,秘演北渡河⑳,东之济、郓㉑,无所合,困而归。曼卿已死,秘演亦老病。嗟夫! 二人者,予乃见其盛衰,则予亦将老矣。

夫曼卿诗辞清绝,尤称秘演之作㉒,以为雅健有诗人之意㉓。秘演状貌雄杰,其胸中浩然㉔,既习于佛无所用;独其诗可行于世,而懒不自惜㉕。已老,胠其橐㉖,尚得三四百篇,皆可喜者。曼卿死,秘演漠然无所向,闻东南多山水,其巅崖崛嵂㉗,江涛汹涌,甚可壮也,遂欲往游焉,足以知其老而志在也。于其将行,为叙其诗,因道其盛时以悲其衰。

庆历二年十二月二十八日庐陵欧阳修序。


【注释】

① 释——僧人,和尚。 秘演——人名。

② 以进士游京师——欧阳修于天圣五年(1027)、八年(1030)两次往开封应礼部进士试。

③ 臣一四海——使天下臣服统一。

④ 兵革——此指代战争。兵,武器;革,将士作战用的甲盾。

⑤ 无事者四十年——指宋真宗景德元年(1004)与契丹订立澶渊和议后,南北罢兵,至庆历二年(1042)约四十年。

⑥ 山林屠贩——山林隐士,屠夫商贩。

⑦ 石曼卿——石延年(994—1041),字曼卿,宋州宋城(今河南商丘)人。北宋文学家。累举进士不第,真宗时为大理寺丞。以气节自豪,喜痛饮,工诗,有诗集一卷。欧阳修有《石曼卿墓表》、《祭石曼卿文》,可参阅。

⑧ 廓(kuò 扩)然——宽阔旷达的样子。

⑨ 放其意——施展他的怀抱。

⑩ 酣嬉淋漓——痛快尽情地喝酒游玩。

⑪ 颠倒——指痛饮大醉。

⑫ 庶几——大概。 狎(xiá 霞)——亲近、亲热。

⑬ 阴求——暗中求索。

⑭ 浮屠——此指和尚,下文指佛教。

⑮ 遗外世俗——超脱世俗。

⑯ 间(jiàn 建)——隔阂、嫌隙。

⑰ 歌诗——古代能唱的诗(如乐府诗)称作歌,后来歌与诗逐渐不分,遂将诗统称为歌诗,犹现代之统称为诗歌。

⑱ 适——适意,享受。

⑲ 十年之间——指明道初年欧阳修在洛阳时始与秘演相识,至作序之时。

⑳ 河——黄河。

㉑ 济——济州,州治在今山东巨野县。郓(yùn 运)——郓州,州治在今山东郓城县。

㉒ 称——称誉、赞赏。

㉓ 雅健——高古而有风骨。 诗人——此指《诗经》的作者。《诗经》向被认为是诗歌创作的典范,故以此称赞秘演诗。

㉔ 胸中浩然——胸怀开阔,富有节操。

㉕ 懒不自惜——懒,指不愿多作;不自惜,指随作随弃,不加保存。

㉖ 胠(qū 区)——打开。　橐(tuó 驼)——布袋,引申为箱子。

㉗ 崛(jué 决)——突出的样子。　嵂(lǜ 律)——同"崒",山崖。

【解读】

　　本文为欧阳修给友人秘演的诗集所写的一篇序言,作于庆历二年(1042)。此序把佛门弟子描绘成一个磊落慷慨的奇男子形象,写秘演又处处以石曼卿形象作陪衬,还时时夹写作者本人,作为宾中之宾,构思出奇制胜,新颖独特。文章通过秘演、石曼卿两位贤豪的怀才不遇,抒发自己的愤懑不平之情,揭露了统治者压抑和埋没人才的社会问题,立意高远。全篇"以奇字为骨,以盛衰二字生情,极顿挫跌宕之妙"(清潘大钠等《古文约编》卷9)。清桐城派古文家刘大櫆说:"欧公诗文集序,当以秘演、江邻几为第一,而惟俨、苏子美次之。"(《诸家评点古文辞类纂》卷8)

文
133

【点评】

　　序秘演诗集,则秘演是主,曼卿是宾,欧公自己尤宾中之宾也。通篇妙以宾主陪衬来叙,而"盛"、"衰"二字为眼目映带收束,其间觉文情花簇而章法紧严矣。　　——过珙《古文评注》评语卷8

　　以求士立意,从曼卿引出秘演,从秘演说到诗集,文境迁回曲至,俯仰悲怀,一往情深。

　　　　　　　　　　——唐介轩《古文翼》卷7庐陵集评语

【今译】

　　我年轻的时候,因举进士而旅居京城,所以能够广泛地和当时的贤人豪杰交往。然而仍认为,国家统一,四海臣服,战事停息,百姓得以休养生息的太平天下已经有四十年,但那些有智有谋、有雄才大略的非凡人物,没有机会施展其才华,往往隐居而不肯出来;在山林隐士和屠夫商贩中,一定有直到老死还没有被世人发现的人才,我想去寻求他们而无法得到。后来找到我那已经去世的朋友石曼卿。曼卿的为人,开朗豪放而有远大的志向,当时的人不能用他的才干,曼卿也不愿意屈辱自己去苟合逢迎。他没有地方去抒发自己的感情,就常常跟着平民百姓、村野父老,痛快尽情地喝酒游玩,弄得神魂颠倒也不感到厌倦。我怀疑那些隐藏没有被发现的非常人物,或许可以在随随便便的亲切交往中找到。所以我常喜欢和曼卿来往,想借此暗中去寻求天下的奇士。

和尚秘演,跟曼卿交往最久,也能够超脱世俗,以气节来勉励自己。他们两个融洽相处,没有一点隔阂。曼卿寄隐于酒,秘演隐身于佛门,都是有奇才伟志的人啊!然而,秘演喜欢以诗歌来娱乐自己。当他狂饮大醉的时候,歌唱吟诗,嬉笑呼喊,从而享受天下最大的快乐,那是多么豪壮啊!一时的贤能人士都愿意跟他交往,我也经常到他家里去。十年之间,秘演向北渡过黄河,向东到过济州、郓州,没有遇到赏识自己的人,困顿而归。这时曼卿已经死了,秘演也年老有病。唉!这两个人,我是亲眼看见他们的兴盛和衰老,而我也将要老了!

曼卿的诗文特别清新,但他更称赞秘演的作品,认为它典雅劲健,富有古典诗人的意味。秘演身材高大,相貌英俊,胸怀宽阔,富有节操,既然皈依了佛门,也就无从施展这一切了,只有他的诗能够在世上流传,可他又懒散不太爱惜自己的作品。现在他已经老了,打开他的诗囊,还有三四百篇,都是令人可喜的作品。曼卿死后,秘演感到寂寞没有地方去。他听说东南有山有水,山势高峻陡峭,大江波涛汹涌,是极其壮观的,就想前去游历。这足以说明,他年纪虽然老了,但壮志却依然存在啊!在他将要动身的时候,我替他的诗集写了这篇序,顺便说到他的兴盛时代,感叹他的衰老。

庆历二年十二月二十八日庐陵欧阳修序。

# 苏氏文集序<sup>①</sup>

予友苏子美之亡后四年<sup>②</sup>，始得其平生文章遗稿于太子太傅杜公之家<sup>③</sup>，而集录之以为十卷。

子美，杜氏婿也，遂以其集归之<sup>④</sup>，而告于公曰："斯文，金玉也<sup>⑤</sup>，弃掷埋没粪土，不能消蚀。其见遗于一时<sup>⑥</sup>，必有收而宝之于后世者。虽其埋没而未出，其精气光怪已能常自发见，而物亦不能掩也<sup>⑦</sup>。故方其摈斥摧挫、流离穷厄之时<sup>⑧</sup>，文章已自行于天下，虽其怨家仇人，乃尝能出力而挤之死者<sup>⑨</sup>，至其文章，则不能少毁而掩蔽之也。凡人之情，忽近而贵远<sup>⑩</sup>，子美屈于今世犹若此，其伸于后世宜如何也<sup>⑪</sup>！公其可无恨。"

予尝考前世文章政理之盛衰<sup>⑫</sup>，而怪唐太宗致治几乎三王之盛<sup>⑬</sup>，而文章不能革五代之余习<sup>⑭</sup>。后百有余年，韩、李之徒出<sup>⑮</sup>，然后元和之文始复于古<sup>⑯</sup>。唐衰兵乱，又百余年而圣宋兴<sup>⑰</sup>，天下一定<sup>⑱</sup>，晏然无事<sup>⑲</sup>。又几百年<sup>⑳</sup>，而古文始盛于今。自古治时少而乱时多；幸时治矣，文章或不能纯粹，或迟久而不相及<sup>㉑</sup>。何其难之若是欤？岂非难得其人欤<sup>㉒</sup>？苟一有其人，又幸而及出于治世，世其可不为之贵重而爱惜之欤？嗟吾子美，以一酒食之过<sup>㉓</sup>，至废为民而流落以死；此其可以叹息流涕，而为当世仁人君子之职位宜与国家乐育贤材者惜也<sup>㉔</sup>！

子美之齿少于予<sup>㉕</sup>，而予学古文反在其后。天圣之间，予举进士于有司<sup>㉖</sup>，见时学者务以言语声偶摘裂<sup>㉗</sup>，号为时文<sup>㉘</sup>，以相夸尚，而子美独与其兄才翁及穆参军伯长<sup>㉙</sup>，作为古歌诗杂文，时人颇共非笑之，而子美不顾也。其后天子患时文之弊，下诏书讽勉学者以近古<sup>㉚</sup>。由是其风渐息，而学者稍趋于古焉。独子美为于举世不为之时，其始终自守，不牵世俗趋舍<sup>㉛</sup>，可谓特立之士也<sup>㉜</sup>。

子美官至大理评事、集贤校理而废<sup>㉝</sup>，后为湖州长史以卒<sup>㉞</sup>，享年四十有一。其状貌奇伟，望之昂然而即之温温<sup>㉟</sup>，久而愈可爱慕。

其材虽高,而人亦不甚嫉忌,其击而去之者㊱,意不在子美也㊲。赖天子聪明仁圣,凡当时所指名而排斥,二三大臣而下㊳,欲以子美为根而累之者,皆蒙保全,今并列于荣宠。虽与子美同时饮酒得罪之人㊴,多一时之豪俊,亦被收采㊵,进显于朝廷。而子美独不幸死矣,岂非其命也? 悲夫!

　　庐陵欧阳修序。


【注释】

　　① 苏氏文集——即苏舜钦文集,欧阳修录有十卷,后续有增补,今传《苏舜钦集》(一名《苏学士文集》)十六卷。

　　② 苏子美之亡后四年——苏舜钦卒于庆历八年(1048),亡后四年指皇祐三年(1051)。

　　③ 杜公——即杜衍,字世昌,苏舜钦岳父,官至宰相,致仕后,进太子太傅。

　　④ 遂以其集归之——就把编成的集子归还杜公。

　　⑤ 斯文,金玉也——这些文章如同金玉般珍贵。

　　⑥ 见遗——被遗弃。

　　⑦ 这三句借用丰城剑气的典故比喻苏舜钦的文章。《晋书·张华传》记张华见斗牛二星座间常有紫气,问雷焕,雷焕说是丰城宝剑的精光上彻于天。于是张华派雷焕为丰城令,焕到县后掘监狱屋基,在地中得龙泉、太阿两宝剑。

　　⑧ 摈(bìn 殡)斥——受排挤。苏舜钦因范仲淹荐举在朝任官,庆历四年(1044)秋,权贵王拱辰等为打击力图改革的范仲淹、杜衍等人,借苏舜钦用卖旧公文纸的钱会客之事,向上劾奏,结果将四十余人罢免官职,苏舜钦遂居于苏州。两年后,任湖州长史而卒。

　　⑨ 挤之死者——置苏于死地的人。

　　⑩ 忽近而贵远——即薄今厚古。

　　⑪ 伸——伸展,显露。

　　⑫ 政理——政治。

　　⑬ 致治——达到太平盛世。　几乎——近于。　三王——指夏禹、商汤、周文武。

　　⑭ 五代——指宋、齐、梁、陈、隋,或说指梁、陈、齐、周、隋。

　　⑮ 韩、李——韩愈、李翱,唐代古文运动中的重要人物。

⑯ 元和——唐宪宗年号。

⑰ 圣宋——至尊无上的宋朝。这是对当时王朝的颂扬。

⑱ 一定——统一。

⑲ 晏然——安然。

⑳ 几百年——将近百年,指宋代开国至宋仁宗时代。

㉑ 或迟久而不相及——意为文章的兴盛时期往往来得很慢,因而未能与太平盛世并至。及,赶上。

㉒ 难得其人——难以有杰出的文学家。

㉓ 酒食之过——指在进奏院饮酒宴会的过失,见注⑧。

㉔ 这两句说:像苏舜钦这样一个人才流落而死,未被重视,令人替那些职责应为国家育材的仁人君子感到惋惜。乐育贤材,乐于培养人才。

㉕ 齿——年龄。

㉖ 有司——官吏,这里指主试官。

㉗ 声偶——指讲究音韵平仄对偶。 摘(tī踢)裂——割裂。

㉘ 时文——见《记旧本韩文后》注。

㉙ 才翁——苏舜钦兄苏舜元,字才翁。 穆参军伯长——穆修,字伯长,曾官颍州文学参军,宋初古文运动的先驱者。

㉚ 此指宋仁宗于天圣七年(1029)、明道二年(1033)、庆历四年(1044),多次下诏礼部贡举戒“浮文”。

㉛ 不牵世俗趋舍——不被世俗好恶向背所牵制。

㉜ 特立之士——意志行为卓越的人。

㉝ 大理评事——大理寺官名,掌管刑狱。 集贤校理——集贤院官名,掌刊辑经籍,搜求佚书。

㉞ 后为湖州长史以卒——苏舜钦在庆历五年(1045)被废为民后,曾寓苏州,今沧浪亭是其居处遗址;两年后政局转变,受命为湖州(今浙江吴兴县)长史,即去世。长史,刺史的下属官。

㉟ 昂然——高抗的样子。 即之——接近他。 温温——温和柔顺的样子。

㊱ 击——攻击、排挤。

㊲ 意不在子美——当时保守派官僚王拱辰等诬陷苏舜钦的目的,在于打击范仲淹和杜衍等新政推行者。

㊳ 二三大臣而下——指杜衍、范仲淹、富弼以及新政支持者。其时除杜衍退休外,均已恢复官位。

㊴ 同时饮酒得罪之人——指王洙、王益柔、吕溱、宋敏求、蔡襄、刁约等人,也都先后复职。

㊵ 收采——收用。


**【解读】**

本文作于皇祐三年(1051),是作者整理、编集亡友苏舜钦遗稿后写的序。关于作序的旨意,欧阳修曾在《湖州长史苏君墓志铭并序》中说:"予为集次其文而序之,以著君之大节,与其所以屈伸得失,以深诮世之君子当为国家乐育贤材者,且悲君之不幸。"

苏舜钦(1008—1048),字子美,开封人,是宋初著名的诗人和古文家、北宋诗文革新运动的先驱者之一,同时又是庆历新政的支持者。无论在政治上还是文学上,欧阳修与他都有共同的追求,两人友情十分深厚。文章一方面高度评价苏氏卓越的文学才华,对其独立不移、不追逐时尚的品格倍加称颂;另一方面慨叹其遭遇之不幸,对其因遭摈斥抑郁而死深感痛惜。全篇文意层层转折,感情波澜起伏,读来感人至深。清刘大櫆称此文"沉着痛快,足为子美舒其愤懑"(《评校音注古文辞类纂》卷8)。


**【点评】**

予读此文,往往欲流涕。专以悲悯子美为世所摈死上立论。
——茅坤《唐宋八大家文钞·欧阳文忠公文钞》评语卷17

子美能文章,而为小人所排摈。篇中将能文与不遇两意夹说,流涕唏嘘,此古人情至之作。
——储欣《唐宋八大家类选》卷11


**【今译】**

我的朋友苏子美去世以后第四年,我才在太子太傅杜衍公家得到他平生著作遗稿，于是把它整理编辑成十卷。

子美，是杜家的女婿，我便把编成的集子归还给杜公，并对他说："这些文章如同金玉般珍贵，即使被抛弃埋没在粪土之中，都不会腐烂消失。它尽管在某一时期被人遗弃，但一定有人把它珍藏起来传于后世。即使它在被埋没而未能问世的时候，它的精灵之气照样能经常显示出奇特的光辉，任何东西也不能掩蔽。所以，当子美在世受到排挤、打击，颠沛流离、穷困潦倒之时，他的文章已经自然地风行天下。即使他的怨家仇人，以及曾经竭力排挤他、置之死地而后快的人，对于他的文章也不能稍加损毁掩蔽。人们的感情，大抵轻视近的而重视远的，子美在今世蒙受冤屈尚且受到如此重视，他在后世又将得到怎样的重视啊！这样想，您也就可以无所遗憾了。"

我曾经考察前代文章与政治盛衰的关系，感到奇怪的是：唐太宗治理国家几乎达到夏、商、周三代开国君主的盛世，而文章却未能革除齐梁纤靡浮丽的余风。一百多年以后，韩愈、李翱一辈人倡导古文运动，直到元和年间，古文才开始复兴。唐朝衰亡后，战乱不息；又过了一百多年，大宋王朝建立，从此天下太平，安然无事。又过了将近一百年，直到今天古文才开始兴盛。自古以来，太平的时间少，而战乱的时间多。有幸国家得到大治，但文章或不能纯正精粹，或过了很久还不能赶上太平盛世。为什么文章这样困难呢？莫不是难于出现杰出的文学家？假如一旦出现了这样的人，又有幸生长在太平盛世，世人岂不对他特别珍视和爱惜吗？可悲的是，我的朋友子美因一顿酒食的过错遭诬陷，致使废黜为平民，最后漂泊流落穷困而死；这真是值得悲痛流泪，而为当世负有给国家培育人才之责任的仁人君子们可惜啊！

苏子美的年龄比我小，而我学写古文反在他之后。天圣年间，我在礼部参加进士考试，看到当时学者专以词句的声律对偶来割裂文章，当时称"时文"，并以此相互夸耀。唯独子美与他哥哥苏才翁及参军穆伯长创作古体诗歌和杂体文章，当时人都非难讥笑他们，而子美却毫不介意。以后天子担心"时文"的不良影响，几次下诏书告诫学者学习古人文章。从此崇尚"时文"的风气才慢慢地消失，一般学者才稍稍趋向于古文。唯独子美在人们都不作"古文"的当时，始终坚持着不被世俗好恶向背所牵制，可以称得上是意志行为卓越的人。

苏子美官做到大理评事、集贤校理就被废黜了，后来担任湖州长史，不久便去世，享年四十一岁。他体格相貌英俊魁梧，看上去气概轩昂，接近他时便觉得温和柔顺，相处久了更觉得可亲可爱。他的才学虽然很高，但一般人也不太嫉妒他，那些攻击排挤他的人真实用意并不在子美。有赖皇上英明宽厚，凡是当时被指名加以排斥的那几位执政大臣以及官员，本来因子美宴会宾客事连累受罚的，现在都承蒙得到保全，并成了皇帝身边的宠信之臣。即使与子美同时饮酒而获罪的人，大都是当时的豪杰俊秀，现在也都被起用，在朝廷担任要职。可是唯独子美不幸死了，这难道是他的命运吗？可悲啊！

庐陵欧阳修序。

# 梅圣俞诗集序①

予闻世谓诗人少达而多穷②，夫岂然哉③！盖世所传诗者，多出于古穷人之辞也。凡士之蕴其所有而不得施于世者④，多喜自放于山巅水涯之外⑤，见虫鱼草木风云鸟兽之状类，往往探其奇怪；内有忧思感愤之郁积，其兴于怨刺⑥，以道羁臣寡妇之所叹⑦，而写人情之难言，盖愈穷则愈工。然则非诗之能穷人，殆穷者而后工也⑧。

予友梅圣俞，少以荫补为吏⑨，累举进士⑩，辄抑于有司⑪。困于州县⑫，凡十余年。年今五十⑬，犹从辟书⑭，为人之佐⑮，郁其所蓄⑯，不得奋见于事业。其家宛陵，幼习于诗，自为童子，出语已惊其长老⑰。既长，学乎六经仁义之说⑱，其为文章，简古纯粹⑲，不求苟说于世<sup>⑳</sup>,世之人徒知其诗而已。然时无贤愚,语诗者必求之圣俞;圣俞亦自以其不得志者,乐于诗而发之。故其平生所作,于诗尤多。世既知之矣,而未有荐于上者<sup>㉑</sup>。昔王文康公尝见而叹曰<sup>㉒</sup>:"二百年无此作矣<sup>㉓</sup>!"虽知之深,亦不果荐也<sup>㉔</sup>。若使其幸得用于朝廷,作为雅颂<sup>㉕</sup>,以歌咏大宋之功德,荐之清庙<sup>㉖</sup>,而追商、周、鲁颂之作者<sup>㉗</sup>,岂不伟欤! 奈何使其老不得志,而为穷者之诗,乃徒发于虫鱼物类、羁愁感叹之言? 世徒喜其工,不知其穷之久而将老也,可不惜哉!

圣俞诗既多,不自收拾。其妻之兄子谢景初<sup>㉘</sup>,惧其多而易失也,取其自洛阳至于吴兴已来所作<sup>㉙</sup>,次为十卷<sup>㉚</sup>。予尝嗜圣俞诗<sup>㉛</sup>,而患不能尽得之,遽喜谢氏之能类次也<sup>㉜</sup>,辄序而藏之。

其后十五年,圣俞以疾卒于京师,余既哭而铭之<sup>㉝</sup>,因索于其家,得其遗稿千余篇,并旧所藏,掇其尤者六百七十七篇为一十五卷<sup>㉞</sup>。呜呼! 吾于圣俞诗论之详矣<sup>㉟</sup>,故不复云。

庐陵欧阳修序。

**【注释】**

① 梅圣俞——梅尧臣,字圣俞,宣州宣城(今安徽宣城)人。宣城古名宛陵,故世称梅宛陵。他是北宋著名诗人,曾被刘克庄推为宋诗之"开山祖师",有《宛陵先生集》六十卷。

② 达——得志而显贵。 穷——贫困失意。

③ 这句说:难道真是这样吗?

④ 蕴其所有——此指有才学,有抱负。蕴,蓄聚。

⑤ 自放于山巅水涯之外——指放浪山水,隐居不仕。

⑥ 兴于怨刺——产生怨恨、讽刺的念头。

⑦ 道——表达出来。 羁(jī基)臣——宦游或贬谪在外地做官的人。

⑧ 殆(dài代)——大概。

⑨ 荫(yìn印)补为吏——封建时代子孙因先世有功勋而推恩得赐官爵曰荫。官吏有缺额选人充职为补。梅尧臣因其叔父梅询而受荫,得任河南主簿。

⑩累举进士——屡次参加进士考试。

⑪ 辄(zhé 哲)抑于有司——一直被主考官所压制。有司,负有专职的官吏,此指主考官。

⑫ 困于州县——只在州县做小官。

⑬ 年今五十——此文初稿写于宋仁宗庆历六年(1046),时梅尧臣才四十五岁,此系举整数而言。所以文中用"年今"两字,自"其后十五年"起,为作者于仁宗嘉祐六年时补写。

⑭ 辟(bì 必)书——征召的文书。庆历五年(1045),梅尧臣应王举正的征召、荐举,为许昌忠武军节度签书判官。庆历六年,尚在任。

⑮ 佐——辅佐,指僚属。

⑯ 郁其所蓄——郁积在胸中。

⑰ 长(zhǎng 掌)老——年长的人。

⑱ 六经——《诗》、《书》、《礼》、《乐》、《易》、《春秋》等六部著作。

⑲ 简古纯粹——针对时文的雕琢柔靡而言。

⑳ 不求苟说于世——不以苟且迎合来求得世人的欢心。说,通"悦"。

㉑ 荐于上——向皇帝推荐。上,皇帝。

㉒ 王文康公——王曙,字晦叔,文康是他的谥号,宋仁宗(赵祯)时的丞相。

㉓ 二百年无此作——宋代曾敏行《独醒杂志》卷一载,王曙曾对梅圣俞说:"子之诗有晋宋遗风,自杜子美殁后二百余年不见此作。"故云。

㉔ 不果荐——最终没有推荐。

㉕ 雅颂——原为《诗经》中的两个部分,其中多歌功颂德之作。此借指盛世诗歌。

㉖ 荐——进献。 清庙——宗庙。

㉗ 追——赶上。商、周、鲁颂——指《诗经》《颂》诗中的《商颂》、《周颂》、《鲁颂》。旧时被奉为歌颂功德诗作的典范。

㉘ 妻之兄子——今称内侄。

㉙ 吴兴——今浙江湖州。梅尧臣于仁宗天圣九年(1031)在洛阳官河南主簿,庆历二年至四年(1042—1044)在吴兴任湖州监税。谢景初将此十余年间诗编次成十卷本,今已佚。

㉚ 次——编排。

㉛ 嗜(shì 世)——爱好。

㉜ 遽（jù巨）——立刻。　类次——分类编排。

㉝ 铭之——替他做了一篇墓志铭。

㉞ 掇（duō多）其尤者——选取其中最好的。

㉟ 于圣俞诗论之详——欧阳修除本文以外，还在他的《书梅圣俞稿后》及《六一诗话》中，论及梅尧臣的诗歌成就。

**【解读】**

　　本篇作于嘉祐六年（1061），即梅尧臣去世后一年，时欧阳修在开封。

　　序中，作者对梅尧臣的诗歌才能和创作成就给予高度评价，对其怀才不遇、坎坷一生深表同情和惋惜；同时，还以之为例来阐释生活和创作的关系，提出了诗歌创作中一个重要的理论问题——"穷而后工"。这个观点，与司马迁《报任安书》"诗三百篇，大抵圣贤发愤之所为作也"、韩愈《荆潭唱和诗序》"夫和平之音淡薄，而愁思之声要妙；欢愉之辞难工，而穷苦之言易好也"，是一脉相承的。全文低昂顿挫，一往情深，"只'穷'、'工'二字，往复议论悲慨，古今绝调"（清储欣《唐宋八大家类选》卷11）。

**【点评】**

　　不知是论，是记，是传，是序，随手所到，皆成低昂曲折。少年偷见此等文字，便思伸手泚笔，自作古文。

　　　　　　　——金人瑞《评注才子古文》卷12 大家欧文评语

　　以"穷而后工"四字作骨，中间先写其穷，次写其诗之工，俱在世人知不知上见之。又趁笔从"知"上，转入不遇荐用，痛惜其以穷而老，婉曲淋漓，感叹欲绝。末以论次诗叙作结，非圣俞不足当此。

　　　　　　　——林云铭《古文析义》评语卷14

**【今译】**

　　我听见人们都说：诗人得意的少，而穷困潦倒的多。难道真是这样吗？大概世上流传下来的诗，大多是古代穷困潦倒的诗人的作品吧。大凡读书人胸中蕴藏着他的才智和抱负，却不能在当世施展的，大都喜欢放浪山水隐居不仕，看见虫鱼、草木、风云、鸟兽这一类东西，往往去探索、描绘它们种种奇异的情状；而内心又郁结着忧愤感慨，便产生怨恨、讽刺的念头，以此来抒发羁旅之臣和寡妇的哀叹，因而能写出一般人难以表达的情境，这就是诗人越是困顿潦倒，写出来的诗越是精工的道理。既然这样，那么不是诗使人穷困，大概是困顿之人才能写出好诗呢！

我的朋友梅圣俞，年轻时靠先辈的功勋做了官，但屡次参加进士考试，一直被主考官压制，只在州县做小官，总共有十多年。现在他年纪快五十岁了，还接受了聘书做人家的幕僚，以致压抑了他的才能，不能在事业上施展出来。他的家在宛陵，很小就学习写诗。从孩童时起，他的诗就使年长的人惊叹。长大后，又学习六经仁义的学说。他的文章，简朴古雅而又很精粹，不以苟且迎合来求得世人的欢心，世人也只知道他的诗罢了。可是，当时不论贤能或庸愚的人，说到做诗必定求教于圣俞；圣俞也乐于把自己不得志的心情通过诗歌表现出来。所以他平生所写的，以诗最多。世上的人已经知道他的才能，却没有人向朝廷推荐。从前，王文康公曾经见到他的诗文，叹息说："两百年来没有这样的作品了。"王公虽然很了解他，但也终究没有荐举。如果他有幸得到朝廷的任用，去写作雅颂那样的诗歌，来歌颂大宋皇帝的功业恩德，进献给皇家宗庙，与商颂、周颂、鲁颂的作者们相媲美，难道不是很伟大的事业吗？为何使他到老也不能得志，却写些穷困潦倒者的诗篇，只是借助虫鱼之类东西抒发羁旅愁思的感叹呢？世人只是喜欢他诗歌的精工，却不知道他长期困顿潦倒而且将要衰老了，这难道不可惜吗？

圣俞写了许多诗，自己却不注意整理。他的内侄谢景初担心他的诗多了容易散失，就把他从洛阳到吴兴居留期间所写的作品，编成十卷。我特别喜欢圣俞的诗，曾经担心不能全部得到它。现在我很高兴地看到谢景初能替它分类编排，就立刻写了一篇序，连同诗集一起珍藏起来。

从那以后又过了十五年，圣俞因病在京城去世。我痛哭之后替他做了一篇墓志铭，趁便在他家里寻找诗稿，得到他的遗作一千多篇，加上从前所保存的，从中选择最好的六百七十七篇，编成十五卷。唉，我对于梅圣俞的诗，已经论述得很详细了，这里就不再重复了。

庐陵欧阳修序。


# 江邻几文集序①

余窃不自揆②，少习为铭章③，因得论次当世贤士大夫功行。自明道、景祐以来④，名卿巨公往往见于余文矣⑤。至于朋友故旧，平居握手言笑，意气伟然，可谓一时之盛；而方从其游，遽哭其死⑥，遂铭其藏者⑦，是可叹也。

盖自尹师鲁之亡⑧，逮今二十五年之间⑨，相继而殁为之铭者至二十人⑩；又有余不及铭，与虽铭而非交且旧者，皆不与焉⑪。呜呼！何其多也！不独善人君子难得易失，而交游零落如此，反顾身世死生盛衰之际⑫，又可悲夫！

而其间又有不幸罹忧患⑬，触网罗⑭，至困阨流离以死⑮，与夫仕宦连蹇⑯，志不获伸而殁，独其文章尚见于世者，则又可哀也欤！然则虽其残篇断稿，犹为可惜；况其可以垂世而行远也！故余于圣俞、子美之殁⑰，既已铭其圹⑱，又类集其文而序之，其言尤感切而殷勤者，以此也。

陈留江君邻几，常与圣俞、子美游，而又与圣俞同时以卒，余既志而铭之。后十有五年，来守淮西⑲，又于其家得文集而序之。邻几，毅然仁厚君子也。虽知名于时，仕宦久而不进，晚而朝廷方将用之，未及而卒。其学问通博，文辞雅正深粹，而论议多所发明，诗尤清淡闲肆可喜⑳，然其文已自行于世矣，固不待余言以为轻重，而余特区区于是者<sup>㉑</sup>,盖发于有感而云然。

熙宁四年三月　日六一居士序<sup>㉒</sup>。

## 【注释】

① 江邻几——名休复,开封陈留(今河南开封东陈留镇)人。曾官集贤校理、刑部郎中等职。著有《唐宣鉴》、《春秋世论》、《江邻几文集》等。

② 窃——私下,自谦之辞。　揆(kuí 葵)——揣度,测量。

③ 铭章——指墓志铭。这种文体主要记载死者的事业和德行,分"志"(又称"序")和"铭"两部分。志多用散文记,铭则用韵文写,所以后文说"既志而铭之"。墓志铭刻在石碑上,埋在墓穴中,所以后文说"铭其藏"、"铭其圹"。

④ 明道——宋仁宗年号(1032—1033)。　景祐——宋仁宗年号(1034—1038)。

⑤ 名卿巨公——著名的大官。

⑥ 遽(jù 巨)——急忙,仓促。

⑦ 藏——埋葬。《礼记·檀弓》:"葬者,藏也。"

⑧ 尹师鲁——作者好友,详见《与尹师鲁书》注。尹师鲁死于庆历七年(1047)。

⑨ 逮(dài 带)——到,及。

⑩ 殁(mò 墨)——死。

⑪ 与——参加,这里是"算在内"的意思。

⑫ 际——变化。

⑬ 罹(lí 离)——遭受。

⑭ 网罗——比喻刑罚、陷害。

⑮ 困阨(è 厄)——困苦灾难。

⑯ 仕宦连蹇(jiǎn 减)——仕途受挫。连蹇,跛脚,行走困难。

⑰ 圣俞——梅尧臣,见《梅圣俞诗集序》注。　子美——苏舜钦,见《苏氏文集序》注。

⑱ 圹(kuàng 况)——墓穴。

⑲ 淮西——熙宁三年(1070),欧阳修任蔡州知州,蔡州位于淮水西岸。

⑳ 闲肆(sì 四)——开阔,不拘束。

㉑ 区区——本文中有恳切、眷念的意思。

㉒ 三月　日——古人写文章起草时,往往不填定日期以至月份。

## 【解读】

这是作者为亡友江邻几的文集写的一篇序言。序文不重在评价江邻几的诗文成就,而将笔墨主要放在对其他亡友"仕宦连蹇,志不获伸"的同情和抒发自己对交游零落、死生盛衰的感慨上,惋惜之情和凄凉之意充溢于字里行间。全文感情浓烈深厚,清桐城派古文家刘大櫆盛称道:"情韵之美,欧公独擅千古,而此篇尤胜。"(《诸家评点古文辞类纂》评语卷8)

## 【点评】

一意累折而下,纡余惨怆,言有穷而情不可终,此是庐陵独步。
　　　　　　　　　　——储欣《唐宋八大家类选》卷11

为亡友志墓,为亡友序遗文,本人生极伤感事,故言言悲切。前半只大概说,暗藏邻几在内,此又一法。
　　　　　　　　　　——沈德潜《唐宋八家文读本》评语卷11

## 【今译】

我私下不估量自己的力量,年轻时便学习写墓志铭,因而能够叙述、评论当代一些贤明人士的功业和德行。自明道、景祐以来,很多著名的大官往往由我给他们写墓志铭。至于一些好朋友、老相识,平时握手谈笑,意气十分昂扬,可称得上一时的盛况;但刚刚与他们交游,忽然又为他们去世而哭,于是就替他们写墓志铭葬在墓穴中,这真是值得叹息啊!

大概从尹师鲁去世,到现在的二十五年间,相继去世而且由我替他们写墓志铭的朋友,已有二十人;还有我来不及写墓志铭和虽然写了墓志铭却不是交往很深的人,都不算在里面。啊,去世的人太多了!我不仅为世上失去这些难得的品德高尚的人而感到难过,而且看到亲朋故旧一个个相继去世所剩无几,再反过来思考人生中生死盛衰的种种变化,就更值得悲痛了啊!

而且,死者中间有的不幸遭受忧患,触犯刑罚,以至穷困流落地死去;有的仕途受挫、壮志未酬而死,只有他们的文章还流传于世,这又多么可怜啊!那么,即使是他们留下的残缺不全的文章,也是值得珍惜的,何况是那些闻名当代和流传后世的作品呢!所以,我在圣俞、子美去世后,既给他们作了墓志铭,又分类编集了他们的文章并为之写了序,序言文辞特别真切、感情格外深厚的原因,便是出于这种情况。

陈留人江邻几,常常和圣俞、子美交往,又与圣俞同年去世,我已经替他写了墓志铭。十五年以后,我在淮西任职,又在他家里得到了他的文集,并写了这篇序言。邻几是一个果断、仁爱、厚道的人,虽然在当时很出名,但官职却长期得不到提拔,晚年朝廷正准备重用他,没来得及便去世了。他的学问通达广博,文章纯正精深,议论中有很多独到见解,诗歌风格特别清新,洒脱随意,令人爱读。不过,他的文章早就流行于世了,用不着我来评论其好坏,而我对这些念念不忘的原因,是由于有感而发啊!

熙宁四年三月某日六一居士序。

# 王彦章画像记①

太师王公②,讳彦章③,字子明,郓州寿张人也④。事梁为宣义军节度使⑤,以身死国⑥,葬于郑州之管城⑦。晋天福二年⑧,始赠太师。

公在梁以智勇闻。梁、晋之争数百战⑨,其为勇将多矣,而晋人独畏彦章⑩。自乾化后⑪,常与晋战,屡困庄宗于河上⑫。及梁末年,小人赵岩等用事⑬,梁之大臣老将,多以谗不见信⑭,皆怒而有怠心;而梁亦尽失河北,事势已去。诸将多怀顾望⑮,独公奋然自必⑯,不少屈懈,志虽不就⑰,卒死以忠。公既死而梁亦亡矣。

悲夫！

五代终始才五十年⑱，而更十有三君⑲，五易国而八姓⑳。士之不幸而出乎其时，能不污其身得全其节者，鲜矣㉑！公本武人，不知书，其语质㉒，平生尝谓人曰："豹死留皮，人死留名。"盖其义勇忠信出于天性而然。予于五代书㉓，窃有善善恶恶之志㉔。至于公传，未尝不感愤叹息。惜乎旧史残略㉕，不能备公之事㉖。

康定元年㉗，予以节度判官来此㉘，求于滑人㉙，得公之孙睿所录家传㉚，颇多于旧史，其记德胜之战尤详㉛。又言：敬翔怒末帝不肯用公㉜，欲自经于帝前㉝；公因用笏画山川㉞，为御史弹而见废㉟。又言：公五子，其二同公死节。此皆旧史无之。又云：公在滑以谗自归于京师，而史云召之㊱。是时，梁兵尽属段凝㊲，京师羸兵不满数千㊳，公得保銮五百人㊴，之郓州，以力寡，败于中都㊵。而史云将五千以往者㊶，亦皆非也。

公之攻德胜也，初受命于帝前，期以三日破敌；梁之将相闻者皆窃笑。及破南城㊷，果三日。是时，庄宗在魏㊸，闻公复用，料公必速攻，自魏驰马来救，已不及矣。庄宗之善料，公之善出奇，何其神哉！今国家罢兵四十年㊹，一旦元昊反㊺，败军杀将，连四五年，而攻守之计，至今未决。予尝独持用奇取胜之议，而叹边将屡失其机，时人闻予说者，或笑以为狂，或忽若不闻㊻，虽予亦惑不能自信。及读公家传，至于德胜之捷，乃知古之名将，必出于奇，然后能胜，然非审于为计者不能出奇㊼，奇在速，速在果㊽，此天下伟男子之所为，非拘牵常算之士可到也㊾。每读其传，未尝不想见其人。

后二年㊿，予复来通判州事[51]，岁之正月[52]，过俗所谓铁枪寺者，又得公画像而拜焉。岁久磨灭，隐隐可见。亟命工完理之[53]，而不敢有加焉，惧失其真也。公善用枪，当时号"王铁枪"[54]。公死已百年，至今俗犹以名其寺，童儿牧竖皆知王铁枪之为良将也[55]。一枪之勇，同时岂无？而公独不朽者，岂其忠义之节使然欤？

画已百余年矣，完之复可百年。然公之不泯者[56]，不系乎画之存不存也。而予尤区区如此者[57]，盖其希慕之至焉耳。读其书，尚想乎其人;况得拜其像,识其面目,不忍见其坏也。画既完,因书予所得者于后,而归其人,使藏之。

**【注释】**

① 王彦章——五代时后梁名将。少从梁太祖朱温为军卒,骁勇有力,屡以战功升迁;梁末帝龙德三年因兵力不足败于后唐庄宗李存勖,拒降被杀。《旧五代史》有他的本传,欧阳修《新五代史》将他和裴约、刘仁赡三人写入《死节传》,并加赞语说:"自古忠臣义士之难得也。五代之乱,三人者或出于军卒,或出于伪国之臣,可胜叹哉! 可胜叹哉!"

② 太师——古代以太师、太傅、太保为三公,是掌握国家军政大权的最高官员,唐宋时已无实权。这里是追赠给王彦章的官衔。

③ 讳——封建时代称死去的帝王将相或尊长的名字。

④ 郓(yùn 运)州寿张——今山东寿张县。

⑤ 梁——朱温篡唐后建立的王朝(907—923)。 宣义军节度使——宣义军治所在今河南滑县。节度使是统管所属各州军政的官员。

⑥ 以身死国——即为国而死。

⑦ 郑州之管城——今河南郑州市。

⑧ 晋——后唐庄宗李存勖曾继承其父李克用的封爵为晋王。 天福二年——公元 937 年。天福,后晋高祖年号。

⑨ 梁晋之争——指梁军与晋王李克用之间的争战。

⑩ 晋人——指后唐庄宗李存勖,《新五代史·死节传》引李存勖的话说:"彦章骁勇,吾尝避其锋。"

⑪ 乾化——后梁年号(911—915)。

⑫ 屡困庄宗于河上——王彦章在争夺黄河两岸曹、濮、郓、滑等州的百多次大战中,曾屡次打败李存勖,并轻蔑地说:"亚子(李存勖小名亚子)斗鸡小儿耳,何足惧哉!"河,黄河。

⑬ 赵岩——梁末帝时的宠臣,官至户部尚书、租庸使,梁亡后被杀。

⑭ 以谗不见信——因为赵岩等人的谗言而不被皇帝信任。

⑮ 顾望——观望。

⑯ 自必——自誓以身殉国。

⑰ 就——成功。

⑱ 五十年——五代自后梁太祖开平元年（907）始，至后周恭帝显德七年（960）亡，历时五十四年，这里取其整数而言。

⑲ 更——更代。　十有三君——指后梁太祖朱温、末帝朱瑱，后唐庄宗李存勖、明宗李嗣源、闵帝李从厚、废帝李从珂，后晋高祖石敬瑭、出帝石重贵，后汉高祖刘知远、隐帝刘承祐，后周太祖郭威、世宗柴荣、恭帝柴宗训。

⑳ 五易国——指后梁、后唐、后晋、后汉、后周五国。　八姓——五代君主计有八姓：后梁姓朱；后唐姓李；后唐明宗为李克用养子，本胡人，无姓氏；后唐末帝为明宗养子，本姓王；后晋姓石；后汉姓刘；后周姓郭；世宗为太祖养子，本姓柴。

㉑ 鲜——少。

㉒ 质——质朴。

㉓ 五代书——指作者写的《五代史记》；后人为区别薛居正等的《旧五代史》而称之为《新五代史》。

㉔ 善善恶（wù 务）恶（è 饿）——褒善贬恶。《史记·太史公自序》："善善恶恶，贤贤贱不肖。"

㉕ 旧史——指薛居正等官修的《旧五代史》。

㉖ 备——详备。

㉗ 康定元年——公元 1040 年。

㉘ 节度判官——官名。欧阳修在宋仁宗康定元年以武成军节度判官厅公事之职至滑州。

㉙ 滑人——滑州人，滑州州治在今河南滑县。宋太宗太平兴国初改滑州为武成军。

㉚ 家传——后代为自己祖先写的传记。

㉛ 德胜之战——德胜是古代黄河的一个渡口。晋军曾在德胜南北筑两城，称为夹寨。后王彦章攻破南城，并在此与晋军交战百余回。

㉜ 敬翔——字子振，后梁开国谋臣，官至中书侍郎、同中书门下平章事（相当宰相）。

㉝ 欲自经于帝前——据《新五代史·死节传》载：后梁末帝宠信小人，大宦宿将不被信用，宰相敬翔携绳见末帝，表示若不能用王彦章等人，即以绳自尽，于是末帝召王彦章为招讨使。

㉞ 笏——朝板，古代臣下朝见君主时拿在手上作为指画或记事用的

手板。

㉟ 为御史弹而见废——据《新五代史·死节传》载：杨刘（今山东东河附近）之战失败后，段凝等推卸责任，倾陷王彦章，说他“使酒轻敌而至于败”。于是末帝罢免彦章，升段凝为招讨使。彦章急驰至京向末帝辩解，用朝板画地陈述与晋交战胜败的实际情况。赵岩乘机命御史弹劾他对皇上不恭，令归第。

㊱ 史云召之——《旧五代史》说是朝廷召他回京。

㊲ 段凝——初名明远，杨刘之战后代王彦章为招讨使；率精兵五万投降后唐，历任节度使，后来被赐死。

㊳ 羸（léi 雷）——老弱。

㊴ 保銮——保卫皇帝的军队。

㊵ 中都——故址在今山东汶上县西。

㊶ 史云将五千以往者——《旧五代史》记载王彦章去郓州抵抗后唐部队时带了五千人。欧阳修极辨旧史之误，以突出王彦章的英勇和不幸。

㊷ 南城——宋时在濮阳县治。

㊸ 魏——州名，治所在今河北大名东北。

㊹ 罢兵四十年——宋真宗景德元年（1004），宋与辽订立澶渊和约，罢兵即指此。从那时到作此文的庆历三年（1043），正好四十年。

㊺ 元昊——西夏国主赵元昊。西夏原来臣属于宋，宋仁宗宝元元年（1038）十月，元昊称帝，国号大夏，与宋屡有战事。

㊻ 忽——不重视。

㊼ 这句说：制定计划不周密详细的人是不能出奇策的。审，详细周密。

㊽ 果——果断。

㊾ 拘牵常算——拘泥于通常的办法，不能突破现成的框框。算，谋划。

㊿ 后二年——指上文“康定元年”之“后二年”，即庆历二年。

(51) 予复来通判州事——欧阳修于康定元年（1041），由滑州通判任上召回开封任馆阁校勘，庆历二年（1042）自请外调，再任滑州通判。

(52) 岁——指庆历三年（1043）。

(53) 亟——赶快。　完理之——指整修画像。下文“完之”指修复。

(54) 王铁枪——王彦章骁勇有力，每战用两铁枪，皆重百斤，一置鞍中，一持在手，所向无前，当时人称为“王铁枪”。枪，长矛。

(55) 牧竖——牧童。

(56) 不泯(mǐn 敏)——不被灭没。

(57) 区区——恳切的样子。

【解读】

本文作于庆历三年(1043)。当时,西夏屡次犯边,宋军接连败北,朝中却无退敌取胜的良将妙策。作者为五代名将王彦章的画像作题记,意在通过对其忠义之节和善于用兵的表彰,激励宋朝将领勇于抗敌,守边卫国。

王彦章的事迹,《新五代史》中已有记载。但正史所记,主要采用"实录"的方式,作者的情感隐含于文字之间,不易为人察觉;而本文则采用"叙议相间"的方法,作者在客观叙述人物事迹时,带有强烈的感情色彩。全文围绕忠义和善战两个方面展开叙述、议论:或感叹旧史残略,以引出自己的辨正;或由王之善战而联想到宋代边地不宁。行文曲折多变,结构完整严谨。后代文论家常将本文与韩愈的《张中丞传后叙》并提,两文同为补充轶事而各有千秋。



【点评】

述其以奇取胜以叹时事,文字展转不穷。

——黄震《黄氏日钞》卷 61 欧阳文

以叙事行议论,其感慨处多情。

——茅坤《唐宋八大家文钞·欧阳文忠公文钞》评语卷 21

【今译】

太师王公,名彦章,字子明,郓州寿张人。在后梁担任宣义军节度使,以身殉国,葬在郑州管城。后晋天福二年,才追封为太师。

王公在后梁凭智慧勇敢而闻名。后梁与晋王之间有几百次战斗,其中勇将很多,但晋王只害怕王彦章。从后梁乾化年间以后,他经常与晋王交战,在黄河两岸屡次使晋王李存勖受困。到了后梁末年,小人赵岩等主持政事,后梁的重臣老将大多因为谗言离间而不被信任，都很气愤而不肯努力；很快后梁黄河以北地区全部丧失，大势已去。将领们大多抱着观望态度，只有王公奋发自励，自誓以身殉国，毫无屈服松懈之意。他的志向虽然没有实现，但终于为国尽忠而死。他死后，梁也就灭亡了，可悲啊！

五代从开始到结束才五十多年，但经历了十三个国君，五次改换年号，八次改换姓名。士人不幸出生在那个时代，能够不玷污自己名声，保全自己节操的人是很少的。王公本是武人，不懂得诗书，他说话很质朴，平日曾对人说："豹死留皮，人死留名。"大概他的义气、勇敢、忠诚、信用是出于天性吧！我在《新五代史》中，抱有褒善贬恶的志向。写到王公的传记时，总感到既愤慨又惋惜。可惜的是，旧五代史残缺简略，不能全部记下他的事迹。

康定元年，我因为担任节度判官来到滑州。我向滑州人士访问寻求，得到了王公的孙子王睿记录的家传，资料比旧五代史要多，记载德胜战役尤其详细。家传中说：宰相敬翔因梁末帝不肯任用王公而发怒，要在末帝面前上吊；王公后来因为用朝板画地形讲述杨刘之战失败的情况，遭到御史弹劾而罢职。传中又说：王公有五个儿子，其中两个与他一起以身殉国。这些都是旧五代史中没有的。传中还说：王公在滑州时因受到谗言诬陷，自己回京辩解，但是旧五代史说是朝廷召他回京。当时，唐军逼境，后梁的军队全归段凝掌握，京城里老弱残兵不满几千，王公只得到五百名保驾士兵前往郓州抵御敌军；因为兵力单薄，在中都失败；可是旧五代史说他率领了五千人去郓州，也都是不对的。

王公进攻德胜城的时候，开始在皇帝面前接受军令，保证只需用三天时间破敌。朝中将相们听到这话都暗自发笑。等到攻破德胜南城，果然只有三天。当时，后唐庄宗住在魏州，听到王公又被任用，料定他一定快速进攻德胜，便从魏州亲自赶到德胜救援，可是已经来不及了。庄宗善于预料，王公善于出奇制胜，是多么了不起啊！现在我们宋朝已有四十年没和辽国打仗了，一旦赵元昊反叛，就打败我们的军队，杀死我们的将领，接连四五年了，可是到现在我们还没有决定攻守的策略。我曾经独自坚持用奇袭取胜的意见,可叹的是边防将领屡次失掉机会。当时人们听到我的说法,有的笑我狂妄,有的轻视我的意见就像根本没有听到。后来我也感到迷惑,不敢确信自己的意见。等到读了王公家传,看到德胜的大胜仗,才知道古代的名将,必定出奇才能制胜;不过,制定计划不周密详细的人是不能出奇策的。"奇"在于"速行","速行"在于"果断",这是天下伟大人物的举动,不是那些被常规所束缚的人所能做到的。我每次读王公家传,总是想到王公的为人。

两年后,我又来滑州作通判。今年正月,经过百姓所说的铁枪寺,又找到并参拜了王公的画像。这幅画像因年代久了磨损得厉害,只能模模糊糊地看到王公的模样。我赶快责成画工加以修饰整理,却不敢随便添加什么,恐怕它失真。王公善于用枪,当时称他为"王铁枪"。王公已经死了一百年,到现在民间还用"铁枪"为寺庙取名,连小孩牧童都知道王铁枪是一位良将。使用铁枪的勇士,同时难道没有别人吗?但唯独王公名垂不朽,大概是他的忠义气节造成的吧?

画像已经一百多年了,整修后又可保存百年。不过,王公的永垂不朽,并不在于画像的保存与否;而我特别留意这幅画像的原因,只是由于对他钦佩仰慕到了极点啊!读他的书尚且想象他的为人,何况是参拜了他的画像,看到了他的容貌呢!所以不忍心看到画像的损坏。画像整修好以后,便在画像背后写下了我的感受,还给主人,让他好好保藏它。

# 醉翁亭记①

环滁皆山也②。其西南诸峰,林壑尤美③。望之蔚然而深秀者④,琅琊也⑤。山行六七里,渐闻水声潺潺⑥,而泻出于两峰之间者,酿泉也⑦。峰回路转⑧,有亭翼然临于泉上者⑨,醉翁亭也。作亭者谁？山之僧曰智仙也⑩。名之者谁？太守自谓也⑪。太守与客来饮于此，饮少辄醉⑫，而年又最高，故自号曰醉翁也⑬。醉翁之意不在酒，在乎山水之间也。山水之乐，得之心而寓之酒也⑭。

若夫日出而林霏开⑮，云归而岩穴暝⑯，晦明变化者⑰，山间之朝暮也。野芳发而幽香⑱，佳木秀而繁阴⑲，风霜高洁⑳，水落而石出者，山间之四时也。朝而往，暮而归，四时之景不同，而乐亦无穷也。

至于负者歌于途㉑，行者休于树，前者呼，后者应，伛偻提携㉒，往来而不绝者，滁人游也。临溪而渔，溪深而鱼肥；酿泉为酒，泉香而酒洌㉓；山肴野蔌㉔，杂然而前陈者，太守宴也。宴酣之乐，非丝非竹㉕；射者中㉖，弈者胜㉗，觥筹交错㉘，起坐而喧哗者，众宾欢也。苍颜白发，颓然乎其中者㉙，太守醉也。

已而夕阳在山，人影散乱，太守归而宾客从也。树林阴翳㉚，鸣声上下，游人去而禽鸟乐也。然而禽鸟知山林之乐，而不知人之乐；人知从太守游而乐，而不知太守之乐其乐也。醉能同其乐，醒能述以文者，太守也。太守谓谁？庐陵欧阳修也。

**【注释】**

① 醉翁亭——在今安徽滁州市西南七里，是作者知滁时经常游息之所。

② 环——围绕。　滁——今安徽滁州市。

③ 林壑(hè 贺)——山林幽谷。

④ 蔚(wèi 卫)然而深秀——草木茂盛而又幽深秀丽的样子。

⑤ 琅(láng 郎)琊(yá 牙)——山名，在滁州西南约十里处。因东晋元帝司马睿为琅琊王时曾居此，故名。

⑥ 潺(chán 蝉)潺——流水声。

⑦ 酿泉——泉水很清，可以酿酒，故名。

⑧ 峰回路转——山势回环，路也随之转弯。

⑨ 翼然——如飞鸟展翅的样子，指亭子檐角翘起。　临——靠近。

⑩ 智仙——琅琊山琅琊寺中僧人。

⑪ 太守——汉代郡的最高行政长官，宋代州的长官称知州，这里用旧

称。 自谓——自称。

⑫ 辄(zhé 哲)——就。

⑬ 自号曰醉翁——欧阳修《赠沈遵》诗:"我时四十犹强力,自号醉翁聊戏客。"

⑭ 这两句说:观赏山水的乐趣,领会在心里而寄托在酒上。

⑮ 林霏(fēi 飞)——林中雾气。

⑯ 云归——烟云聚拢。 岩穴——山谷。 暝——昏暗。

⑰ 晦明变化——指早晚天气明暗的变化。

⑱ 野芳发——野花开放。

⑲ 秀——发荣滋长的意思。

⑳ 风霜高洁——天高气爽,霜色洁白。

㉑ 负者——背物或挑担的人。

㉒ 伛(yǔ 羽)偻(lǚ 吕)——弯腰曲背,指老年人。 提携——搀扶着的人,指小孩。

㉓ 洌(liè 列)——清澈的样子。

㉔ 山肴(yáo 摇)——野味。 野蔌(sù 素)——野菜。

㉕ 丝——弦乐器。 竹——管乐器。

㉖ 射者中(zhòng 众)——投壶的中了。射,投壶,古代酒席间一种游戏,以矢投壶,投中者胜。

㉗ 弈(yì 译)——围棋。

㉘ 觥(gōng 工)——用犀牛角做的酒杯。 筹——筹码,行酒令用以计饮酒杯数。

㉙ 颓然——精神不振的样子。本文形容酒后昏昏欲倒的醉态。

㉚ 阴翳(yì 意)——遮蔽成荫。

## 【解读】

庆历五年(1045),欧阳修因直谏遭贬,出知滁州。本篇即作于被贬的第二年。文章以"醉"、"乐"二字提挈全篇,通过对醉翁亭四周山水美景及其间人物活动的描绘,展现出一幅"官民同乐"的画图,反映了作者在滁期间既欢愉旷达又抑郁苦闷的复杂感情。

作者记醉翁亭,先从琅琊山落笔,自外而内,逐步推进;借释亭名直抒胸臆后，以"乐"字为主线，环环相扣，层层生发，脉络清晰，结构精巧。句式骈散相间，二十一个"也"字和二十四个"而"字的运用，使文章形成了回环往复的韵律，增强了抒情气氛。

本文语言概括精粹，富有表现力。朱熹说："欧公文亦多是修改到妙处。顷有人买得他《醉翁亭记》稿，初说滁州四面有山，凡数十字。末后改定，只曰'环滁皆山也'五字而已。"（《朱子语类》卷 139）

## 【点评】

《醉翁亭记》初成，天下莫不传诵，家至户到，当时为之纸贵。宋子京得其本，读之数过，曰："只目为《醉翁亭赋》，有何不可？"

——朱弁《曲洧旧闻》卷 3

记体独辟，通篇写情写景，纯用衬笔，而直追出"太守之乐其乐"句为结穴。当日政清人和，与民同乐景象，流溢于笔墨之外。

——唐介轩《古文翼》卷 7 庐陵集评语

从滁出山，从山出泉，从泉出亭，从亭出人，从人出名，一层一层复一层，如累叠阶级，逐级上去，节脉相生妙矣。尤妙在"醉翁之意不在酒"及"太守之乐其乐"两段，有无限乐民之乐意，隐见言外。若止认作风月文章，便失千里。——过珙《古文评注》评语卷 8

## 【今译】

环绕着滁州城的都是山。它西南面的几座山峰，树林和山谷特别优美。一眼望去郁郁葱葱、幽深秀丽的，是琅琊山。沿着山路走六七里，渐渐听到潺潺的流水声，从两座山峰之间倾泻而出的，那是酿泉。经过一段随着山势回环的山道，便有个四角翘起的亭子，像鸟儿展翅欲飞的样子，紧靠在酿泉边上，那就是醉翁亭了。建造这亭子的是谁？是山上的和尚智仙。给它取名的又是谁呢？是自称"醉翁"的那个太守。太守和他的宾客来这里饮酒，稍许喝一点儿就醉了，而且年纪又最大，所以给自己起了个别号叫"醉翁"。其实,醉翁的本意并不在酒上,而是在山山水水之间。游山玩水的乐趣,是领会在心里而又寄托在酒中的啊!

你看那太阳冉冉升起,山林中的雾气渐渐消散;烟云聚拢,岩洞里又显得昏暗。这种明亮和晦暗的交替变化,就是山中的黎明和黄昏啊!野花开放,发出清香;树木茂盛,深秀成荫;天高气爽,霜色洁白;溪水低落,岩石露出。这就是山中一年四季的景象啊!清晨进山,黄昏回来,四季的风景各不相同,那乐趣也是无穷无尽的啊!

至于背扛肩挑的人在路边欢唱,来去行路的人在树下休息,前面的人呼唤,后面的人答应,还有那驼背弓腰的老人,由大人挽着的小孩,来来往往络绎不绝的,都是滁州人在游览啊!到溪边钓鱼,溪水深,因此鱼也肥;用酿泉做酒,泉水清,因此酒也香;山里的野味、蔬菜,杂乱地摆在面前的,那是太守的筵席啊!宴饮酣畅的乐趣,并不在于音乐。投壶的中了,下棋的胜了,只见酒杯、酒筹交错杂陈,人们站起坐下大声喧闹,那是众宾客在尽情欢乐啊!其中有一个容颜苍老、头发斑白的老人,昏昏沉沉地倒在众人中间,那是太守醉了啊!

不久太阳下山了,只见人影散乱,那是宾客跟随太守回家去了。树林渐渐阴暗起来,阵阵鸟鸣声忽上忽下,那是游人走后鸟儿在欢乐地跳跃。然而禽鸟只知道山林的快乐,却不知道人的快乐;宾客们只知道跟随太守游玩的快乐,却不知道太守是把能使人快乐作为快乐的啊!醉了能同大家一起欢乐,醒后能用文章来叙述这些事情的,那是太守。太守是谁呢?就是庐陵人欧阳修啊!

## 丰乐亭记[①]

修既治滁之明年,夏,始饮滁水而甘[②]。问诸滁人,得于州南百步之近。其上则山,耸然而特立[③];下则幽谷[④],窈然而深藏[⑤];中有

文

159

清泉,潺然而仰出⑥。俯仰左右,顾而乐之⑦。于是疏泉凿石,辟地以为亭⑧,而与滁人往游其间。

滁于五代干戈之际⑨,用武之地也。昔太祖皇帝⑩,尝以周师破李景兵十五万于清流山下⑪,生擒其将皇甫晖、姚凤于滁东门之外⑫,遂以平滁。修尝考其山川⑬,按其图记⑭,升高以望清流之关,欲求晖、凤就擒之所,而故老皆无在者⑮。盖天下之平久矣。自唐失其政⑯,海内分裂,豪杰并起而争,所在为敌国者,何可胜数⑰?及宋受天命⑱,圣人出而四海一⑲。向之凭恃险阻⑳,刬削消磨㉑。百年之间,漠然徒见山高而水清;欲问其事,而遗老尽矣。

今滁介于江淮之间,舟车商贾㉒、四方宾客之所不至。民生不见外事,而安于畎亩衣食㉓,以乐生送死㉔。而孰知上之功德㉕,休养生息,涵煦百年之深也㉖。

修之来此,乐其地僻而事简,又爱其俗之安闲。既得斯泉于山谷之间,乃日与滁人仰而望山,俯而听泉。掇幽芳而荫乔木㉗,风霜冰雪㉘,刻露清秀㉙,四时之景,无不可爱。又幸其民乐其岁物之丰成,而喜与予游也。因为本其山川,道其风俗之美㉚,使民知所以安此丰年之乐者,幸生无事之时也。夫宣上恩德,以与民共乐,刺史之事也㉛。遂书以名其亭焉。

庆历丙戌六月　日㉜,右正言知制诰知滁州军州事欧阳修记㉝。

**【注释】**

①　丰乐亭——在今安徽滁县城西丰山北麓,是欧阳修被贬滁州后建造的。苏轼曾将这篇《丰乐亭记》书刻于碑。亭东有紫薇泉。

②　饮滁水而甘——作者《与韩忠献王(琦)书》:"山川穷绝,比乏水泉,昨夏秋之初,偶得一泉于州城之西南丰山之谷中,水味甘冷,因爱其山势回抱,构小亭于泉侧。"

③　耸然——高高矗立的样子。　特立——卓然而立。

④　幽谷——即紫薇谷。

⑤ 窈（yǎo 咬）然——幽暗深远的样子。

⑥ 滃（wěng 翁<sub>上声</sub>）——水势盛大的样子。 仰出——由下向上喷涌而出。

⑦ 顾——四面环视。

⑧ 辟地以为亭——《滁州志》引吕元中记："欧阳修谪守滁上，明年得醴泉于醉翁亭东南隅。一日，会僚属于州廨，有以新茶献者，公敕吏汲泉，未至而汲者仆出水，且虑后期，遽酌他泉以进。公已知其非醴泉也，穷问之，乃得他泉于幽谷山下。文忠博学多识而又好奇，既得是泉，乃作亭以临泉上，名之曰'丰乐'。"

⑨ 五代——指唐朝崩溃后相继建立在黄河流域的后梁、后唐、后晋、后汉、后周五个政权。

⑩ 太祖皇帝——指宋太祖赵匡胤，后周时任殿前都点检，领宋州归德军节度使，掌握兵权。公元960年发动陈桥兵变，即帝位。

⑪ 周师——指周世宗柴荣的部队。 李景——南唐中主，原名璟，避周庙讳改。

⑫ 皇甫晖、姚凤——两人都是南唐大将。周显德三年（956）春，周世宗征淮南，南唐将领皇甫晖、姚凤退保清流关（关在滁县西北清流山上，是江淮地区重要关隘）。

⑬ 考——考察、踏勘。

⑭ 按其图记——查索滁州的地理图书。

⑮ 故老——即下文之"遗老"，指经历过当时事件的人。

⑯ 失其政——政权衰落，失去统治力。

⑰ 何可胜（shēng 生）数——意为很多，数不完。胜，尽。

⑱ 受天命——古代帝王假托神权以巩固统治，故总是称受命于天。

⑲ 圣人——对帝王的尊称，此指宋太祖赵匡胤。 四海一——天下统一。

⑳ 向之凭恃险阻——指从前凭险割据一方的人。

㉑ 刬（chǎn 产）削消磨——被诛杀或老死。刬，即"铲"。

㉒ 商贾（gǔ 古）——商人。

㉓ 畎（quǎn 犬）亩——田地。畎，田间小沟。

㉔ 乐生送死——指过太平日子。《孟子·离娄》："养生者不足以当大事，

惟送死可以当大事。"乐生指乐于赡养父母,送死指为父母送终。

㉕ 上——皇帝。

㉖ 涵煦(xù序)——滋润覆育。这里颂扬宋王朝功德无量,养育万物。

㉗ 掇(duō多)——拾取,采取。掇幽芳指春,荫乔木指夏。

㉘ 风霜冰雪——指秋冬。这两句写丰乐亭四时景色,表现手法与《醉翁亭记》相同。

㉙ 刻露——写秋冬水落石出,草枯山现。

㉚ 这两句说:我因而描述这里的山水,称美这里的风俗。

㉛ 刺史——汉、唐时郡的主管官称太守,州的主管官称刺史,与宋的知州地位相等,故用为代称。

㉜ 庆历丙戌——庆历六年(1046)。

㉝ 右正言——宋代官名,掌规谏。 知制诰——唐宋时官名,掌起草制诰、诏令、敕书等文书。 知滁州军州事——即滁州知州。

【解读】

本文与《醉翁亭记》同为作者被贬滁州时所作。滁州在五代时兵连祸结,民不聊生,至宋统一才得以安定。与其他地方相比,宋朝立国后的近百年间,滁地因无战事,百姓得以休养生息,"民生不见外事,而安于畎亩衣食"。本篇以"丰乐"二字为文眼,通过今昔对比,颂扬宋太祖之功德。同时,又反复强调今日安定来之不易,希望人们居安思危。姚叔节曰:"宋代兵革不修,酿成积弱之祸,公盖预见及此,特言之以讽当世,足见经世之略,而文情抑扬吞吐,绝不轻露,所以为高。"(高步瀛《唐宋文举要》引)

【点评】

唐人喜言开元事,是乱而思治。此"丰乐"二字,直以五代干戈之滁,形今日百年无事之滁,是治不忘乱也。一悲一幸,文情各极。

——储欣《六一居士全集录》卷5

迄今读之,犹见升平景况跃跃纸上。古人往往于小题目中做出大文字,端非后人所能措手。若文之流动婉秀,云委波属,则欧

公得意之笔也。　　　——林云铭《古文析义》评语卷14

【今译】

　　我治理滁州的第二年，到了夏天，开始喝上滁县的泉水，觉得很甜美。向滁人打听泉水的出处，在州城南不到百来步的地方找到了。它的上面是丰山，耸然挺拔地矗立着；下面是紫薇谷，幽暗深远地隐藏着；中间有一股清泉，水从地下向上喷涌而出。看着这上下左右的景色，使人很高兴。于是疏通泉眼，开凿乱石，开辟出一块地方建造个亭子，与滁人一起来这里游赏。

　　滁州在五代战争频繁的时候，是一个用兵的地方。从前太祖皇帝曾经率领后周的部队，在清流山下打败南唐李璟的十五万大军，在滁城东门外活捉他的大将皇甫晖、姚凤，从而平定了滁州。我曾经考察滁州的山水，查阅了有关地图和记载，登上高处来瞭望清流关，希望找到皇甫晖、姚凤被俘获的地方。可是，当时的老人都不在世了，原来天下太平已经很久了啊！自从唐朝丢失政权，天下分裂，豪杰并起争夺天下，彼此成为敌国的，数也数不清。等到宋朝承受天命，太祖出来才统一了天下。从前凭借险阻割据一方的人物，都被铲除消灭。一百多年来，人们只安安静静地看到山峦高峻，流水清清，想询问当年的事情，而那些经历其事的老人都去世了。

　　现在滁州处在长江、淮水中间，是坐船乘车的商人、四面八方的宾客所不到的地方。百姓看不到外面发生的事情，安心于种田地、谋衣食，快活地度过一生；而又有谁知道皇上休养民力、增殖人口、一百多年的滋润养育的深恩呢？

　　我来到这里，喜欢这地方僻静而且公事简单，又喜欢它的风俗安闲。我已经在山谷里找到这道泉水，就天天跟滁人一起，或昂首观望山景，或低头倾听泉声。春天采摘清香的花草，夏天在大树的浓荫下休息，秋天起风下霜，冬天结冰落雪，春夏清爽秀丽，秋冬水落石出草枯山现，一年四季的景色，没有不可爱的。又幸好这里的百姓因年岁丰收而欣喜快乐，高兴跟我一起游乐。我因而根据当地的山水形胜,描述滁州的美好风俗,使百姓懂得他们之所以能够安适地享受这丰年的快乐,是因为幸运地生长在太平无事的时代啊! 宣扬皇上的恩德,同百姓共享欢乐,是知州的职分。于是写了这篇记,来为这个亭子命名。

庆历六年六月某日,右正言知制诰知滁州军州事欧阳修记。

# 真州东园记①

真为州,当东南之水会②,故为江淮、两浙、荆湖发运使之治所③。龙图阁直学士施君正臣、侍御史许君子春之为使也④,得监察御史里行马君仲涂为其判官⑤。三人者乐其相得之欢⑥,而因其暇日得州之监军废营以作东园⑦,而日往游焉。

岁秋八月⑧,子春以其职事走京师⑨,图其所谓东园者来以示予曰⑩:"园之广百亩⑪,而流水横其前⑫,清池浸其右⑬,高台起其北。台,吾望以拂云之亭⑭;池,吾俯以澄虚之阁⑮;水,吾泛以画舫之舟⑯。敞其中以为清宴之堂⑰,辟其后以为射宾之圃⑱。芙蕖芰荷之的历⑲,幽兰白芷之芬芳⑳,与夫佳花美木列植而交阴㉑,此前日之苍烟白露而荆棘也;高甍巨桷㉒,水光日景㉓,动摇而下上,其宽闲深靓㉔,可以答远响而生清风㉕,此前日之颓垣断堑而荒墟也㉖;嘉时令节,州人士女啸歌而管弦㉗,此前日之晦冥风雨、鼪鼯鸟兽之嗥音也㉘。吾于是信有力焉㉙。凡图之所载,盖其一二之略也。若乃升于高以望江山之远近㉚,嬉于水而逐鱼鸟之浮沉,其物象意趣、登临之乐㉛,览者各自得焉㉜。凡工之所不能画者,吾亦不能言也。其为我书其大概焉。"

又曰:"真,天下之冲也㉝。四方之宾客往来者,吾与之共乐于此,岂独私吾三人者哉? 然而池台日益以新,草树日益以茂,四方之士无日而不来,而吾三人者有时而皆去也,岂不眷眷于是哉㉞? 不为之记,则后孰知其自吾三人者始也?"

予以谓三君之材贤足以相济㉟，而又协于其职㊱，知所后先㊲，使上下给足㊳，而东南六路之人无辛苦愁怨之声㊴；然后休其余闲，又与四方之贤士大夫共乐于此。是皆可嘉也。乃为之书。

庐陵欧阳修记。

**【注释】**

① 真州——真州镇，即今江苏仪征县。

② 水会——水上交通的总汇。真州位于长江下游北岸，东临大运河，故称为东南水会。

③ 江淮、两浙、荆湖——都是宋代路一级的行政区域，此指长江中下游地区。　发运使——官名，指挥东南六路的转运使，掌东南粮食运输等事。　治所——官衙所在地。

④ 龙图阁直学士——龙图阁是宋代收藏太宗御书、典籍、图画、宝瑞等物的处所，直学士为所设的官名。　侍御史——官名，行监察等职。　为使——指任发运使。

⑤ 监察御史里行——御史中较低的一级官员。里行，非正官，无定员，有见习的性质。　判官——官名，地方长官的僚属。

⑥ 相得——意为关系契合、融洽。

⑦ 监军——官名，军中的监察官。唐和五代多由宦官担任，宋代不设此职。　废营——废去不用的营地。

⑧ 岁——指皇祐三年。

⑨ 以其职事走京师——因转运使的公事到开封。

⑩ 图——画。

⑪ 广——宽阔，指面积。

⑫ 前——古代衙门一般朝南，故多指南方。

⑬ 浸——这里有停蓄浸润的意思。　右——西方。

⑭ 望以拂云之亭——即在台上修一座拂云亭作眺望之用。

⑮ 俯以澄虚之阁——即在池上建一座澄虚阁来俯视池塘。

⑯ 泛——浮。　画舫——装饰华丽的游船。

⑰ 敞——开拓得宽广的意思。　清宴——清雅的宴会。

⑱ 射宾之圃——宾客戏射的场地。射，指射箭的游戏。

⑲ 芙蕖菱(jì 技)荷——都是指荷花。　的历——鲜明绚丽的样子。

⑳ 幽兰——兰花。　白芷(zhǐ 止)——一种香草。

㉑ 列植而交阴——成行地种植,荫影交叠。

㉒ 甍(méng 萌)——屋脊。　桷(jué 决)——方形的椽子。

㉓ 景——通"影"。

㉔ 靓(jìng 静)——通"静"。

㉕ 答远响而生清风——形容房宇宽敞高大,可以产生回声和清风。

㉖ 垣(yuán 原)——矮墙。　堑——壕沟。

㉗ 啸歌而管弦——放声歌唱,奏起乐器。

㉘ 晦冥——昏暗。　鼪(shēng 生)——黄鼠狼。　鼯(wú 吾)——鼯鼠。　噑(háo 豪)音——野兽的啼叫声。

㉙ 有力——指有力能改变环境。

㉚ 若乃——至于。

㉛ 物象——景物的形象、气象。

㉜ 自得——自己体会、感受。

㉝ 冲——要冲,交通枢纽。

㉞ 眷眷——顾念、爱恋。

㉟ 相济——互相补助、增益。

㊱ 协于其职——在工作中配合协调。

㊲ 知所后先——知道先办什么(指关心国计民生)和后办什么(指修建园林)。

㊳ 使上下给足——使官府百姓都富裕充足。

㊴ 东南六路——指上文提及的江、淮、两浙、荆、湖。　路——宋代的行政区域。


【解读】

本篇于皇祐三年(1051)作。记叙园林的文章,通常将重点放在对园林本身的规模格局、景物风光的描写上,而本文却以建东园为题,议论治民为政的道理,寄寓与民同乐的思想,可谓匠心别具。"铺叙今日为园之美,一一倒追未有之荒芜,更有情韵意态"(清刘大櫆《诸家评点古文辞类纂》评语卷54)。

【点评】

作游观之记,自当铺张景物。奈未经躬历,即据画图写去,何异泥塑木雕呆状?此特借许子春之口,件件数来,不但写得已画,并写得未画;不但写得已言,并写得亦言,即躬历亦不过此。此布局之巧也。末止用数语收束,却都是上文所有,其前后埋伏照应,无不浑成高绝。　　　　　　——林云铭《古文析义》评语卷14

未尝亲历其地,则于按图考言而得其景象,是文章虚者实之之法。其夺目处,在前以监军废营作案,以后处处回映,便觉文澜宕往,含蕴无穷。　　　　　——唐介轩《古文翼》卷7庐陵集评语

【今译】

真州正当东南水路的交汇之处,所以成了江淮、两浙、荆湖等路发运使的官府所在地。龙图阁直学士施正臣、侍御史许子春担任正副发运使时,监察御史里行马仲涂来任判官。这三位都为彼此的关系融洽而感到很高兴。他们利用闲暇的时间找到真州过去监军废营的旧址,改建成东园,每日去那里游览。

今秋八月,许子春因转运使的公事到开封,画了他们称作“东园”的图形给我看,说:“东园的面积约有一百亩,一条小河从它前面流过,西面有一汪清池,北面筑起了一座高台。台上,我们修了一座拂云亭用来眺望远方;池旁,我们建了一座澄虚阁用来俯视池塘;水上,我们泛起装饰华丽的游船。园的中部宽敞开朗,我们修建了一座清雅的宴会厅堂;园的后部开辟了一块供宾客戏射的场地。水面上荷花、荷叶艳丽鲜美,岸上幽兰、白芷散发出芳香,还有其他美丽的花草树木成排地种植着,荫影交叠。这便是过去荆棘丛生、一片烟雾白露的地方。高高的屋脊,巨大的飞檐,在日影水光里上下摇动,宽敞而又幽静,可以产生远远的回声与阵阵清风。这便是从前断墙破壁非常荒凉的地方。在美好的时节里,真州的男男女女,在园中奏起乐器,放声歌唱。这就是以前在昏暗风雨中只有黄鼬、鼫鼠、鸟兽嗥叫的地方。我们对这座园子的修建真是尽

了力啊! 那图上所画的只是园子的一点大概情况。至于登上高处,眺望远近的山河;在水中划船游乐,跟踪鱼儿游动和鸟儿飞翔,那无穷的景象和登临的乐趣,只有游览的人自己去体会了。凡是画工所不能画出的一切,我也不能用言语来表达。请给我们记述一个大概的轮廓吧!"

他又说:"真州是天下的交通要道,四方的宾客来到这里,我们可以同他们在此共同享受欢乐;难道仅仅是为了我们三个人吗?然而池台亭阁一天天地修饰更新,花草树木一天天地生长茂盛,四方的人士没有哪天不前来游览;而我们三人总有离开的时候,难道会不留恋这园子吗? 如果不给它写篇记,以后谁会知道这园子是我们三人开始经营修建的呢?"

我认为三位的才能道德可以互相补益,而且职事上又和谐融洽,知道应该先做什么,后做什么;他们先使官府百姓都富裕充足,东南六路的人都没有辛苦、忧愁的埋怨之声;然后在休息的空暇时间,又与各地来的贤明人士共同在东园欢乐。这是很值得赞赏的啊! 于是,我给他们写下了以上这些话。

庐陵欧阳修记。

# 相州昼锦堂记①

仕宦而至将相②,富贵而归故乡,此人情之所荣,而今昔之所同也。盖士方穷时,困厄闾里③,庸人孺子皆得易而侮之④。若季子不礼于其嫂⑤,买臣见弃于其妻⑥。一旦高车驷马,旗旄导前⑦,而骑卒拥后,夹道之人,相与骈肩累迹⑧,瞻望咨嗟⑨;而所谓庸夫愚妇者⑩,奔走骇汗⑪,羞愧俯伏,以自悔罪于车尘马足之间。此一介之士⑫,得志于当时,而意气之盛,昔人比之衣锦之荣者也⑬。

惟大丞相魏国公则不然⑭。公,相人也,世有令德⑮,为时名卿⑯。自公少时,已擢高科,登显仕⑰。海内之士,闻下风而望余光者⑱,盖亦有年矣。所谓将相而富贵,皆公所宜素有。非如穷厄之人,侥幸得志于一时,出于庸夫愚妇之不意,以惊骇而夸耀之也。然则高牙大纛⑲,不足为公荣;桓圭衮冕⑳,不足为公贵。惟德被生民而功施社稷㉑,勒之金石㉒,播之声诗㉓,以耀后世而垂无穷:此公之志,而士亦以此望于公也。岂止夸一时而荣一乡哉?

公在至和中㉔,尝以武康之节㉕,来治于相㉖,乃作昼锦之堂于后圃㉗。既又刻诗于石,以遗相人。其言以快恩仇、矜名誉为可薄㉘,盖不以昔人所夸者为荣,而以为戒。于此见公之视富贵为如何,而其志岂易量哉?故能出入将相㉙,勤劳王家㉚,而夷险一节㉛。至于临大事,决大义,垂绅正笏㉜,不动声气,而措天下于泰山之安㉝,可谓社稷之臣矣㉞!其丰功盛烈㉟,所以铭彝鼎而被弦歌者㊱,乃邦家之光㊲,非闾里之荣也。

余虽不获登公之堂,幸尝窃诵公之诗;乐公之志有成,而喜为天下道也㊳。于是乎书。

尚书吏部侍郎、参知政事欧阳修记。

**【注释】**

① 相州——今河南安阳市。　昼锦堂——韩琦知相州时在州署后园所盖的房屋,其命名本《汉书·项籍传》"富贵不归故乡,如衣锦夜行",后人反其意,因谓富贵还乡为昼锦。

② 仕宦——做官。

③ 困厄——困苦。　闾里——乡里。

④ 易——轻视。

⑤ 季子不礼于其嫂——《战国策》记苏秦游说秦王不成,"归至家,妻不下纴,嫂不为炊,父母不与言"。季子,苏秦字。

⑥ 买臣见弃于其妻——《汉书·朱买臣传》记朱买臣起初家贫,以卖柴为生,其妻不能安贫而离去。

⑦ 旄(máo 矛)——古时旗杆头上用旄牛尾作的装饰;也指有这种装饰的旗。

⑧ 骈(pián 片阳平)肩累迹——肩并着肩,足迹叠着足迹,表示人多

拥挤。

⑨ 咨(zī资)嗟(jiē接)——赞叹。

⑩ 庸夫愚妇——《战国策》和《汉书》分别记载了苏秦及朱买臣显达后,苏嫂、朱妻俯伏相迎之事。这里泛指势利小人。

⑪ 骇汗——因恐惧而出汗。

⑫ 一介——一个。有自谦或轻视之意。

⑬ 衣锦之荣——富贵之后回故乡的荣耀。

⑭ 大丞相魏国公——指韩琦。丞相,即宰相;"大"是尊称。

⑮ 令德——美好的德行。

⑯ 名卿——韩琦父韩国华,真宗朝任谏议大夫。

⑰ 已擢(zhuó浊)高科——韩琦于天圣年间(1027年左右)举进士第二,时年仅二十岁左右。 显仕——显贵的官位。

⑱ 闻下风——犹言甘拜下风。下风,喻下位。 余光——多余之光,语出《史记·甘茂传》,泛指给人恩惠。

⑲ 高牙大纛(dào到)——用象牙装饰竿子的大旗。

⑳ 桓圭——周礼表示最高爵秩的标记物。 衮冕——官员的礼服礼帽。这里的桓圭衮冕泛指高级官员的服饰。

㉑ 被——覆盖。 生民——人民。

㉒ 勒之金石——把功德刻在钟鼎碑碣之上。勒,刻。

㉓ 播之声诗——通过乐歌传扬功德。播,传扬。

㉔ 至和——宋仁宗年号(1054—1056)。

㉕ 武康之节——武康军节度使。武康,地名,在今浙江北部。

㉖ 来治于相——至和二年(1055)二月,韩琦以武康军节度使身份作相州知州。

㉗ 后圃(pǔ普)——园地。

㉘ 以快恩仇、矜名誉为可薄——以报恩泄怨、炫耀名誉为可鄙。韩琦《昼锦堂》诗:"所得快恩仇,爱恶任骄猖。其志止于此,士固不足羡。兹予来旧邦,意弗在矜炫。"

㉙ 出入将相——即出则为将,入则为相。将为武官之高者,在朝外;相为文官之高者,在朝内,故云"出入"。

㉚ 勤劳王家——有功于王室。

㉛ 夷险一节——无论是平安还是险恶,都不改常度。夷,平;险,难。

㉜ 绅——衣带。 笏(hù户)——古代大臣上朝时所执手板,用以记事。垂绅正笏,形容臣下对皇帝恭敬肃立的样子。

㉝ 措——处置。

㉞ 社稷之臣——国家栋梁的意思。

㉟ 烈——功业。

㊱ 铭彝鼎——即上文"勒之金石"的意思。铭,刻铭。 被弦歌——即上文"播之声诗"的意思。被(pī披),分散,引申为传扬。

㊲ 邦家——国家。

㊳ 道——说。


**【解读】**

韩琦(1008—1075),字稚圭,是北宋历仁宗、英宗、神宗三朝的重臣,累封仪、卫、魏三国公。执政多年,参与了宋王朝一系列重大决策,是庆历新政的支持者。曾与范仲淹同抗西夏,并称"韩范"。至和年间,任故乡相州知州,修建了"昼锦堂"。

本篇作于英宗治平二年(1065),是为昼锦堂撰写的记文。欧阳修一反衣锦还乡、光宗耀祖的传统观念,提出高牙大纛不足荣,桓圭衮冕不足贵,真正可垂耀后世的是为国为民建功立业,文章立意显然高于韩琦《昼锦堂》诗。本文曾被誉为"天下文章,莫大于是"(吴楚材 吴调侯《古文观止》引)。

**【点评】**

文字委曲,善于形容。 ——楼昉《崇古文诀》卷18

以史迁之烟波,行宋人之格调。昼锦题本一俗见,而欧阳公却于中寻出第一层议论发明。古之文章家,地步如此。

——茅坤《唐宋八大家文钞·欧阳文忠公文钞》评语卷20


**【今译】**

做官做到将相,富贵之后返回故乡,这从人情上来说是很光荣的，从古到今都是如此啊，大概士人在仕途不通的时候困居于乡里，那些平庸之辈甚至小孩，都能够轻视欺侮他。就像苏秦受到他嫂嫂的无礼冷遇，朱买臣被他的妻子嫌弃一样。可是，一旦他们坐上华贵的大车，旗帜在前面导引，骑兵在后面簇拥着，道路两旁的人并肩继踵仰望，赞叹不已。而那些庸夫愚妇，恐惧奔跑，汗水淋漓，羞愧地跪在地上，在大车扬起的灰尘和骏马的足迹之间不停地懊悔请罪。这就是一个平凡的士人，在得意之时意气洋洋的盛况，过去人们把它比作衣锦荣归。

只有大丞相魏国公却不是如此。魏国公是相州人，先祖世代有美德，曾是当时有名的公卿。魏国公年轻时就已考中高等的科第，当了大官；天下的士人，闻风下拜，希望一瞻丰采，大概也有多年了。所谓做将相，获得荣华富贵，都是魏国公平素就应有的。不像那些困厄的士人，靠侥幸得志于一时一事，出乎平庸男子和愚昧妇人的意料之外，从而以惊骇的目光，夸耀成了不起的样子。如此说来，高车大旗，不足以显示他的荣耀；玉圭官服，也不足以表现他的高贵。只有用恩德施于百姓，使功勋延及国家，让这些都铭刻在钟鼎、石碑上，播诵在乐章、诗歌里，使荣耀传于后世而无穷无尽，这才是他的志向，士人也以此寄希望于他啊！难道只是为了夸耀一时、荣耀一乡吗？

魏国公在至和年间，曾经以武康节度使的身份来治理过相州，于是在后园里修建了"昼锦堂"。后来又在石碑上刻诗，赠送给相州的百姓。诗中认为，那种以计较恩仇为快事，以沽名钓誉而自豪的行为是可耻的；不把前人所夸耀的东西当作光荣，却以此为鉴戒。由此可以看到他是怎样看待富贵的了！他的志向难道能轻易地衡量吗？因此，他能够出将入相，辛勤劳苦地为王室办事，而无论平安和艰险时气节始终如一。至于遇到重大事件，决定重大问题，都能衣带齐整，执笏端正，不动声色，把国家治理得像泰山一样的安稳，真可称得上是国家的栋梁之臣了！他的丰功伟绩，因此而被铭刻在钟鼎之上，传播在弦歌声中，这是国家的光荣，不仅仅是一乡一里的光荣啊！

我虽然没有获得登上魏国公昼锦堂的机会，却荣幸地曾经私下诵读了他的诗歌，为他的大志实现而高兴，并且乐于向天下宣传、叙述，于是写了这篇文章。

尚书吏部侍郎、参知政事欧阳修记。


# 秋 声 赋

欧阳子方夜读书①，闻有声自西南来者，悚然而听之②，曰：异哉！初淅沥以萧飒③，忽奔腾而砰湃④，如波涛夜惊，风雨骤至。其触于物也，铮铮铮铮⑤，金铁皆鸣；又如赴敌之兵，衔枚疾走⑥，不闻号令，但闻人马之行声。余谓童子："此何声也？汝出视之！"童子曰⑦："星月皎洁，明河在天⑧，四无人声，声在树间。"

余曰："噫嘻悲哉⑨！此秋声也，胡为而来哉⑩？盖夫秋之为状也⑪：其色惨淡⑫，烟霏云敛⑬；其容清明，天高日晶⑭；其气栗冽⑮，砭人肌骨⑯；其意萧条，山川寂寥⑰。故其为声也：凄凄切切，呼号愤发。丰草绿缛而争茂⑱，佳木葱茏而可悦⑲；草拂之而色变⑳，木遭之而叶脱；其所以摧败零落者，乃其一气之余烈㉑。夫秋，刑官也㉒，于时为阴㉓；又兵象也，于行用金㉔；是谓天地之义气㉕，常以肃杀而为心㉖。天之于物，春生秋实㉗。故其在乐也，商声主西方之音㉘，夷则为七月之律㉙。商，伤也㉚，物既老而悲伤；夷，戮也㉛，物过盛而当杀㉜。"

"嗟乎！草木无情，有时飘零。人为动物，惟物之灵㉝，百忧感其心，万事劳其形，有动于中，必摇其精㉞。而况思其力之所不及，忧其智之所不能，宜其渥然丹者为槁木㉟，黟然黑者为星星㊱；奈何以非金石之质，欲与草木而争荣㊲？念谁为之戕贼㊳，亦何恨乎秋声㊴？"

童子莫对㊵，垂头而睡。但闻四壁虫声唧唧，如助余之叹息。

**【注释】**

① 欧阳子——作者自称。 方——正。

② 悚(sǒng 耸)然——惊惧的样子。

③ 淅(xī 西)沥(lì 历)——雨声。 萧飒(sà 萨)——风声。

④ 砰(pēng 烹)湃(pài 派)——波涛声。

⑤ 鏦(cōng 匆)鏦铮(zhēng 争)铮——金属器物相撞击的声音。

⑥ 衔枚——古时行军,令士兵口中横衔一种形如筷子的小棒,防止讲话、喧哗,以保守行军的秘密。

⑦ 童子——指家中幼仆。

⑧ 明河——银河。

⑨ 噫嘻悲哉——宋玉《九辩》:"悲哉,秋之为气也! 萧瑟兮草木摇落而变衰。"噫嘻,感叹词。

⑩ 胡为——同"何为",即为何。

⑪ 盖夫(fú 扶)——发语词。 状——景状。

⑫ 惨淡——暗淡无色。

⑬ 烟霏云敛——烟云飘散聚合。

⑭ 晶——光亮。

⑮ 栗(lì 力)冽(liè 列)——形容寒气逼人。

⑯ 砭(biān 边)——古代治病用的石针,这里是"刺"的意思。

⑰ 寂寥(liáo 聊)——空旷寂静。

⑱ 缛(rù 入)——繁茂。

⑲ 葱(cōng 匆)茏(lóng 龙)——草木青翠茂盛的样子。 可悦——可爱。

⑳ 色变——指草由青变为枯黄。

㉑ 一气——秋气。 余烈——余威。

㉒ 刑官——因秋主肃杀,所以古代以秋指刑官及兵象。刑官则名秋官。

㉓ 于时为阴——以阴阳配合四时,春夏属阳,秋冬属阴。

㉔ 于行用金——以五行(金、木、水、火、土)分配四时,秋天属金。行,五行。

㉕ 天地之义气——天地间的严凝之气。《礼记·乡饮酒义》:"天地严凝之气,始于西南,而盛于西北,此天地之尊严气也,此天地之义气也。"由西南方

至西北方,属秋的方位。

㉖ 常以肃杀而为心——常以摧残万物为其目的。肃杀,严厉摧残,一般用以形容草木枯落的天气。 心——用心。

㉗ 春生秋实——春天生长,秋天结实。

㉘ 商声主西方之音——古人用五音(宫、商、角、徵、羽)分配四时,秋天为商声,西方是秋天的方位。

㉙ 夷则为七月之律——古人把十二律(黄钟、大吕、太簇、夹钟、姑洗、仲吕、蕤宾、林钟、夷则、南吕、无射、应钟)分配于十二个月,七月正对第七律夷则。律,即乐调。

㉚ 商,伤也——这是以同音字解释“商”的字义。

㉛ 夷,戮也——这是以同义字解释“夷”字。

㉜ 杀——衰残。以上六句作者解释商、夷二字,用以说明草木摧败零落是自然之理。

㉝ 惟物之灵——人为万物之灵。

㉞ 这两句说:心中有所触动,精神上必定受到影响。摇,摇落、消耗。精,精力、精神。

㉟ 渥(wò 沃)然丹者——指红润的容颜。 槁木——枯木。

㊱ 黟(yī 依)然——黑色的样子。 星星——喻白发。

㊲ 这两句说:人既无金石般经久不磨的质地,怎么能与草木一样去争得常青永驻的繁荣? 奈何,怎么。

㊳ 戕(qiāng 腔)贼——伤害。

㊴ 亦何恨乎秋声——意为人的衰颓是被忧思折磨的结果,与秋声并无关系。

㊵ 莫对——不知所答。

【解读】

　　本篇作于嘉祐四年(1059),时欧阳修五十三岁。尽管嘉祐以来其官位不断升迁,但由于政治上不能有所作为,因此思想十分苦闷,诗文中时常流露出衰病无能的感慨。“思其力之所不及,忧其智之所不能”,“奈何以非金石之质,欲与草木而争荣”,即是这种郁闷心情的反映。

本文为宋代文赋中的名篇。作者通过层叠而出的比喻——风雨、波涛、金属相击及行军时的声音,将无形的秋声描绘得形象生动,宛然可见;对秋天的萧飒景象也极尽渲染之能事,颇具艺术感染力。全篇韵散相间,杂以骈偶,多用问答,行文活泼。文后发挥老庄哲学中清心寡欲、养生全命的思想,寓有作者对政治生涯的深沉感慨。

## 【点评】

　　借景言情,不徒以赋物为工。而感慨悲凉中,寓警悟意,洵堪令人猛省。　　　　　　　——余诚《古文释义》卷8

　　秋声本无可写,却借其色、其容、其气、其意,引出其声。一种感慨苍凉之致,凄然欲绝。末归到感心劳形,自为戕贼,无时非秋,真令人不堪回首。　　　　——过珙《古文评注》评语卷8

　　首一段摹写秋声,工而切矣,却不放出"秋"字,于空中想象形容,此实中带虚之法也。次段先就童子口中摹写一番,然后接出秋声,振起全篇,此文家顿挫摇曳之法也。三段实写"声"字,却不径就"声"字说,先用"其色"、"其容"、"其气"、"其意"等作陪,此四面旁衬之法也。四段就"秋"字发挥,即带起下段,此前后相生法也。五段是作赋本旨,末段是用小波点缀,收束前后感慨,尤见情文绝胜。　　　　　　——朱宗洛《古文一隅》评语卷下

## 【今译】

　　我正在夜间读书,听到有声音从西南方传来。我惊惧地细听着,自言自语地说:"奇怪啊!"开始时像淅沥的雨声,夹杂着呼啸的风声;忽而又呼啸奔腾,汹涌澎湃,好像夜间波涛翻滚,风雨突然来到。它撞在物体上,叮叮当当地作响,像金属铁器发出了撞击的声音;又像杀向敌人的战士,口含木枚飞奔,听不到号令,只听到人马的脚步声。于是我问书童:"这是什么声音呀? 你出去看看。"书童回来说:"星月明亮皎洁,银河高挂在天空,四处没有人声,声音来

自树林中间。"

我说:"唉呀,悲伤啊! 这就是秋天的声音。它怎么产生的呢? 大概秋天呈现出来的景象:它的颜色惨淡,烟雾浓云全都收敛;它的容貌清洁明亮,天高气爽,阳光灿烂;它的气候寒冷凛冽,刺人肌骨;它的意境冷落萧条,山河寂寞空旷。所以,它发出的声音,凄凉哀切,时而又像呼号发怒。当秋天还没有到来的时候,青草碧绿茂盛欣欣向荣,美好的树木郁郁葱葱令人喜爱。可是秋天一到,花草被秋风掠过就要改变颜色,树木遇着它叶子就要脱落。它所以能使花草树木摧折、衰败和零落的原因,乃是秋天的余威造成的啊! 秋天,是刑官执行刑罚的季节,在四时之中是属阴的;它又是杀伐的象征,在五行之中是属金的。这就是天地的肃杀之气,经常把严厉的摧残作为主旨。上天对于万物,让它们春天生长,秋天结实。所以,表现在音乐方面,'五音'中的商音代表西方声律,'十二律'中的夷则是七月的声律。'商',就是悲伤的意思,万物既已衰老,就有悲伤的情绪;'夷',就是杀戮的意思,万物过于繁盛,就应当衰败凋零。"

"唉! 草木是无情之物,尚有飘零之时;人是动物,而且是动物之中最有灵性的。百般忧愁触动人的内心,万件事情劳累人的形体。内心受到震动,必然会损伤他的精神。何况人们还往往要考虑那些自己力量做不到,担心那些自己智力达不到的事情呢! 这样一来,人们的红颜就会很快变成枯木,乌黑的头发会忽然化作白发苍苍。为什么要拿自己并非金石那样坚硬的体质,去和草木争荣斗盛呢? 既然如此,就想一想是谁折磨自己的吧,又何必去怨恨秋声呢?"

书童没有回答,低着头睡着了。只听到墙壁四周虫声唧唧,好像在陪伴着我不停地叹息。

## 黄梦升墓志铭

予友黄君梦升,其先婺州金华人①,后徙洪州之分宁②。其曾祖讳元吉③；祖讳某，父讳中雅，皆不仕。黄氏世为江南大族。自其祖父以来，乐以家赀赈乡里④，多聚书以招四方之士。梦升兄弟皆好学，尤以文章意气自豪。予少家随⑤，梦升从其兄茂宗官于随；予为童子，立诸兄侧，见梦升年十七八，眉目明秀，善饮酒谈笑。予虽幼，心已独奇梦升。

后七年，予与梦升皆举进士于京师。楚升得丙科⑥，初任兴国军永兴主簿⑦，怏怏不得志⑧，以疾去⑨。久之，复调江陵府公安主簿⑩。时予谪夷陵令⑪，遇之于江陵。梦升颜色憔悴，初不可识。久而握手嘘嚱⑫，相饮以酒，夜醉起舞，歌呼大噱⑬。予益悲梦升志虽衰而少时意气尚在也。

后二年，予徙乾德令⑭，梦升复调南阳主簿⑮，又遇之于邓间⑯。常问其平生所为文章几何，梦升慨然叹曰："吾已讳之矣！穷达有命，非世之人不知我，我羞道于世人也。"求之，不肯出。遂饮之酒。复大醉起舞歌呼，因笑曰："子知我者。"乃肯出其文。读之，博辩雄伟，其意气奔放犹不可御。予又益悲梦升志虽困而独其文章未衰也。

是时，谢希深出守邓州⑰，尤喜称道天下士。予因手书梦升文一通⑱，欲以示希深。未及，而希深卒，予亦去邓。后之守邓者皆俗吏，不复知梦升。梦升素刚，不苟合，负其所有⑲，常怏怏无所施⑳，卒以不得志死于南阳。

梦升讳注㉑，以宝元二年四月二十五日卒，享年四十有二。其平生所为文，曰《破碎集》、《公安集》、《南阳集》，凡三十卷。娶潘氏，生四男二女，将以庆历四年某月某日葬于董坊之先茔㉒。其弟渭泣而来告曰："吾兄患世之莫吾知㉓，孰可为其铭㉔？"予素悲梦升者，因为之铭曰：

予尝读梦升之文，至于哭其兄子庠之词，曰："子之文章，电激雷震；雨雹忽止，阒然灭泯㉕。"未尝不讽诵叹息而已。嗟夫梦升，曾不及庠㉖！不震不惊，郁塞埋藏㉗。孰与其有，不使其施㉘？吾不知所归咎㉙，徒为梦升而悲。

**【注释】**

① 婺(wù 勿)州金华——今浙江金华市。

② 徙(xǐ 喜)——迁移。 洪州分宁——今江西修水县。

③ 曾祖——黄梦升曾祖曾官著作佐郎,知分宁县,兼为楚兵马副使。

④ 家赀(zī 资)——家中财产。赀,同"资"。赈(zhèn 镇)——救济。

⑤ 予少家随——欧阳修四岁丧父,时叔父欧阳晔任随州推官,因随母徙家于随。

⑥ 丙科——宋代进士考试根据中试者的才思文理分为五等,此指第三等。

⑦ 兴国军永兴——今湖北阳新县。 主簿——次于县令的官吏,负责文书簿籍等事。

⑧ 怏(yàng 样)怏——不满意,不服气。

⑨ 以疾去——称病辞职。

⑩ 江陵——府治在今湖北江陵县。 公安——今湖北公安县,宋时属江陵府。

⑪ 时予谪夷陵令——景祐三年(1036),欧阳修因范仲淹被贬事指斥司谏高若讷,被降职为夷陵县令。

⑫ 嘘(xū 虚)嚱(xī 希)——叹息声。

⑬ 大噱(jué 决)——大笑。

⑭ 乾德——今湖北光化县。

⑮ 南阳——今河南南阳市,当时属邓州。

⑯ 邓——邓州,今河南邓县。

⑰ 谢希深——谢绛,字希深,欧阳修在洛阳时的诗友。谢于宝元二年(1039)二月由知制诰出守邓州,十一月死于邓州,黄梦升是谢绛的下属。

⑱ 一通——一篇。

⑲ 负——倚恃。

⑳ 怏怏无所施——心情忧郁,不能施展才能。

㉑ 梦升讳注——黄梦升,名注,人死后书其名,名前称"讳",以示尊敬。

㉒ 先茔(yíng 迎)——祖先的坟地。

㉓ 莫吾知——即莫知吾,无人了解我。

㉔ 孰——谁。 铭——指墓志铭最后一段铭文。

㉕ 这四句是黄梦升哀挽其侄子黄庠的诗。黄庠作文精赡,在国子监、贡院考试中均名列第一,一时声名显赫;及参加殿试,病重不能执笔,不久即去世,故作此言。 阒(qù 去)然——寂静。

㉖ 曾不及庠——这是说黄注的遭遇还不如黄庠。

㉗ 郁塞——忧愁不得志。

㉘ 这两句说:是谁赋予他的才华,却又不让它得以施展?

㉙ 归咎(jiù 究)——指造成黄梦升怀才难施的原因、过失所在。

## 【解读】

黄梦升为北宋文学家黄庭坚的七叔祖,是欧阳修童年时欹慕的朋友。作者通过记叙与黄梦升的三次会面,刻画了一位才华出众,但屈居下位、穷愁潦倒的知识分子形象。由于作者所描写的醉舞歌呼大笑等生活场面,对比鲜明,生动典型,因此,黄梦升的形象栩栩如生,人物的内心世界揭示得也十分充分。文章感情恳挚,尤其是铭文部分以“悲”字作结,情感色彩浓烈。文末提出“吾不知所归咎”的疑问,意味深远。

## 【点评】

“尤以文章意气自豪”,通篇以此四字为眼目。

——何焯《义门读书记》欧阳文忠公文下卷

欧公叙事之文,独得史迁风神。此篇遒宕古逸,当为墓志第一。 ——刘大櫆《诸家评点古文辞类纂》评语卷46

## 【今译】

我的朋友黄梦升,他的祖先是婺州金华人,后来迁到洪州分宁。曾祖黄元吉,祖父黄某,父亲黄中雅,都没有做官。黄家世代都是江南大族。从他祖父以来,都乐于用家财救济乡邻,购置汇集了很多图书来招揽各地的读书人。梦升兄弟都很好学,特别对自己的文章和气魄感到自豪。我年幼时家住在随州,梦升跟随他做官的哥哥黄茂宗也住在随州；我当时还是孩童，站立在各位兄长的旁边，见梦升年纪十七八岁眉清目秀，喜欢饮酒谈笑。我虽然年纪小，但心中已经只有佩服梦升。

七年后，我与梦升都在京城考中进士。梦升中丙科，开始担任兴国军永兴县主簿，总觉抑郁不得志，因病离职。过了很久，他又调为江陵府公安县主簿。当时，我被贬为夷陵县令，在江陵与他相遇。梦升面色憔悴，初见面简直认不出来。过了一会儿才相互握手叹息，一起饮酒。深夜，他喝醉了酒，起舞高歌大笑。梦升志向虽受挫折，但年轻时的昂扬意气依然存在，我更为他悲伤。

两年后，我调任乾德县令，梦升又调任南阳主簿，我们又在邓州相遇。我曾经问他一生写了多少文章，梦升感慨叹息说："我已经回避这件事了！困穷和发达是命运决定的，并非世上的人不了解我，而是我羞于向世上的人讲这一切。"我向他要文章看，他也不肯拿出来，于是请他喝酒。他又喝得大醉，手舞足蹈，放声高歌，随之笑着说："您是了解我的。"这才肯拿出文章来。我读了以后，只觉得广博善辩，文势雄伟，意气奔放，有一股不可抵御的力量。我又更加为梦升困厄受挫，但文章却没有衰败而感伤。

当时，谢希深作邓州知州，特别喜欢表彰天下的人才。我于是亲手抄写了梦升的一篇文章，想给希深看看。但没来得及希深就去世了，我也离开了邓州。后来作邓州知州的人都是平庸之辈，不再了解梦升。梦升素向秉性刚直，不随便讨好人，倚恃自己有才华，但经常心情忧郁，无法施展才能，终于因不得志死在南阳。

梦升名注，于宝元二年四月二十五日去世，享年四十二岁。他平生所写文章被编为《破碎集》、《公安集》、《南阳集》，共三十卷。娶潘氏为妻，家有四个男孩两个女孩，他家属准备在庆历四年某月某日把他葬到董坊先人的墓地。他弟弟黄渭哭着前来对我说："我哥哥担心世人不了解他，除了你，谁可以为他作墓志铭呢？"我向来就是同情怜爱梦升的，因而为他写了以下的铭文：

我曾经读过梦升的文章，看到他为痛哭侄儿黄庠写的悼词说：

"你的文章,如雷光闪耀,雷霆震怒;又像暴雨冰雹,忽然停止,寂静无声。"我读到这几句,总是反复吟诵,叹息不止。唉,梦升!你的遭遇还不如侄儿黄庠。你的文章还没有震惊世人,便忧郁地死去。谁赋予你才能,却又不让它得以施展?我不知归罪于谁,只能为你而悲伤!

## 祭石曼卿文

维治平四年七月日①,具官欧阳修②,谨遣尚书都省令史李歊③,至于太清④,以清酌庶羞之奠⑤,致祭于亡友曼卿之墓下,而吊之以文,曰:

呜呼曼卿!生而为英⑥,死而为灵⑦。其同乎万物生死,而复归于无物者,暂聚之形⑧;不与万物共尽,而卓然其不朽者⑨,后世之名。此自古圣贤,莫不皆然;而著在简册者⑩,昭如日星⑪。

呜呼曼卿!吾不见子久矣,犹能仿佛子之平生⑫。其轩昂磊落⑬,突兀峥嵘⑭,而埋藏于地下者,意其不化为朽壤,而为金玉之精⑮;不然,生长松之千尺,产灵芝而九茎⑯。奈何荒烟野蔓,荆棘纵横,风凄露下,走磷飞萤⑰?但见牧童樵叟,歌吟而上下⑱,与夫惊禽骇兽,悲鸣踯躅而咿嘤⑲。今固如此,更千秋而万岁兮⑳,安知其不穴藏狐貉与鼯鼪㉑?此自古圣贤亦皆然兮,独不见夫累累乎旷野与荒城㉒!

呜呼曼卿!盛衰之理㉓,吾固知其如此;而感念畴昔㉔,悲凉凄怆,不觉临风而陨涕者㉕,有愧乎太上之忘情㉖!尚飨㉗!

【注释】

① 维——发语词。 治平四年——公元 1067 年。治平,北宋英宗(赵曙)年号(1064—1067)。当年正月英宗已逝世,神宗即位,尚未改元。

② 具官——唐宋以来,在公文函牍或其他应酬文字的底稿上,常把应写

明的官爵品级简写为"具官"。欧阳修时任观文殿学士兼刑部尚书,知亳州(今安徽亳县一带)。

③ 尚书都省——即尚书省,管理全国行政的官署。　令史——管理文书工作的官。　敭——读 yáng(扬)。

④ 太清——地名,石延年死后葬于永城县(今河南商丘东南,宋属亳州)太清乡。

⑤ 清酌——祭祀用的清酒。　庶羞——指各种佳肴。庶,品多;羞,美肴。　奠——祭品。

⑥ 英——杰出的人才。

⑦ 灵——神灵。

⑧ 暂聚之形——古人认为万物都由"气"凝聚而成,"气"散则形体不复存在。形,形体,指人的肉体。

⑨ 卓然——超群出众的样子。

⑩ 简册——史书。简,古代用来写字的竹板。

⑪ 昭——明亮。

⑫ 仿佛——约略想象得出的意思。

⑬ 轩(xuān 宣)昂——气度不凡。　磊落——心地坦率光明。

⑭ 突兀(wù 务)——高而不平。　峥嵘——高峻的样子。突兀峥嵘,此指石曼卿人品高尚,才能出众。

⑮ 精——精华。

⑯ 灵芝——一种药用植物,古人把它视为瑞草。　九茎——古代以九为极数,所以九茎灵芝尤其珍贵。

⑰ 走磷——飘动的磷火,俗称"鬼火"。

⑱ 上下——来往。

⑲ 踟(zhí 直)蹰(zhú 竹)——徘徊不前。　呷(yī 依)嘤(yīng 英)——鸟兽啼叫声。

⑳ 兮(xī 西)——相当于语气词"啊"。

㉑ 貉(hé 禾)——一种像狐狸的野兽,也叫狸。　鼯(wú 吾)鼪(shēng 生)——均为鼠类,此指黄鼠狼。

㉒ 独不见——岂不见。　累累——重叠相连的样子。　荒城——此处指荒凉的坟墓。

㉓ 盛衰——此指人的生存和死亡。

㉔ 畴(chóu 愁)昔——从前。

㉕ 陨(yǔn 允)涕——落泪。

㉖ 太上之忘情——《世说新语·伤逝》：晋朝人王衍死了儿子，山简去慰问，见他悲痛欲绝，就劝他不要过于哀伤。王衍回答说："圣人忘情，最下不及情，情之所钟，正在我辈。"太上，至高无上的人，圣人。忘情，不为喜怒哀乐动感情，旧时以为最高的修养。

㉗ 尚飨(xiǎng 乡)——祭文中常用的结语，希望死者来享用祭品之意。

## 【解读】

石曼卿(994—1041)，名延年，宋城(今河南商丘市)人。为文劲健，工诗善书，且又知兵，当时有"天下奇才"之誉。一生潦倒失意，使他愤世嫉俗，寄情于酒。本文为作者在石曼卿死后二十六年写的一篇悼念祭文。

这篇祭文既不写亡友生前之事，也不写自己与亡友的交往之情，而采用实景与虚想、现实和意愿相交织的笔法，将曼卿杰出的才华与不合理的现实进行形象化的对照，意蕴丰富，感慨深沉。文中三次强烈的呼告及曼卿墓地满目凄凉的情景，为全篇平添了低回凄咽的情调。除引言外，祭文采用韵文形式，读来倍感音节悲哀，文情浓至。清储欣称此文："'奇'字为骨，又用'盛'、'衰'二字生情，文亦疏宕有奇气。"(《唐宋八大家类选》评语卷2)

## 【点评】

篇中三提曼卿：一叹其声名，卓然不朽；一悲其坟墓，满目凄凉；一叙己交情，伤感不置。文亦轩昂磊落、突兀峥嵘之甚。

——吴楚材　吴调侯《古文观止》评语卷10

首段决其名之必传，所以慰死者；中段写死后之凄凉，所以悲死者；结处紧承中段，回环首段，结出自己思念之诚，知其用意固重在中一段也。此文妙处，总在转换处、顿束处及开宕处见精神，故

尺幅中有排宕百折之妙。　　——朱宗洛《古文一隅》评语卷下

治平四年七月某日，具官欧阳修，谨派尚书令史李歊，来到太清乡，用清酒和各种佳肴作祭品，在亡友曼卿的墓前祭奠，并以此文来吊唁，文云：

唉，曼卿！你生前是英杰，死后为神灵。那和万物同样由生到死，最后回归于无物的，是暂时凝聚的形体；那不和万物一起消亡，而超然出众、永远不朽的，是流传于后世的美名。这是从古以来的圣人贤士，没有一个不是这样的；那史册上记载着他们的姓名，明亮得好像日月星辰。

唉，曼卿！我已经很久没见到你了，但还是能记得你平日的容貌神情。你气度非凡，心地光明，品德高尚，才能超群，因而那埋藏在地下的形体想来不会化成腐土，而会变成金玉般的精英。如果不是这样，也会生长出千尺高的松树，培育出最珍贵的九茎灵芝。为什么荒原里烟雾弥漫，墓地上蔓草丛生，荆棘纵横，风声凄厉，露水零零，磷火飘忽，萤虫飞行？只见到放牧的儿童、砍柴的老人，唱着山歌在墓间来来往往，还有那受惊的飞禽走兽徘徊悲鸣，发出咿咿嘤嘤的声音。现在已经是如此，再过千年万载啊，又怎么知道那些狐狸、飞鼠、黄鼬不会在坟墓里打洞藏身？这是自古以来的圣贤都是这样的啊！难道没看见旷野上那层叠相连的一座座荒坟！

唉，曼卿！生死存亡的道理，我本来就知道它如此；只是追念往日的情谊，更觉凄苦悲凉，不知不觉就迎风落泪，因为我不能做到像圣人那样的忘情。请享用祭品吧！

## 泷冈阡表①

呜呼！惟我皇考崇公②。卜吉于泷冈之六十年③，其子修始克

表于其阡④。非敢缓也，盖有待也⑤。

修不幸，生四岁而孤⑥。太夫人守节自誓⑦，居穷⑧，自力于衣食，以长以教⑨，俾至于成人⑩。太夫人告之曰⑪："汝父为吏，廉而好施与⑫，喜宾客。其俸禄虽薄，常不使有余，曰：'毋以是为我累。'故其亡也，无一瓦之覆、一垄之植，以庇而为生⑬。吾何恃而能自守耶⑭？吾于汝父，知其一二，以有待于汝也。自吾为汝家妇，不及事吾姑⑮，然知汝父之能养也⑯。汝孤而幼，吾不能知汝之必有立⑰，然知汝父之必将有后也⑱。吾之始归也⑲，汝父免于母丧方逾年⑳。岁时祭祀㉑，则必涕泣曰：'祭而丰，不如养之薄也㉒。'间御酒食㉓，则又涕泣曰：'昔常不足，而今有余，其何及也㉔！'吾始一二见之，以为新免于丧适然耳㉕。既而其后常然，至其终身未尝不然。吾虽不及事姑，而以此知汝父之能养也。汝父为吏，尝夜烛治官书㉖，屡废而叹㉗。吾问之，则曰：'此死狱也㉘，我求其生不得尔！'吾曰：'生可求乎？'曰：'求其生而不得㉙，则死者与我皆无恨也；矧求而有得耶㉚！以其有得，则知不求而死者有恨也！夫常求其生，犹失之死；而世常求其死也㉛。'回顾乳者剑汝而立于旁㉜，因指而叹曰：'术者谓我岁行在戌将死㉝。使其言然，吾不及见儿之立也，后当以我语告之。'其平居教他子弟㉞，常用此语。吾耳熟焉，故能详也。其施于外事㉟，吾不能知；其居于家，无所矜饰㊱，而所为如此。是真发于中者耶㊲！呜呼！其心厚于仁者耶㊳！此吾知汝父之必将有后也。汝其勉之！夫养不必丰，要于孝；利虽不得博于物㊴，要其心之厚于仁。吾不能教汝，此汝父之志也㊵。"修泣而志之，不敢忘。

先公少孤力学㊶。咸平三年进士及第㊷。为道州判官㊸，泗、绵二州推官㊹，又为泰州判官㊺，享年五十有九，葬沙溪之泷冈㊻。太夫人姓郑氏，考讳德仪㊼，世为江南名族。太夫人恭俭仁爱而有礼，初封福昌县太君㊽，进封乐安、安康、彭城三郡太君㊾。自其家少微时㊿，治其家以俭约，其后常不使过之㉛，曰："吾儿不能苟合于世㉒，俭薄所以居患难也。"其后修贬夷陵㉓，太夫人言笑自若，曰：

"汝家故贫贱也,吾处之有素矣[54]。汝能安之,吾亦安矣。"

自先公之亡二十年,修始得禄而养[55]。又十有二年,列官于朝,始得赠封其亲[56]。又十年[57],修为龙图阁直学士、尚书吏部郎中[58],留守南京[59]。太夫人以疾终于官舍[60],享年七十有二。又八年[61],修以非才[62],入副枢密[63],遂参政事[64]。又七年而罢[65]。自登二府[66],天子推恩[67],褒其三世[68]。盖自嘉祐以来[69],逢国大庆,必加宠锡[70]。皇曾祖府君[71],累赠金紫光禄大夫、太师、中书令[72];曾祖妣[73],累封楚国太夫人;皇祖府君,累赠金紫光禄大夫、太师、中书令兼尚书令[74];祖妣,累封吴国太夫人;皇考崇公,累赠金紫光禄大夫、太师、中书令兼尚书令;皇妣,累封越国太夫人。今上初郊[75],皇考赐爵为崇国公,太夫人进号魏国[76]。

于是小子修泣而言曰:呜呼!为善无不报,而迟速有时,此理之常也。惟我祖考,积善成德,宜享其隆。虽不克有于其躬[77],而赐爵受封,显荣褒大,实有三朝之锡命[78]。是足以表见于后世,而庇赖其子孙矣。乃列其世谱,具刻于碑。既,又载我皇考崇公之遗训,太夫人之所以教而有待于修者,并揭于阡[79]。俾知夫小子修之德薄能鲜[80],遭时窃位[81],而幸全大节,不辱其先者,其来有自[82]。

熙宁三年[83],岁次庚戌[84],四月辛酉朔[85],十有五日乙亥[86],男推诚保德崇仁翊戴功臣、观文殿学士、特进、行兵部尚书、知青州军州事、兼管内劝农使、充京东东路安抚使、上柱国、乐安郡开国公[87],食邑四千三百户[88],食实封一千二百户[89],修表。

**【注释】**

① 泷(shuāng 双)冈——地名,在今江西永丰县南凤凰山上。 阡(qiān 千)表——即墓表,墓道上的石碑文字。

② 惟——语气词。 皇考——对亡父的尊称。皇,美的意思;考,父死称考。 崇公——欧阳修父名观,字仲宾,后来追封崇国公。

③ 卜吉——选择吉祥的葬地。 六十年——欧阳观于大中祥符四年(1011)葬于泷冈,至熙宁三年(1070)立阡表时已六十年。

④ 克——能。 表于其阡——在墓前立碑。

⑤ 有待——等待皇帝封赠。

⑥ 孤——幼而丧父谓孤。

⑦ 太夫人——指欧阳修母郑氏。古时列侯之妻称夫人,列侯死,子称其母为"太夫人"。 守节自誓——这是说郑氏决心守寡,不再嫁人。

⑧ 居穷——生活穷困。

⑨ 长——养育。

⑩ 俾——使。

⑪ 之——指作者自己。

⑫ 施与——施舍,即助人以财物。

⑬ 植——一作"殖",购置。 庇而为生——可以依靠而度生计。

⑭ 恃——依赖。 自守——指守寡。

⑮ 姑——婆母。此指欧阳修的祖母。

⑯ 养——供养,事奉。此指尽孝。

⑰ 立——建树、成就。

⑱ 必将有后——必定会有好的子孙以承继父业,光宗耀祖。

⑲ 归——古时女子出嫁曰归。

⑳ 免于母丧——除去母亲的丧服,古代父母死后规定服丧三年。

㉑ 岁时祭祀——指逢年过节时祭奠祖先。

㉒ 这两句说:祭礼丰盛不如简陋的生活而能多奉养几年。

㉓ 间——间或,有时。 御——进用。

㉔ 这三句说:母亲在世时因经济困难不能很好奉养,如今生活好了,可是怎么也不能补救以往对母亲奉养的不足。

㉕ 适然——偶然。

㉖ 治官书——处理官府文书。欧阳观任推官,负责办理刑狱之事。

㉗ 屡废——多次停下来。

㉘ 死狱——该判死刑的案件。

㉙ 求其生而不得——指无法免除他的死刑。

㉚ 矧(shěn 审)——况且。

㉛ 这三句说:自己虽然经常存心为罪犯开脱,冀其不死,有时仍不免误判死刑,何况世上治狱者多欲治人死罪呢?

㉜ 乳者——奶妈。　剑——挟抱。一作"抱"。

㉝ 术者——此指占卜、算命、巫医一类的人。　岁行在戌（xū 须）——古代以干支纪年，戌是十二地支之一。此指岁星经行正在戌年。

㉞ 平居——平时。

㉟ 施于外事——指在社会上活动。古代妇女不预闻外事，故下文曰"吾不能知"。

㊱ 矜（jīn 今）饰——装模作样。

㊲ 发于中——发自内心。

㊳ 厚——注重，重视。

㊴ 博于物——普及于众人。

㊵ 志——记。

㊶ 先公——指作者亡父欧阳观。先，先人，对已故前辈的尊称。

㊷ 咸平三年——公元1000年。咸平，宋真宗年号。　进士及第——指考中进士。

㊸ 道州——州治在今湖南道县。　判官——地方长官的僚属，佐理政事。

㊹ 泗、绵二州——州治分别在今安徽泗县和四川绵阳县。　推官——州、府的属官，掌管刑事。

㊺ 泰州——州治在今江苏泰州市。

㊻ 沙溪——地名，在今江西永丰县南凤凰山北。

㊼ 考讳德仪——郑氏父亲名德仪。讳，人死后书其名，名前称"讳"，以示尊敬。

㊽ 福昌——今河南宜阳县。　太君——古代官员母亲的封号。宋代官员母亲有国太夫人、郡太夫人、县太夫人等封号，视官阶而定。

㊾ 乐安——今山东博兴县。　安康——约今陕西安康县。　彭城——今江苏徐州市。

㊿ 少微时——年轻地位低下、生活贫困时。

51 不使过之——指不超过少微时的生活水平。

52 苟合于世——无原则地迎合世俗而生活。苟，苟且，随顺。

53 修贬夷陵——指欧阳修于景祐三年（1036）因致书斥责高若讷而贬夷陵令，其母随之同行赴任。

(54) 素——向来,此引申为习惯。

(55) 得禄而养——天圣八年(1030),欧阳修举进士,授将士郎,试秘书省校书郎,充西京留守推官,始得官禄,奉养母亲。

(56) 始得赠封其亲——仁宗康定元年(1040),欧阳修被召还京,复任馆阁校勘,修《崇文总目》,后转太子中允。庆历元年(1041),仁宗祀南郊,加骑都尉,改集贤校理。赠封其亲,当在此年。

(57) 又十年——指宋仁宗皇祐二年(1050)。

(58) 龙图阁——宋代藏图书典籍的馆阁,设学士、直学士等官。　尚书——即尚书省,下属吏、户、礼、兵、刑、工六部。　吏部——掌管全国官吏的任免、考课、升降、调动等事务,长官为吏部尚书,下设郎中四人,分别掌管各司的事务。

(59) 留守南京——宋真宗时,升宋州(今河南商丘市)为应天府,建为南京。欧阳修于皇祐二年(1050)以龙图阁直学士知应天府兼南京留守司事,转吏部郎中,加轻骑都尉。留守,官名。

(60) 太夫人以疾终于官舍——欧阳修的母亲于皇祐四年(1052)死于南京。

(61) 又八年——指宋仁宗嘉祐五年(1060)。

(62) 非才——不才,古人自谦之词。

(63) 入副枢密——任枢密副使。

(64) 参政事——任参知政事,即副宰相。

(65) 又七年而罢——欧阳修于宋英宗治平四年(1067)被罢免参知政事。

(66) 二府——中书省和枢密院,是宋代最高的文武政事机关,并称二府。

(67) 推恩——施与恩惠。

(68) 褒其三世——褒奖、赠封曾祖、祖、父三代。

(69) 嘉祐——宋仁宗年号(1056—1063)。

(70) 加宠锡——指皇帝推恩,加封官号。锡,同"赐"。

(71) 府君——旧时子孙对其祖先的尊称。

(72) 累赠——与下文"累封",均指最后封赠的官爵。金紫光禄大夫——汉置光禄大夫,宋朝为散官,加金章紫绶者表示位重,称金紫光禄大夫。　太师——周朝设置的辅助国君的官,宋列为赠官。　中书令——中书省长官,宋列为赠官。

(73) 妣(bǐ 比)——称已经死去的母亲。

㉔ 尚书令——尚书省长官,宋列为加官、赠官。

㉕ 今上——当今皇上。　初郊——指熙宁元年(1068)十一月神宗即位后举行第一次郊祀。皇帝常于此时对臣下加官封赠。郊,祭天。

㉖ 进号魏国——即封魏国夫人。

㉗ 不克有于其躬——意为自己不能获得封爵。躬,自身。

㉘ 三朝——指宋仁宗、英宗、神宗三朝。

㉙ 并揭于阡——共同记载在阡表上。揭,列举事实明告于众。

㉚ 德薄能鲜——德行浅薄,才能很差。

㉛ 遭时窃位——生逢其时,占据高位。

㉜ 自——始因。

㉝ 熙宁三年——公元1070年。熙宁,宋神宗年号。

㉞ 岁次——亦叫"年次"。古代用岁星运行的方向及相应的干支纪年,称岁次。

㉟ 四月辛酉朔——当年阴历四月初一的干支纪日属辛酉。朔,初一。

㊱ 十有五日乙亥——当年四月十五日的干支纪日是乙亥。

㊲ 男——儿子对父母的自称。推诚保德崇仁翊戴功臣——宋时赐给文武臣僚的功臣号。自"推诚保德"至"食实封一千二百户"是欧阳修当时的全部封号、官衔、职务和官爵。观文殿学士——宋代为优礼大臣和文学之士而赠的荣誉头衔。观文殿,宋朝廷殿名,置大学士、学士等职。　特进——汉置官名,宋时列为散官。　行——大官兼管小官之称。欧阳修以特进兼兵部尚书,故称行兵部尚书。　青州——今山东益都县。宋制,知州以朝臣出任,称权知军州事,兼管军事和民政。　内劝农使——官名,掌劝励农桑,当时为州官兼职。　京东东路——宋时行政区域名,辖今山东中部、东部地区,治所青州。安抚使——掌一路兵政,多以知州兼任。　上柱国——宋朝勋官中的最高级。　开国公——宋朝封文武功臣的爵位。

㊳ 食邑——亦称"采邑"或"封地",因以封地内所收租税作食禄之用而名。

㊴ 食实封——实封的食邑。食邑之制起于周朝,宋制,食邑自二百户至一万户,食实封自一百户至一千户。

【解读】

欧阳修于皇祐年间(1049—1054)撰写了《先君墓表》,但未刻石。熙宁三年(1070),他任青州知州时,经过精心改写,将原文更名为《泷冈阡表》,刻在其父墓前石碑上。表文从初稿到改定,时间相距约二十年,时作者已六十四岁。

表文采用避实求虚、虚中求实、以虚衬实的方法,借母亲的言语来称颂父亲的廉洁、孝顺与仁厚;在表其父阡时,母亲的德节亦随之得到了反映,可谓一碑双表,互衬互托,相得益彰。虽然描写的是先父生平中的普通小事,但由于取材典型,刻画生动,因此,人物的意态神情宛然在目。

全文不事雕绘,如话家常,率意道来,情真意切,体现出欧阳修碑铭墓表的风格特征。与韩愈的《祭十二郎文》、袁枚的《祭妹文》同被称为"千古至文"。对明代归有光的家庭纪事小品,如《项脊轩志》、《先妣事略》等有一定影响。

## 【点评】

自家屋里文,亦只淡写几句家常话,遂无一字不入情,无闲语不入妙,欧公集中之至文也。

——顾锡畴《欧阳文忠公文选》评语卷10

从太夫人口中叙述前德,意真词切,一字一泪。

——唐介轩《古文翼》卷7庐陵集评语

## 【今译】

唉!先父崇国公,在泷冈占卜吉日安葬六十周年后,他的儿子欧阳修才能够立碑于墓前。这不是我有意迟缓,是因为有所等待啊!

我不幸,出生四岁就失去了父亲。母亲发誓守节,家境贫寒,自己操持生活,抚养教育我,使我得以长大成人。母亲告诉我说:"你父亲做官十分清廉,却喜欢帮助别人,又喜欢结交宾客。他的俸禄虽然不多,也常常没有剩余。他说:'不要因为这财物毁坏了我的清廉。'所以他死的时候,家里没有一处房屋、一块田地可以依托来维持生计。我靠什么能够自己守节呢？对于你父亲，我稍微知道一些，因此对你有所期望啊。自从我做了欧阳家的媳妇，没有赶上侍奉婆母，可是我知道你父亲是很孝顺父母的。你没了父亲，年纪又小，我又不能够知道你必定有什么成就，但是知道你父亲一定会有好的后代承继父业的。我刚嫁过来的时候，你父亲为你祖母服丧才过一年，每逢过年过节祭祀时，就一定哭着说：'与其祭祀时丰厚，还不如在生前多一些微薄的供养呢！'偶尔吃些有酒有肉的饭菜，就又流泪说：'过去常嫌不够，现在倒有剩余，可是却不能奉养父母了。'我起初看见一两回，以为他新近免除丧服，偶然这样说说罢了。然而，他后来经常这样，直到他去世没有不是这样的。我虽然来不及侍奉婆母，但凭这一点就知道你父亲是很会孝顺父母的。你父亲做官时，曾经晚上点着灯烛批阅案卷，多次停下来叹息不止。我问他，他就说：'这是该判死刑的案子，我想寻求救活他的办法，却做不到啊！'我说：'可以给死囚寻求生路吗？'你父亲说：'想救他却做不到，那么死者和我就都没有遗恨了；况且，确实有可以救活而能做得到的呢！因为有能够救活的，那么不替他想办法而处死，死者便有含冤抱屈的啊！即使这样经常想办法救活人命，有时仍不免误判死刑，何况世上治狱者多欲治人死罪呢？'你父亲说着回过头来，看见奶妈抱着你站在旁边，就指着你叹息说：'算命的说我到戌年就要死去。假如他的话说对了，我就来不及看到儿子自立成人了，将来应当把我的话告诉他。'他平时教育其他的晚辈，也常用这些话。我听熟了，因此能够记得很详细。他在外面做的事，我不能够知道；他在家里，没有丝毫装模作样的，所作所为都是这样。这是真正发自内心的啊！唉！他心中是多么重视仁德啊！这就是我知道你父亲一定会有好的后代的原因，你可要用这些来勉励自己。奉养长辈不一定要衣食丰厚，最重要的是孝顺；对人有利的事虽然不可能遍及于众人，最重要的是心里重视仁德。我没有什么教导你的，上面说的这些都是你父亲的期望啊。"我流着泪记住了母亲的这些话，不敢遗忘。

先父小时候就失去了父亲，但他勤奋学习，终于在咸平三年考中进士。先后担任道州的判官，泗州、绵州的推官，又做过泰州的判官，享年五十九岁，葬在沙溪的泷冈。我母亲姓郑，她的父亲名德仪，世代都是江南地方有名望的大族。我母亲恭敬勤俭，宽仁慈爱，待人有礼，初封福昌县太君，后来又晋封为乐安、安康、彭城三郡太君。母亲从家境贫困时候开始就勤俭持家，以后从来不许超过贫穷时的生活水平。她说："我的儿子在世上不能无原则地附和，节约俭朴是为了准备度过将来患难日子。"后来我被贬职做夷陵县令，母亲谈笑自若，她说："你家里本来就贫穷，我过得习惯了。假若你能泰然处之，我也就安心了。"

先父去世后二十年，我才得到俸禄来供养母亲。又过了十二年，在朝廷有了一定的官职，才能使先人得到赠封。再过了十年，我升为龙图阁直学士、尚书吏部郎中，留守南京。母亲因病在官衙里去世，享年七十二岁。八年后，我这个才能平庸的人竟然进了枢密院当副使，从而参与政事。又过了七年，才免除参知政事。自从进入枢密院和中书省以后，皇上施与恩惠，褒奖、赠封我的曾祖、祖、父三代。从嘉祐以来，每逢国家大典，一定特别恩宠赏赐。先曾祖父，累赠金紫光禄大夫、太师、中书令；先曾祖母，累封楚国太夫人；先祖父，累赠金紫光禄大夫、太师、中书令兼尚书令；先祖母，累封吴国太夫人；先父崇公，累赠金紫光禄大夫、太师、中书令兼尚书令；先母，累封越国太夫人。当今皇上即位初次祭祀，又赠封先父为崇国公，先母进号魏国太夫人。

于是我含着眼泪说："唉！做了好事没有不报答的，只是时间有早有晚，这是永远不变的道理啊！我的祖先与父亲积累善行，成就仁德，应当享受那隆重的报答。他们虽然不能在活着的时候亲自享受，死后却能赐爵加封，显扬荣耀，嘉奖大德，真正享有三朝的恩宠诏命，这是足够使其德行扬于后世，并且庇佑他们的子孙了。"我于是列上世代的家谱，刻在墓碑上。后来，又记录我先父崇国公的遗训，以及我母亲用来教诲我并对我有所期望的话，共同记载在阡表上。使人们知道我虽德行浅薄才能很差，由于遇到清明的时代才能担任官职，从而能幸运地保住大节，不至于辱没祖先，这一切原来是有来由的。

熙宁三年四月十五日，儿子推诚保德崇仁翊戴功臣、观文殿学士、特进、行兵部尚书、知青州军州事、兼管内劝农使、充京东东路安抚使、上柱国、乐安郡开国公，食邑四千三百户，实封食邑一千二百户，欧阳修撰此墓表。

# 桑怿传①

桑怿，开封雍丘人②。其兄慥③，本举进士有名④；怿亦举进士，再不中⑤，去游汝颍间⑥，得龙城废田数顷⑦，退而力耕。岁凶⑧，汝旁诸县多盗。怿白令⑨："愿为耆长⑩，往来里中察奸民。"因召里中少年，戒曰："盗不可为也！吾在此，不汝容也⑪！"少年皆诺。里老父子死未敛⑫，盗夜脱其衣；里老父怯，无他子，不敢告县，裸其尸，不能葬。怿闻而悲之，然疑少年王生者。夜入其家，探其箧⑬，不使之知觉。明日遇之，问曰："尔诺我不为盗矣，今又盗里父子尸者，非尔耶？"少年色动，即推仆地缚之。诘共盗者，王生指某少年。怿呼壮丁守王生，又自驰取少年者。送县，皆伏法⑭。

又尝之郏城⑮，遇尉方出捕盗⑯，招怿饮酒，遂与俱行。至贼所藏，尉怯，阳为不知以过⑰。怿曰："贼在此，何之乎？"下马独格杀数人，因尽缚之。又闻襄城有盗十数人⑱，独提一剑以往，杀数人，缚其余。汝旁县为之无盗。京西转运使奏其事⑲，授郏城尉。

天圣中⑳，河南诸县多盗，转运奏移渑池尉㉑。崤㉒，古险地，多涂山㉓，而青灰山尤阻险，为盗所恃。恶盗王伯者藏此山，时出为近县害。当此时，王伯名闻朝廷，为巡检者㉔，皆授名以捕之㉕。既怿至，巡检者伪为宣头以示怿㉖，将谋招出之；怿信之，不疑其伪也。因谍知伯所在㉗，挺身入贼中招之，与伯同卧起十余日信之，乃出。

巡检者反以兵邀于山口㉘，怿几不自免㉙。怿曰："巡检授名，惧无功尔。"即以伯与巡检，使自为功，不复自言。巡检俘献京师㉚；朝廷知其实，罪黜巡检㉛。

怿为尉岁余，改授右班殿直永安县巡检㉜。明道、景祐之交㉝，天下旱蝗，盗贼稍稍起㉞。其间有恶贼二十三人，不能捕。枢密院以传召怿至京㉟，授二十三人名，使往捕。怿谋曰："盗畏吾名，必已溃㊱，溃则难得矣。宜先示之以怯㊲。"至则闭栅㊳，戒军吏无一人得辄出㊴。居数日，军吏不知所为，数请出自效㊵，辄不许。既而夜与数卒变为盗服以出，迹盗所尝行处㊶。入民家，民皆走，独有一媪留㊷，为作饮食；馈之如盗㊸，乃归。复闭栅三日，又往，则携其具就媪馔㊹，而以其余遗媪㊺。媪待以为真盗矣，乃稍就媪，与语，及群盗辈。媪曰："彼闻桑怿来，始畏之，皆遁矣；又闻怿闭营不出，知其不足畏，今皆还也。某在某处，某在某所矣。"怿尽钩得之㊻。复三日，又往，厚遗之，遂以实告曰："我，桑怿也。烦媪为察其实而慎勿泄！后三日，我复来矣。"后又三日往，媪察其实审矣㊼。明旦，部分军士㊽：用甲若干人于某所，取某盗，卒若干人于某处，取某盗。其尤强者在某所，则自驰马以往，士卒不及从，惟四骑追之，遂与贼遇，手杀三人。凡二十三人者，一日皆获。二十八日，复命京师。

枢密吏谓曰："与我银，为君致阁职㊾。"怿曰："用赂得官，非我欲，况贫无银！有，固不可也。"吏怒，匿其阀㊿，以免短使送三班㉛，三班用例㉜，与兵马监押㉝。未行，会交趾獠叛㉞，杀海上巡检。昭化诸州皆警㉟，往者数辈不能定。因命怿往，尽手杀之，还，乃授阁门祗候㊱。怿曰："是行也，非独吾功，位有居吾上者，吾乃其佐也。今彼留而我还，我厚赏而彼轻，得不疑我盖其功而自伐乎㊲？受之徒惭吾心。"将让其赏归己上者，以奏稿示予。予谓曰："让之必不听，徒以好名与诈取讥也㊳。"怿叹曰："亦思之，然士顾其心何如尔。当自信其心以行，讥何累也？若欲避名，则善皆不可为也已。"余惭其言。卒让之，不听。怿虽举进士，而不甚知书，然其所为皆合道理，多此类。

始居雍丘,遭大水,有粟二廩⑨,将以舟载之;见民走避溺者,遂弃其粟,以舟载之。见民荒岁,聚其里人饲之,粟尽乃止。怿善剑及铁简⑩,力过数人,而有谋略。遇人常畏,若不自足。其为人不甚长大,亦自修为威仪,言语如不出其口⑪。卒然遇人,不知其健且勇也。

庐陵欧阳修曰:勇力,人所有,而能知用其勇者少矣。若怿,可谓义勇之士。其学问不深而能者,盖天性也。余固喜传人事,尤爱司马迁善传⑫,而其所书皆伟烈奇节士,喜读之,欲学其作,而怪今人如迁所书者何少也! 乃疑迁特雄文善壮其说⑬,而古人未必然也。及得桑怿事,乃知古之人有然焉,迁书不诬也⑭,知今人固有而但不尽知也。怿所为壮矣,而不知予文能如迁书使人读而喜否? 姑次第之⑮。

**【注释】**

① 桑怿(yì 义)——生平事迹见本文。曾任泾原路(今甘肃泾川、宁夏固原等地)兵马都监。庆历元年(1041),与环庆副总管任福等在好水川同元昊作战,全军覆没,力战而死。

② 雍丘——古县名,治所在今河南杞县。

③ 慥——音 zào(灶)。

④ 举进士——指参加进士考试。

⑤ 再——两次。

⑥ 汝——州名,治所在今河南临汝县。 颍——州名,治所在今安徽阜阳县。

⑦ 龙城——汝州有龙兴县,治所在今河南宝丰,时境内有豢龙城。顷——百亩。

⑧ 岁凶——年成不好。

⑨ 白——告诉。

⑩ 耆(qí 旗)长——乡村中负责逐捕盗贼的人。

⑪ 不汝容——即不容汝。汝,你们。

⑫ 敛——把尸体装入棺材。

⑬ 箧(qiè 窃)——箱笼之类。

⑭ 伏法——受到法律惩治。

⑮ 之——到,往。 郏(jiá 夹)城——今河南郏县。

⑯ 尉——县尉。

⑰ 阳为不知以过——假装不知就走了过去。阳,同"佯"。

⑱ 襄城——今河南襄城县。

⑲ 京西——路(行政区域)名。宋至道年间十五路之一。 转运使——官名,主管一路财赋,同时可以荐举、监督一路的官吏。 奏——给朝廷上书。

⑳ 天圣——宋仁宗赵祯年号(1023—1032)。

㉑ 转运——即转运使。 移——调职。 渑(miǎn 免)池——今河南渑池县。

㉒ 崤(yáo 摇)——山名,在河南,东接渑池县。崤,亦读 xiáo(淆)。

㉓ 涂山——泥山。

㉔ 巡检——官名,始于宋代,主要设在关隘要地以管理治安。

㉕ 授名——朝廷点名要下级捕捉。

㉖ 伪为宣头——伪造朝廷的宣召(招安)文书。

㉗ 谍——秘密侦察。

㉘ 邀——阻截。

㉙ 免——脱险。

㉚ 俘献京师——把抓到的罪犯押送至京城。

㉛ 黜(chù 触)——罢免。

㉜ 殿直——皇帝侍从官,分左右班,这里仅是职衔。 永安县——在今四川奉节县东。

㉝ 明道——宋仁宗赵祯年号(1032—1034)。 景祐——宋仁宗赵祯年号(1034—1038)。

㉞ 稍稍——渐渐。

㉟ 枢密院——宋代最高军事机关。 传——驿站车马。

㊱ 溃——逃散。

㊲ 宜先示之以怯——应该先向他们表示我的胆怯。

㊳ 栅——栅栏,指军营大门。

㊴ 辄(zhé 哲)出——意为不得擅自走出营房。下文"辄不许"的"辄"解

释为"总是"。

㊷ 数(shuò 朔)——屡次。

㊶ 迹——跟踪,寻找。

㊷ 媪(ǎo 袄)——老妇人。

㊸ 馈(kuì 愧)——赠送。

㊹ 馔(zhuàn 赚)——饮食,吃喝。

㊺ 遗(wèi 未)——赠与,送给。

㊻ 钩——引出,此指让对方在毫无察觉时讲出真情。

㊼ 审——详知,明悉。

㊽ 部分——部署,分派。

㊾ 阁职——宋代阁门通事舍人、阁门祗候并称阁职,是武官中有发展前途的职位。

㊿ 匿——隐瞒。 阀——立功情况。

51 免短使——宋代选武官,考弓箭骑马等武艺,列为一、二等者称免短使。 三班——三班院,管武官任免的机构。

52 用例——按常规。

53 兵马监押——官名,管理一路治安。

54 交趾——今越南北部,汉代置郡。 獠(lǎo 老)——旧时对仡佬族的侮辱性称呼。

55 昭、化——昭州(今广西平乐县)和化州(今广东化县),宋属广东西路。

56 祗(zhī 支)候——官名,分置于东西阁门。元以后各省、路、州、县皆设祗候,供奔走服役。

57 盖——掩盖。 伐——夸耀。

58 徒以好名与诈取讥——只会被认为沽名钓誉,行为狡诈,受人讥笑。

59 廪(lǐn 凛)——米仓。

60 简——即"锏",古兵器,似剑而无刃,有四棱。

61 言语如不出其口——形容不善言辞。

62 司马迁善传——司马迁善于写人物传记。苏轼曾称欧阳修"记事似司马迁",本文即有意模仿司马迁《史记》中人物传记的笔法。

63 乃疑迁特雄文善壮其说——于是怀疑司马迁只不过靠他雄奇的文笔善于夸大其词。

⑭ 诬——欺骗。

⑮ 姑次第之——姑且按顺序记下他的事迹。

## 【解读】

本文作于皇祐二年(1050),是欧阳修散文中颇具特色的一篇人物传记。作者精心选择了自荐耆长、巡检蒙骗、智取永安贼、枢密吏索贿及立功让赏、弃粟载民等故事情节,从正面刻画或反面衬托桑怿的"义勇",富有传奇色彩。文章对宋王朝的社会现实,也时有揭露;但桑怿在好水川战役中的表现,却只字不提,这不能不说是一个缺憾。本文介于正史与传奇之间,这种笔法对明清人物传记,如宋濂《秦士录》、魏禧《大铁椎传》等都有一定影响。

## 【点评】

此本摹拟史迁,惜也怿之行事,仅捕盗耳。假令传《史记》所载古名贤,岂止此耶?

——茅坤《唐宋八大家文钞·欧阳文忠公文钞》评语卷19

录此稗传,以见其史笔之大略,所谓尝鼎一脔。

——爱新觉罗弘历等《唐宋文醇》评语卷22 庐陵欧阳修文

## 【今译】

桑怿,开封府雍丘县人。他的哥哥桑慥,早先参加进士考试就出了名。桑怿也参加进士考试,两次没考中,便往汝州、颍州一带游历,得到了汝州龙城的几顷荒田,就离开科场去从事农耕。年成不好,汝州邻近各县盗贼很多。桑怿对县令说:"我愿意担任耆长,巡查监察乡里为非作歹的人。"于是他召集乡里中的年轻人,警告他们说:"盗贼是不能够做的啊! 有我在这里,不容许你们干这类事。"年轻人都应允了。乡里中有位老人的儿子死了,尸体还没装进棺材,盗贼在夜里就剥走了死者的衣服;这个老人胆小,又没有别的儿子,不敢到县衙告状。死者赤身裸体,无法下葬。桑怿听到这件事,很同情这位老人,心里怀疑是年轻人王某干的。夜里,桑怿悄悄进入王家,探看他的箱笼,不让他发觉。第二天遇见王某,便问他:"你答应我不做盗贼,现在偷盗老人儿子尸服的,不就是你吗?"那个年轻人变了脸色,桑怿便把他推倒在地捆绑起来。追问一起作案的人,王某供出另一个年轻人。桑怿叫年轻力壮的人看押王某,又亲自跑去捕捉另一个罪犯。两个罪犯被押送到县衙,都受到了法律惩治。

他又曾经到过郏城,碰上县尉正要出去捕捉盗贼,县尉请桑怿喝了酒,就与他一起出发了。到了盗贼藏身的地方,县尉害怕了,假装不知道就走了过去。桑怿说:"贼就在这里,还往哪里去?"他跳下马,独自与盗贼格斗,杀死几个,趁势把其余的都捆绑起来。他又听说襄城有十几个盗贼,便独自提剑前去,杀死数人,捉了其余几人。汝州邻近各县因为有了桑怿便没有盗贼。京西转运使将他的事迹上奏朝廷,他被授予郏城县尉的官职。

天圣年间,河南府各县盗贼很多,转运使奏请朝廷调桑怿担任渑池县尉。崤山,自古以来地势险要,多为泥山,而青灰山尤其险峻,被盗贼所占据。有一个叫王伯的凶恶盗贼就藏在青灰山中,经常出没邻近各县成为祸害。当时,王伯的名声连朝廷都知道,各地的巡检在接到朝廷命令后都派兵四处捕捉。桑怿到这里后,巡检将伪造的朝廷招安文书给桑怿看,共同商量招安王伯。桑怿相信巡检,不怀疑他伪造。于是暗中探听到王伯的住处,挺身进入盗贼群中想招安他。桑怿与王伯同睡同起十多天,取得了王伯的信任,才共同出山。那个巡检反而用兵在山口拦截,桑怿几乎自身难保。但他说:"朝廷点名要下级捕捉,巡检害怕自己无功而已。"便把王伯交给巡检,让他去报功,再也不提此事。巡检把抓到的罪犯押送至京城,朝廷了解实际情况后,罢免了巡检。

桑怿做了一年多县尉,改授右班殿直的职衔,任永安县巡检。明道、景祐年间,天下发生旱灾、蝗灾,盗贼渐渐开始活动,其中有凶恶的盗贼二十三人，无法捕捉。枢密院派传车把桑怿召到京城，交给二十三人的姓名，令他去捕捉。桑怿谋划道："盗贼害怕我的名声，一定已经逃散了；逃散后很难抓到，应该先向他们表示我的胆怯。"桑怿到达驻地后就关闭军营的栅门，告诫官兵任何人都不得擅自走出营房。停了几天，官兵不知要干什么，屡次请求出战效力，桑怿总是不许。不久，他乘夜与几个士兵改换成盗贼的装束出了军营，跟踪察访盗贼出没的地方。进入百姓家，百姓都吓跑了；只有一个老妇人留在家中，给他们备办酒饭。饭后，他们像盗贼一样向老妇人赠送了物品，才回到军营。他们在军营中又躲了三天，再去时自己携带着食物器具找老妇人做饭，并把多余的送给老妇人。老妇人像对待真强盗一样对待他们，于是他们逐渐接近老妇人，与她话家常，慢慢地谈到那一伙盗贼。老妇人说："他们听说桑怿来了，开始很害怕都逃走了，后来又听说桑怿闭营不出，知道对他用不着害怕，现在都回来了。某人在某个地方，某人在某个地方。"桑怿把情况全部打听到了。再过了三天桑怿又去，给老妇人送了一笔厚礼，同时把实际情形告诉她说："我就是桑怿，麻烦你替我了解盗贼们的真实情况，请千万小心别走漏消息。三天之后，我再来这里。"又过了三天前往，老妇人已把真实情况了解得清清楚楚了。第二天清早，桑怿部署众官兵：派穿铠甲的士兵若干人到某处，捉拿某个盗贼；派士兵若干人到某个地方，捕捉某个强盗。其中特别强悍的盗贼待在某处，桑怿就亲自骑马前往，步兵来不及跟从，只有四个骑兵追上了他。桑怿与盗贼相遇，亲手杀三人。二十三名盗贼，在一天之内都被抓获。前后只有二十八天，便返回京城报告执行命令的情况。

枢密院的官吏对他说："送给我银钱，给您弄一个阁职。"桑怿回答说："用行贿得到官职，不是我的愿望，何况我贫穷无钱！即使有钱，也决不可以这样做。"那个官吏恼羞成怒，隐瞒桑怿的立功情况，只把他作为武艺优良的人送往三班院，三班院按常规给他一个兵马监押的职务。他还没到任，遇上交趾叛反，杀了海上巡检。昭州、化州等各州纷纷向朝廷告急,派去几批人都不能平定。于是朝廷命令桑怿前往,桑怿把叛乱的人全都消灭了。回到京城,朝廷授给他阁门祗候的官职。桑怿说:"这次出征,不仅是我的功劳,有职位在我上面的,我只是他的助手。现在,他还留在那里,我却回来了;我的赏赐重,他却较轻。他能不怀疑我掩盖他的功劳而夸耀自己的功劳吗?接受这赏赐只会令我心里惭愧。"他准备把自己的赏赐让给那职位在自己上面的人,拿着奏稿给我看。我对他说:"让出赏赐朝廷一定不会听从,只会被认为沽名钓誉,行为狡诈,受人讥笑。"桑怿感叹说:"我也想过这件事,但为人做事只看自己心里怎么想罢了。应该相信自己的想法并照着去做,讥笑又有什么关系呢?假如想逃避好名声,那么,什么好事都不能做了啊!"听了他的话,我觉得很惭愧。他终于还是要求让出赏赐,朝廷没有允许。桑怿虽然参加进士考试,但并不太有学问,然而他所做的事都符合道理,大多像上面说的那样。

桑怿早先居住在雍丘时,遭受大水灾,他有两仓粟米,准备用船运走;但看到逃避洪水的百姓溺水了,便抛弃粟米,用船装运灾民。他看到百姓荒年没饭吃,就聚集同乡人予以赈救,直到把自己家里的粟米吃完为止。桑怿善于用剑和铁简,力气超过几个人,而且有谋略。他遇到人,总是很害羞,像是觉得自己能力不够。他身材不太高大,但讲究礼节,容貌庄严,平时不善言辞,偶然见到他的人,不会知道他的威武和勇猛。

庐陵欧阳修说:勇敢与力量,是很多人都具有的;但是能够知道利用自己勇敢和力量的人却较少。像桑怿,可称得上是一个正义而又勇敢的人了。他学问不深而能这样,大概是出于天性吧!我本来就喜欢记载别人的事迹,特别羡慕司马迁善于写人物传记,且司马迁写的都是伟大、壮烈、奇特、讲究气节的人物。我很爱读这些文章,并想学习他的写法;但感到奇怪的是,像司马迁所写的那种人物现在为什么很少呢!于是我怀疑司马迁只不过靠他雄奇的文笔善于夸大其词,而古人未必真正这样。等到知道了桑怿的事迹,才明白古代真有这样的人,司马迁没有胡编乱造;也才明白当今本来也有那样的人物,只不过没有全部被发现。桑怿所作所为是壮烈的,但不知道我的文章是否能像司马迁所写的那样使人读了喜爱? 姑且按顺序记下他的事迹。

## 六一居士传

六一居士初谪滁山①,自号醉翁②。既老而衰且病。将退休于颍水之上③,则又更号六一居士④。

客有问曰:"六一,何谓也?"居士曰:"吾家藏书一万卷,集三代以来金石遗文一千卷⑤,有琴一张,有棋一局,而常置酒一壶。"客曰:"是为五一尔,奈何?"居士曰:"以吾一翁,老于此五物之间,是岂不为六一乎。"客笑曰:"子欲逃名者乎⑥? 而屡易其号。此庄生所诮畏影而走乎日中者也⑦;余将见子疾走大喘渴死,而名不得逃也。"居士曰:"吾固知名之不可逃,然亦知夫不必逃;吾为此名,聊以志我之乐尔。"客曰:"其乐如何?"居士曰:"吾之乐可胜道哉⑧! 方其得意于五物也,太山在前而不见,疾雷破柱而不惊⑨;虽响九奏于洞庭之野⑩,阅大战于涿鹿之原⑪,未足喻其乐且适也。然常患不得极吾乐于其间者,世事之为吾累者众也。其大者有二焉,轩裳珪组劳吾形于外⑫,忧患思虑劳吾心于内,使吾形不病而已悴,心未老而先衰,尚何暇于五物哉⑬? 虽然,吾自乞其身于朝者三年矣,一日天子恻然哀之,赐其骸骨⑭,使得与此五物偕返于田庐,庶几偿其夙愿焉⑮。此吾之所以志也。"客复笑曰:"子知轩裳珪组之累其形,而不知五物之累其心乎?"居士曰:"不然。累于彼者已劳矣,又多忧;累于此者既佚矣,幸无患。吾其何择哉?"于是与客俱起,握手大笑曰:"置之,区区不足较也。"

已而叹曰:"夫士少而仕,老而休,盖有不待七十者矣⑯。吾素慕之,宜去一也。吾尝用于时矣⑰,而讫无称焉⑱,宜去二也。壮犹如此,今既老且病矣,乃以难强之筋骸,贪过分之荣禄,是将违其素志而自食其言⑲,宜去三也。吾负三宜去⑳,虽无五物,其去宜矣,复何道哉!"

熙宁三年九月七日㉑,六一居士自传。

## 【注释】

① 滁山——安徽滁州多山,故称"滁山"。

② 自号醉翁——庆历六年(1046)欧阳修贬知滁州,于四十岁时自号"醉翁"。

③ 将退休于颍水之上——熙宁元年,欧阳修在颍州(今安徽阜阳县)修建房屋,准备退居。早在皇祐元年知颍州时,欧阳修称赏颍州西湖的风景,就和梅尧臣相约,作为晚年退休之地。

④ 更——改。

⑤ 金石遗文——指作者于《集古录》中所收的金石拓本。

⑥ 逃名——变易姓名,以求不为人知。

⑦ 庄生——庄子。 诮(qiào 窍)——讥嘲。 畏影而走乎日中——《庄子·渔父》:"人有畏影恶迹而去之走者,举足愈数而迹愈多,走愈疾而影不离身。自以为尚迟,疾走不休,绝力而死。不知处阴可以休影,处静可以息迹,愚亦甚矣。"

⑧ 可胜道哉——不能尽述。

⑨ 太山在前而不见,疾雷破柱而不惊——语本《鹖冠子·天则》:"一叶蔽目,不见太山;两耳塞豆,不闻雷霆。"此稍化其意,表示心有专注,外物概不预闻。

⑩ 响九奏于洞庭之野——《庄子·至乐》:"咸池九韶之乐,张之洞庭之野。"九奏,即九韶,传为虞舜时的音乐。

⑪ 阅大战于涿鹿之原——《史记·五帝本纪》记黄帝曾与蚩尤大战于涿鹿之野。涿鹿,地名,在今河北省。

⑫ 轩(xuān 宣)裳珪(guī 归)组——官员的车马、服饰、印信等,借指官场的事务。轩,有帷幕的高车。珪,官员参加朝会时手中所拿的一种玉制礼器。组,印绶。

⑬ 这句意为:还有什么空暇欣赏这五种物品呢? 以上六句意即《秋声

赋》所谓"人为动物,惟物之灵,百忧感其心,万事劳其形,有动于中,必摇其精。而况思其力之所不及,忧其智之所不能,宜其渥然丹者为槁木,黟然黑者为星星"。

⑭ 赐其骸骨——古代官员告老退休称"赐骸骨",是归死故乡的意思。

⑮ 偿其夙(sù 速)愿——欧阳修一向主张做官不宜"老不知止",故这样说。夙愿,意同下文"素志",一向就有的志愿。

⑯ 不待七十者矣——《礼记·檀弓》:"七十不俟朝。"欧阳修时年不满七十,故用他人也有不到七十就告退作为自解。

⑰ 用于时——指出仕官职并获得皇帝信任。

⑱ 讫(qì 汽)——最终。 无称——没有值得称道的政绩。

⑲ 作者于嘉祐初五十二岁官翰林学士时就和友人相约五十八岁退休,作此文时已六十三岁仍在仕途,故云"违其素志"、"自食其言"。

⑳ 负——具备。

㉑ 熙宁三年——公元 1070 年。

【解读】

　　熙宁三年(1070)七月,作者由青州知州改任蔡州(州所在今河南汝阳县)知州,九月至蔡,自号六一居士,本文即说明改号之由。自熙宁元年起,欧阳修即渐萌退志,接连上表告老辞职,作本传的次年(熙宁四年)便退居颍州,熙宁五年闰七月在颍去世。本篇采用汉赋常用的主客问答的方式,抒写自己晚年的生活情趣和心理状态。笔墨疏淡,行文跌宕,与陶渊明的《五柳先生传》同为传记文中的别调。


【点评】

　　文旨旷达,欧阳公所自解脱在此。
　　——茅坤《唐宋八大家文钞·欧阳文忠公文钞》评语卷 19
　　传只是决计归田意。　　——储欣《六一居士全集录》卷 5


【今译】

　　六一居士当初贬谪到滁州时,自号醉翁。年老以后身体衰弱多病,即将退休到颍水边居住,又改号为六一居士。

有位客人问道:"'六一'是什么意思?"居士回答说:"我家里藏有一万卷书,收集了三代以来的金石遗文一千卷,有一张琴,一盘棋,还常常放上一壶酒。"客人说:"这才五个一,为什么说'六一'呢?"居士说:"我这老翁,在这五种物品里面养身终老,这难道不是六个一吗?"客人笑着说:"您大概是想逃避名声吧,因而屡次改换名号。这正像是庄子所讽刺的那个害怕影子而在太阳底下奔跑的人;我将要看到你像那个人一样喘着粗气快步奔跑,最后干渴而死,而名声还是逃避不了。"居士说:"我本来知道名声不能逃避,而且也知道它不必逃避。我起这个名字,聊以记下我的乐趣罢了。"客人问:"你的乐趣怎样呢?"居士说:"我的乐趣可以说得尽吗?当我陶醉在这五物之中时,泰山在面前也看不见,迅雷破柱也不惊恐。即使在洞庭的广阔原野上奏起九韶仙乐,在涿鹿的辽阔平原上观看激烈的战斗,也不能完全形容这种快乐和舒适。然而,我常常苦于不能在这些物品里面尽情娱乐,世上的事情拖累我的太多了。其中大的事情有两件:从外在方面说,官场事务劳累了我的身;从内在方面说,忧郁、祸患和各种思虑劳累了我的心,使得我身体未病而形貌已憔悴,心没有老而精神早已衰竭,还有什么空暇欣赏这五种物品呢?虽然这样,我向朝廷请求告老辞职已经三年了,有朝一日天子哀怜我,赐给我这把老骨头,使我能够与这五物一起返回田园,也许能够满足我素来就有的愿望。这就是我起这名号的原因。"客人又笑着说:"你知道官场事务劳累身体,却不知道这五件物品也会劳累心神吗?"居士说:"不是这样。被官场拖累,既很劳苦,又有很多忧愁;被这些物品拖累,不仅很安逸,而且又无祸患。你看我选择哪一个呢?"于是与客人一起起身,握手大笑说:"不谈了,这种区区小事不值得多比较。"

过了一会我感叹说:"读书人年轻时出去做官,年老了退休,有的往往还未满七十岁。我一向美慕他们,这是我应该离开官场的第一个原因;我曾经出仕官职并得到皇帝信任,但始终没有值得称道的政绩,这是我应该离职的第二个原因;壮年时尚且如此,现在既老又病,却凭难以支撑的身体,来贪图过分的荣耀和俸禄,这将要违背我平时的志愿和自己讲过的话,这是我应该离去的第三个原因。我有这三个应该离去的原因,即使没有这五件物品,也应该离去了,还有什么可说的呢!"

熙宁三年九月七日,六一居士自传。

## 归田录(选七则)

太祖皇帝初幸相国寺①,至佛像前烧香,问:"当拜与不拜?"僧录赞宁奏曰②:"不拜。"问其何故,对曰:"见在佛不拜过去佛③。"赞宁者,颇知书,有口辩。其语虽类俳优④,然适会上意⑤,故微笑而颔之⑥。遂以为定制,至今行幸焚香,皆不拜也。议者以为得礼。

开宝寺塔在京师诸塔中最高⑦,而制度甚精⑧,都料匠预浩所造也⑨。塔初成,望之不正而势倾西北。人怪而问之。浩曰:"京师地平无山而多西北风。吹之不百年当正也⑩。"其用心之精盖如此。国朝以来⑪,木工一人而已⑫。

至今,木工皆以预都料为法。有《木经》三卷行于世⑬。世传浩惟一女,年十余岁。每卧,则交手于胸为结构状,如此逾年,撰成《木经》三卷。今行于世者是也。

故老能言五代时事者云⑭:冯相道、和相凝同在中书⑮,一日,和问冯曰:"公靴新买,其直几何⑯?"冯举左足示和曰:"九百。"和性褊急⑰,遽回顾小吏云⑱:"吾靴何得用一千八百?"因诟责⑲。久之,冯徐举其右足曰:"此亦九百。"于是烘堂大笑⑳。时谓"宰相如此，何以镇服百僚”？

陈康肃公尧咨善射㉑，当世无双，公亦以此自矜㉒。尝射于家圃㉓，有卖油翁释担而立㉔，睨之㉕，久而不去。见其发矢十中八九，但微颔之㉖。康肃问曰：“汝亦知射乎？吾射不亦精乎？”翁曰：“无他㉗，但手熟尔㉘。”康肃忿然曰㉙：“尔安敢轻吾射！”翁曰：“以我酌油知之。”乃取一葫芦置于地，以钱覆其口，徐以杓酌油沥之，自钱孔入而钱不湿㉚。因曰：“我亦无他，惟手熟尔。”康肃笑而遣之㉛。此与庄生所谓解牛、斫轮者何异㉜？

京师诸司库务㉝，皆由三司举官监当㉞，而权贵之家子弟亲戚因缘请托㉟，不可胜数㊱，为三司使者常以为患㊲。

田元均为人宽厚长者㊳，其在三司，深厌干请者㊴。虽不能从，然不欲峻拒之㊵，每温颜强笑以遣之。尝谓人曰：“作三司使数年，强笑多矣，直笑得面似靴皮。”士大夫闻者，传以为笑㊶，然皆服其德量也㊷。

钱思公虽生长富贵㊸，而少所嗜好。在西洛时尝语僚属㊹，言平生惟好读书，坐则读经史，卧则读小说㊺，上厕则阅小辞㊻。盖未尝顷刻释卷也。

谢希深亦言㊼：宋公垂同在史院㊽，每走厕必挟书以往㊾，讽诵之声琅然，闻于远近，亦笃学如此㊿。余因谓希深曰：余平生所作文章，多在三上，乃马上、枕上、厕上也。盖惟此尤可以属思尔(51)。

吕文穆公蒙正(52)，以宽厚为宰相，太宗尤所眷遇(53)。有一朝士，家藏古鉴(54)，自言能照二百里，欲因公弟献以求知(55)。其弟伺间从容言之(56)。公笑曰：“吾面不过碟子大，安用照二百里?”其弟遂不复敢言。闻者叹服，以谓贤于李卫公远矣(57)。盖寡好而不为物累者(58)，昔贤之所难也(59)。

【注释】

① 太祖——宋太祖赵匡胤。　幸——指帝王驾临。　相国寺——北宋都城汴京(开封)的著名佛寺。

② 僧录——官名，负责有关佛教徒事务。

③ 见——通“现”。佛教称过去、现在、未来为三世。见在佛，这里指皇帝；过去佛，这里指释迦牟尼。

④ 俳(pái 排)优——古代以乐舞谐戏为业的艺人。

⑤ 适——刚巧。　会——合。　上——皇上。

⑥ 颔(hàn 旱)——点头。

⑦ 开宝寺塔——北宋开封一座木构建筑的宝塔，今已不存。　京师——指汴京开封。

⑧ 制度——指规模、设计。

⑨ 都料匠——工匠的首领，负责建筑的设计和指挥。　预浩——沈括《梦溪笔谈·技艺》作“喻浩”。

⑩ 不百年当正——不用一百年，塔身就会正。

⑪ 国朝——古人称本朝为国朝。

⑫ 一人而已——指预浩技艺独一无二。

⑬《木经》——沈括《梦溪笔谈》提到此书，今已失传。

⑭ 五代——指唐朝崩溃后相继建立在黄河流域的后梁、后唐、后晋、后汉、后周五个政权。

⑮ 冯相道——冯道(882—954)，历仕后唐、后晋、契丹、后汉、后周五朝，任宰相、太傅、太师、中书令等职。　和相凝——和凝(898—955)，五代词人，历仕后梁、后唐、后晋、后汉、后周五朝。　中书——即中书省，旧时最高行政机关，首脑为中书令(宰相)。

⑯ 直——通“值”。

⑰ 褊(biǎn 扁)急——气量狭隘，性情急躁。

⑱ 遽(jù 具)——急促，马上。

⑲ 诟(gòu 够)责——责骂。

⑳ 烘——即"哄"。

㉑ 陈康肃公——陈尧咨，宋真宗时曾任龙图阁直学士尚书工部郎中，死后谥号康肃。《宋史》有传。

㉒ 自矜——自夸。

㉓ 尝——曾经。　家圃——家里的后园。古代重射箭，富贵人家都自设射圃。

㉔ 释担——放下担子。

㉕ 睨(nì 逆)——斜着眼看。

㉖ 微颔(hàn 旱)之——微微点头，表示不太佩服。

㉗ 他——别的。

㉘ 但——只。　尔——而已。

㉙ 忿然——生气的样子。

㉚ 这两句说：慢慢地用油杓舀满油，然后将油沥成一条线经过钱孔注入葫芦，而钱不被油沾湿。徐，慢慢地。沥，向下灌注。

㉛ 遣之——打发他走。

㉜ 解牛、斫轮——《庄子·养生主》中的"庖丁解牛"和《庄子·天道》中的"轮扁斫轮"两个寓言故事，都是说长期从事某一专业而技术可以达到出神入化的地步。

㉝ 司——主管。　库——官府专卖货物的仓库。　务——专卖和税收机构，有"市易务"、"榷货务"等。

㉞ 三司——朝廷主管财政的机构。　监当——管理。

㉟ 因缘请托——拉关系，讲人情。

㊱ 胜(shēng 声)——尽。

㊲ 常以为患——经常害怕这些事。

㊳ 田元均——田况，字元均，宋仁宗庆历年间任三司使。

㊴ 干请者——拜求请托的人。

㊵ 峻——严厉。

㊶ 传以为笑——把它相传作为笑谈。

㊷ 德量——道德、度量。

㊸ 钱思公——钱惟演，吴越王钱俶的儿子，从其父归宋，景祐中以枢密副使任西京留守。

㊹ 西洛——西京洛阳。 僚属——官府的佐助官。当时欧阳修、尹洙、谢绛等均为钱惟演的僚属。

㊺ 小说——古人把子书、杂记称为小说，与今之小说概念不同。

㊻ 小辞——词曲、小令。

㊼ 谢希深——谢绛，字希深，欧阳修的朋友。

㊽ 宋公垂——宋绶，字公垂，家富藏书，以读书敏慧强记著名。 史院——史馆，属翰林院。

㊾ 走厕——上厕所。

㊿ 笃学——专心好学。

(51) 属思——构思。

(52) 吕文穆公——吕蒙正，宋太宗时为宰相，出身苦寒，以公正敢言著称，死后谥文穆。

(53) 眷遇——重用。

(54) 古鉴——古代的青铜镜。

(55) 求知——希望结识而得到提拔。

(56) 伺间——寻找机会。

(57) 李卫公——唐代功臣李靖，曾封卫国公，生前曾收藏不少珍宝珠玉。

(58) 物累——因贪恋财物而损害品行。

(59) 昔贤——前代贤能之士。

**【解读】**

《归田录》是欧阳修晚年写的一部笔记集，完稿于治平四年（1067）。作者早在皇祐元年知颍州时，就已萌生归田退隐之念，治平四年遭人诬告后，“退避荣宠，而优游田亩，尽其天年”的决心更加坚定，因此，这部笔记以“归田”命名。

作为一种文学体裁，笔记在宋代十分繁荣，著名的有沈括《梦溪笔谈》、苏轼《东坡志林》、陆游《老学庵笔记》等，《归田录》是同类著作中较早出现的一部。《归田录》共有笔记百余则，大都记载当时朝野的遗闻轶事,涉及政治、经济、军事、外交、语言、文学、宗教等各个方面,内容广泛,体制短小,文笔生动。这里选录七则,按原书先后次序排列。

**【点评】**

　　欧阳公《归田录》未出,而序先传,神宗宣取。公时致仕居颍,以其间记述有未欲广者,因尽删去,又患其文太少,则杂以嬉笑不急之事。元本未尝出,《庐陵集》所载,上下才两卷,乃进本也。

——周辉《清波杂志》卷 8

　　多记朝廷轶事及士大夫谈谐之言。自序谓以唐李肇《国史补》为法,而小异于肇者,不书人之过恶。

——纪昀《四库全书总目》卷 140 子部小说家类 1

**【今译】**

　　太祖皇帝初次驾临相国寺,来到佛像前烧香,问:"我应当拜还是不拜呢?"僧录赞宁上奏说:"不拜。"问他什么道理,他回答说:"现在的佛爷不拜过去的佛爷。"赞宁这个人,很懂得书上的道理,有答辩的口才。他的话虽然像俳优说的,但恰好与皇上的心意相合,所以皇上听了微笑点头。于是,就把皇帝不拜佛当作规定的制度,直到现在皇帝外出烧香都不拜佛。评论的人都认为这样做符合礼仪。

　　开宝寺塔在京城各座宝塔中最高,而且规模与设计也很精巧,这是都料匠预浩主持建造的。塔刚建成时,看上去总觉得不正,塔身有点儿倾向西北。有人感到奇怪,就去问预浩。预浩说:"京城地势平坦无山,又多西北风,风吹着塔,要不了一百年,塔身就会正。"他考虑问题竟是这样精密周到。宋朝开国以来,木工技艺独一无二的要数预浩了。

直到现在，木工们还以预都料的经验为楷模呢！预浩有《木经》三卷流行于世。人们传说预浩只有一个女儿，年纪十多岁。每天晚上睡觉时，预浩总是要把双手交叉叠放在胸前做出各种结构的样子，这样研究了一年多，才写成《木经》三卷。现在世上流传的就是这部书。

能够讲述五代时事的老年人说：宰相冯道、和凝，同在中书省办事。一天，和凝问冯道说："你新买的靴子，价值多少？"冯举左脚给和看，说："九百。"和气量狭隘，性情急躁，马上回头对跟随人员说："我的靴为什么要花掉一千八百？"于是责骂了一阵。过了一会，冯慢慢地举起他的右脚说："这也花了九百。"于是，哄堂大笑。当时的人认为："宰相是这个样子，怎能管理好其他官员令他们信服呢？"

陈康肃公尧咨擅长射箭，当时没有人能比得上他，他也常凭这一点而自夸。一次，他正在自家后园的射箭场上射箭，有个卖油老人放下担子站在那里斜着眼睛看着，好久没有离开。看到尧咨射出的箭十支有八九支射中靶心，他只是微微点头表示赞许。康肃问道："你也懂得射箭吗？我的射箭技术不是很精妙吗？"老人回答说："没有别的什么，只不过手熟罢了。"康肃听了生气地说："你怎么敢轻视我的射箭技能！"老人说："凭我倒油的经验知道这一点。"说完就取出一个葫芦放在地上，用一枚钱盖住葫芦口，舀了一勺油慢慢地注入葫芦，油从钱孔中滴进去，钱上却没有沾一点儿油。于是说："我也没有别的什么，只不过是手熟罢了。"康肃笑着打发他走了。这个卖油老人，与庄子所说的解牛的庖丁和斫轮的轮扁，有什么不同呢？

京城各司的库务，都由三司推荐官吏来管理。当时权贵人家的子弟、亲戚，通过拉关系、讲人请来请求荐举的多得不可计数，任三司使的人常常对此感到头痛。

田元均为人宽厚，有长者之风，他在三司任职时，十分讨厌拜求请托的人。他虽然不能答应他们的要求，但也不想严厉拒绝，因此经常要和颜悦色装出一副笑脸来打发这些人。他曾对别人说："做了几年三司使，强作笑颜的事太多了，简直笑得我的脸像靴皮一样布满皱纹了。"士大夫们听到了这话，把它传为笑谈，但都佩服田元均的道德和度量。

钱惟演虽然生长在富贵之家，但没有什么特别的爱好。在西京洛阳时，他曾经对官府的佐助官们说："我平生只喜欢读书，坐的时候就读经史，躺的时候就读小说，上厕所时就读小辞。大概连片刻时间都未曾丢开过书卷。"

谢希深也说："宋公垂与我一起在史馆任职时，他每次上厕所，一定要挟着书去，在那里诵读诗文的琅琅之声，一直传到远处，他专心好学竟到了这种地步。"我听了就对谢希深说："我平生写的文章，大多在'三上'，即马上、枕上、厕上。"大概只有这种时候特别能集中思想精心构思吧！

文穆公吕蒙正为人宽厚而擢任宰相，宋太宗对他特别重用。当时朝廷里有一个官吏，家里珍藏着一面古镜，自称能照到二百里范围，他想通过吕蒙正的弟弟把古镜献给吕蒙正，以此求得结识而得到提拔。吕蒙正的弟弟找了一个机会婉转地谈起了这件事。吕蒙正笑着说："我的脸不过碟子大，哪里用得上照二百里的镜子啊？"他的弟弟就不敢再说了。听到这个传说的人都赞叹佩服，认为吕蒙正的贤德远远超过了唐代的李卫公。因为一个人没有什么特别的爱好，又不因为贪恋财物而损害品行，这是连前代贤能之士也难以办到的事。

# 六一诗话（选二则）

陈舍人从易当时文方盛之际①，独以醇儒古学见称②，其诗多类白乐天③。盖自杨、刘唱和《西昆集》行④，后进学者争效之，风雅一变⑤，谓之"昆体"⑥。由是唐贤诸诗集几废而不行。陈公时偶得杜集旧本，文多脱误。至《送蔡都尉》诗云"身轻一鸟"，其下脱一字。陈公因与数客各用一字补之：或云"疾"，或云"落"，或云"起"，或云"下"，莫能定。其后得一善本，乃是"身轻一鸟过"。陈公叹服，以为"虽一字，诸君亦不能到也"。

圣俞常语予曰⑦："诗家虽率意⑧，而造语亦难⑨。若意新语工，得前人所未道者，斯为善也⑩。必能状难写之景如在目前，含不尽之意见于言外，然后为至矣⑪。贾岛云'竹笼拾山果，瓦瓶担石泉'⑫，姚合云'马随山鹿放，鸡逐野禽栖。'等是山邑荒僻、官况萧条⑬，不如'县古槐根出，官清马骨高'为工也⑭。"

余曰："语之工者固如是。状难写之景、含不尽之意，何诗为然？"圣俞曰："作者得于心，览者会以意，殆难指陈以言也⑮。虽然，亦可略道其仿佛⑯。若严维'柳塘春水漫，花坞夕阳迟'⑰，则天容时态⑱，融和骀荡⑲，岂不如在目前乎？又若温庭筠'鸡声茅店月，人迹板桥霜'⑳，贾岛'怪禽啼旷野，落日恐行人'㉑，则道路辛苦，羁愁旅思㉒，岂不见于言外乎。"

## 【注释】

① 陈从易——字简夫，曾参与编纂《册府元龟》，宋仁宗时官中书舍人、龙

图阁直学士，故称其"陈舍人"。　时文——指当时盛行的讲究对仗、声律和词藻的骈体文。

② 醇儒古学——崇尚儒学的纯正学者。

③ 白乐天——唐代著名诗人白居易，字乐天。

④《西昆集》——即《西昆酬唱集》，是杨亿所编他和刘筠等十七人唱和的诗集。

⑤ 风雅一变——风、雅的传统诗风为之转变。这是欧阳修对刘筠、杨亿等诗风的批评。

⑥ 昆体——即西昆体，北宋初期出现的以杨亿、刘筠等为代表的浮靡的文风。

⑦ 圣俞——北宋著名诗人梅尧臣，字圣俞。

⑧ 率意——完全按照自己的思路进行创作。

⑨ 造语——指锤字炼句。

⑩ 斯——这。

⑪ 至——极点，此指诗歌创作的最高境界。

⑫ 贾岛——中唐元和年间著名诗人。　竹笼拾山果，瓦瓶担石泉——诗句见于《题皇甫荀蓝田厅》。

⑬ 姚合——与贾岛同时的诗人。　马随山鹿放，鸡逐野禽栖——诗句见于《武功县中作》。

⑭ 这两句诗出处不详。

⑮ 殆(dài 代)难指陈以言——意为几乎难以具体地说清楚。

⑯ 略道其仿佛——简单说它个大概。

⑰ 严维——唐肃宗时诗人。　柳塘春水漫，花坞夕阳迟——诗句见于《酬刘员外见寄》。

⑱ 天容时态——自然风光和季节特点。

⑲ 骀(dài 代)荡——形容春意盎然，万物苏生。

⑳ 温庭筠——晚唐著名诗人、词人。　鸡声茅店月，人迹板桥霜——诗句见于《商山早行》。

㉑ 怪禽啼旷野，落日恐行人——见贾岛诗《暮过山村》。

㉒ 羁(jī 机)愁旅思——寄居作客的愁思。

**【解读】**

《六一诗话》为欧阳修晚年退居颍州时所作,共二十八则。它虽然不是系统的诗论,而只是关于诗的漫谈,但由于作者有丰富的创作实践,深知作诗甘苦,因此论诗不乏真知灼见,如主张诗歌应"意新语工","状难写之景如在目前,含不尽之意见于言外"等,至今仍有生命力。

自欧阳修开创了"诗话"这一论诗体裁后,宋代继之而起的有司马光《续诗话》、阮阅《诗话总龟》、胡仔《苕溪渔隐丛话》、严羽《沧浪诗话》等,明清两代更是不胜枚举,从而使"诗话"成为古代诗歌评论的一种重要形式。

**【点评】**

六一居士作诗,盖欲自出胸臆,不肯蹈袭前人。凡《诗话》中褒讥,亦多与前人相左,非好为已甚也。其自道云:"知圣俞诗者莫如修。尝问圣俞举平生所得最好句,圣俞所自负者,皆修所不好;圣俞所卑下者,皆修所称赏。盖知心赏音之难如是。"其评古人诗,得毋似之乎!

——毛晋《隐湖题跋》

是书前有自题一行,称退居汝阴时集之,以资闲谈,盖熙宁四年致仕以后所作,越一岁而修卒,其晚年最后之笔也。

——纪昀《四库全书总目》卷 195 集部诗文评类 1

**【今译】**

陈从易正当"时文"盛行之时,能独以儒学的纯正学者著称于世,他的诗大多像白居易的风格。自从杨亿、刘筠等人的《西昆酬唱集》盛行,一般学者都竞相仿效,文风为之大变,人们称之为"西昆体"。从那时起,唐代几位著名诗人的诗集几乎被废弃而不流行于世。陈公当时偶尔得到旧本杜甫诗集,诗句多有脱误。读到《送蔡希鲁都尉还陇右因寄高三十五书记》诗"身轻一鸟……",其下脱一字。陈公就和几位宾客各用一字补上:有的说是"疾",有的说是

欧阳修诗文选译

"落"，有的说是"起"，有的说是"下"，一时不能断定。以后得到一个善本，原来是"身轻一鸟过"。陈公十分叹服，深感"虽然只有一字，但诸君也比不上啊！"


梅圣俞经常对我说："诗人虽然想完全按照自己的思路进行创作，但锤字炼句也很困难。如果能够立意新颖，语言工巧，写出前人没有说过的东西，这才是好诗。一定要能够描绘出难以描绘的景物，生动传神，就像在眼前一样；又要蕴含说不尽的诗意，使人产生诗句以外的丰富联想。这样，诗歌创作才算达到了最完美的境界。贾岛的诗说：'竹笼拾山果，瓦瓶担石泉。'姚合的诗说：'马随山鹿放，鸡逐野禽栖。'同样是写山城的荒凉偏僻和做官境况的冷落萧条，但都不如'县古槐根出，官清马骨高'的工巧。"

我问道："语言的工巧固然如此。那么，描绘出难以描绘的景物，蕴含着说不尽的诗意，怎样的诗才能称得上呢？"梅圣俞说："作者得之于内心，读者能心领神会，却难以用言语具体地说清楚。虽然这么说，但也可以约略讲出它的大概。如严维的诗句'柳塘春水漫，花坞夕阳迟'，就把自然风光和季节特征以及那种春意盎然、万物苏生的景象写出来了，难道不像就在眼前吗？又如温庭筠的诗句'鸡声茅店月，人迹板桥霜'，贾岛的诗句'怪禽啼旷野，落日恐行人'，就把旅途的苦况和寄居作客的愁思写出来了，难道不是表现了字句之外的丰富内涵吗？"

# 后　记

　　欧阳修是北宋中叶文坛盟主,散文、诗歌、词作和史传等均负盛名,在我国文学史上具有重要地位。苏轼曾曰:"(韩)愈之后三百年而后得欧阳子","欧阳子,今之韩愈也","天下翕然师尊之"(《六一居士集序》),足见其于当时文坛地位之高、影响之大。

　　作为北宋诗文革新运动领袖,欧阳修的散文平实简易,自然流畅,委曲婉转,继韩愈、柳宗元之后又建丰碑;诗歌一如其文,洗刷了"西昆体"的绮靡、晦涩之弊,平易流畅,清新自然,且长于议论与抒情、叙事结合;其词虽受晚唐五代"花间派"影响,但较少铺金缀玉、脂香粉腻之习,大都清疏峻洁,语近情深,富于情致,在北宋词坛树继往开来伟功。欧阳修的文学理论和创作实践,对王安石、曾巩、苏洵、苏轼、苏辙等均有直接和重要的影响,在北宋文坛上作出了延续性、开创性和引领性的卓越贡献。欧阳修的文学著作,值得后世研习和传承。

　　早在学生时代,我就很喜欢"唐宋八大家"散文,对王维、李白、杜甫、白居易、刘禹锡、李商隐的诗歌,以及欧阳修、柳永、苏轼、李清照、陆游、辛弃疾的词兴趣也颇浓。大学毕业留校后,在华东师大万云骏教授门下研读中国古代文学,重点学习唐诗、宋词、元曲;1984年,再由万先生带教,研修《词学理论》、《词史专题》、《宋词专集研究》和《曲史专题》。受业于名师,浸润于古籍。由于万云骏教授的悉心指导,以及刘衍文、吴广洋等教授的认真带教,自己才有了较为扎实的专业基础。

　　1993年,应上海古籍出版社之邀,我编撰《欧阳修诗文选注》。作为《中国古典文学作品选读》丛书之一,该书于1994年7月正式出版。1996年2月，台湾建宏出版社在该书基础上增加白话译文，并加注汉语注音符号，出版竖排繁体字本，但未在大陆发行。1998年6月，上海古籍出版社将郭正忠所撰《欧阳修》和笔者《欧阳修诗文选注》，合编成《欧阳修及其作品选》，作为《历代名家与名作丛书》之一再次出版。因此，《欧阳修诗文选注》有三个版本，共出版了三次，印数逾万册。前几年，有的高校还将此书列为唐宋文学研究生参考书目。作为普及性读物，它为继承我国古代优秀文化遗产发挥了些许作用。这次《欧阳修诗文选译》的出版，旨在为进一步传布祖国优秀的文化遗产稍尽绵薄。

"切磋攻错，商也起予诚一乐。暝讨晨研，月映南楼八度圆。

文章事业，批判继承依马列。万里腾骧，同献青春为国光。"这是导师万云骏教授于1978年4月所作的调寄《减字木兰花》，赠予顾伟列、沈茶英和我，以示勖勉。日往月来，星移斗换。38年过去了，先生的厚爱和教诲长存于心。1987年2月，我和伟列学友合编《中国古代文学自学指要》。学界泰斗、91岁高龄的复旦大学朱东润教授俯允为该书作序。学兄吴格说，这是先生生前写的最后一篇序。这真是我们莫大的荣幸，感激之情无以言表。1992年4月，方正耀、赵山林、顾伟列、谭帆和我一起编写《新编古代文学精解》。德高望重的华东师大徐中玉教授虽已耄耋，但为学生作序慨然应允。前辈提携之恩，没齿难忘。

兹当拙著付印之际，我衷心感谢朱东润、徐中玉、万云骏、程俊英、潘雨廷、胡邦彦、叶百丰、刘衍文、吴广洋、齐森华诸位师尊，以及在学业、事业上关心和帮助过我的所有师长、同学、同事和朋友；感谢为弘扬中华优秀文化作出贡献的上海古籍出版社和台湾建宏出版社。学兄洪本健、冯海荣为本书出版曾提供帮助，谨此一并致谢。

宋心昌

丙申五月于望景苑